KB201413

아름다운 나날

플뢰르 이애기 소설
김은정 옮김

아름다운 나날

I Beati Anni Del Castigo

& Proleterka

민음사

아름다운 나날

I Beati Anni Del Castigo

열네 살 때 나는 아펜첼 수도원의 기숙생이었다. 그곳은 로베르트 발저 씨가 늘 산책을 하던 곳이었다. 그는 우리 기숙사에서 멀지 않은 헤리자우 정신병원에 있었다. 그는 눈 속에서 죽었다. 눈 속에 누워 있던 시체의 형상과 눈밭에 난 발자국들이 사진에 찍혀 있었다. 우리는 그 작가가 그곳에 사는 줄 몰랐다. 우리 문학 선생도 몰랐다. 가끔 나는 생각한다. 헤리자우 정신병원에서 30여 년을 살다가, 아펜첼의 눈 속을 허위허위 거닐다가, 그렇게 죽어서, 천연 무덤에 묻히는 것도 괜찮지 않을까 하고 말이다. 우리가 발저 씨를 몰랐던 것이 너무 안타깝다. 알았더라면 그에게 꽃을 주었을 텐데. 칸트도 죽기 전에 모르는 여자에게 장미 한 송이를 건네받고 깊이 감동했다고 한다. 아펜첼에서는 산책 말고는 달리 할 일이 없다. 하얗고 작은 창문과 그 창턱 앞에서 풍성하게 작열하는 꽃들을 본다면, 누구든지 고삐에 묶인 열망과 열대 지방 특유의 무기력을 느낄 것이고, 또 그 창문 안쪽에서는 아주 우울하고도 병적인 일이 벌어지리라는 인상을 받을 것이다. 병의 무릉도원. 날이 맑고 청명할수록 그 안에는 죽음의 목가적인 평화가 있을 듯하다. 꽃과 회벽의 환희. 창밖에서 풍경이 부른다. 신기루가 아니다. 그것은 '강제 명령'이다. 수도원에서는 그렇게 부르곤 했다. 일종의 명령이라고.

나는 프랑스어와 독일어, 문화 개론을 배웠다. 하지만 공부는 전혀 하지 않았다. 프랑스 문학이라면 보들레르만 기억난다. 나는 매일 아침 산책을 하기 위해 새벽 5시에 일어났고, 산꼭대기까지 올라가 한 고개 너머 정상에 살짝 보이는 수면을 바라보았다. 그곳은 코스탄차 호수였다. 나는 지평선과 호수를 바라보곤 했다. 하지만 그때까지만 해도 그 호숫가에 내가 잘 지내게 될 또 다른 수도원이 있는 줄은 몰랐다. 나는 사과를 하나 먹고 또 걸었다. 고독, 어쩌면 나는 절대 고독을 찾아 헤맸던 건지도 모르겠다. 나는 세상이 부러웠다.

어느 점심시간 무렵의 일이었다. 우리는 모두 함께 앉아 있었다. 새로운 여학생이 전학을 왔다. 그녀는 열다섯 살이었다. 머릿결은 곧고 부드러웠으며, 눈빛은 진지하고 당차면서도 어딘가 그늘져 있었다. 매부리코에다 거의 웃지 않았지만, 웃을 때는 뾰족한 덧니가 드러났다. 널찍하니 시원한 이마에는 생각이 가득 차있는 듯 보였는데, 아마도 그녀의 선조가 재능과 지능과 매력을 온통 그녀의 이마에다 물려준 것만 같았다. 그녀는 누구와도 말하지 않았다. 그 태도로 볼 때 그녀는 도도한 우상 그 자체였다. 어쩌면 그래서 내가 그녀를 이기고 싶다고 생각했는지도 모르겠다.

그녀는 전혀 겸손하지 않았다. 재수 없기까지 했다. 처음 든 생각은, 그녀가 나보다 훨씬 낫다는 것이었다. 우리가 모두 일어섰을 때, 나는 그녀에게 다가가 말을 건넸다. "안녕." "안녕." 그녀의 대답은 너무나 재빨랐다. 나는 마치 신병이 관등 성명을 대듯 이름을 말했다. 그녀 역시 이름을 말하고 나자, 더 이상 할 말이 없었다. 그러자 그녀는 곧 돌아서서 가 버렸다. 나는 식당에서 웃고 떠드는 다른 학생들 사이에 남아 있었다. 한 스페인 아이가 신이 나서 무슨 이야기를 했지만 내게는 들리지 않았다. 여러 언어로 웅성대는 소리가 들려왔다. 그 전학생은 하루 종일 보이지 않다가, 저녁 식사 시간 정각에 맞추어 나타나 자기 의자 뒤에 서 있었다. 교감이 고개를 끄덕이자 모두가 의자에 앉았다. 잠시 정적이 흐르고, 다시 웅성거리기 시작했다. 다음 날 아침 내게 처음으로 인사한 사람은 뜻밖에도 바로 그녀였다.

수도원의 삶에서 우리 모두는, 조금이라도 허영심이 있다면, 누구나 자신만의 상상, 그러니까 이중생활과도 같은 상상의 세계를 구축하고, 말하거나 걷거나 바라보는 법을 따로 만들어 냈다. 그녀의 글씨를 처음 봤을 때 난 할 말을 잃었다. 보통 우리들 글씨는 하나같이 어슷비슷하고, 괴발개발에 유치하고, 둥글둥글하니 컸다. 하지만 그녀의 글씨체는 완벽하게 다듬어져 있었다.(20년 뒤 키리에의 원작에 대해 피에르 장 주브가 쓴 서평에서 이와 똑같은 필체를 보았다.) 당연히 나는 대수롭지 않은 척했고, 다시는 눈길도 주지 않았다. 하지만 몰래 연습했다. 나는 지금까지도 프레데리크와 비슷한 글씨체로 쓴다. 게다가 내 글씨를 보는 사람들마다 멋지고

독특하다고 한마디씩 한다. 내가 얼마나 많이 노력했는지는 아무도 모른다. 그 무렵 나는 전혀 공부하지 않았다. 하고 싶은 마음이 없었다. 대신 범죄 기사나 독일 표현주의자들의 그림 사본을 오려 모아 공책에 붙였다. 내가 예술에 관심이 많다는 것을 그녀가 발견하게 했다. 그렇게 해서 나는 복도에서나 수도원 밖에서 그녀와 함께 산책할 수 있는 영광을 얻었다. 하나 마나 한 얘기지만 학교에서 그녀는 1등이었다. 그녀는 모르는 것이 없었고, 그것은 아마도 그녀가 유전적으로 물려받은 재능일 거라고 난 믿었다. 그녀한테는 다른 아이들에게는 없는 무언가가 있었고, 나는 그녀의 재능이 죽은 자들이 준 선물이라고 애써 이해할 수밖에 없었다. 그녀가 수업 중에 프랑스 시를 읽는 것만 봐도 알 수 있었다. 죽은 자들이 그녀에게 내려오고, 그녀는 그들을 받아들이는 것이다. 어쩌면 우리가 너무 순진했는지도 모르겠다. 그리고 각자가 품은 순진함은 어쩌면 무례나 현학, 과시로 드러났으리라. 우리 모두가 주아브[01] 풍 옷을 입은 것처럼 말이다.

01 알제리인으로 구성된 프랑스 보병대. 아라비아 복장을 모방한 군복을 입었고 남북전쟁 당시의 의용병.

학생들은 세계 각국에서 왔고, 특히 미국인과 네덜란드인이 많았다. 한 아이는 요즘 흔히 유색인이라고 불리는 흑인이었는데, 어쨌든 부자에다 우리 모두가 부러워할 만큼 아펜첼에서 미모가 제일 출중했다. 그 애는 어느 날 아버지와 함께 그곳에 왔다. 그 애의 아버지는 아프리카 어느 나라의 대통령이었다. 각국의 학생 대표들은 바우슬러 학교 복도 앞에서 부채꼴 모양으로 대열을 이루었다. 빨간 머리인 벨기에 학생, 금발인 스위스 학생, 이탈리아 학생, 보스턴에서 온 학생이 있었고, 모두가 대통령에게 박수를 쳤다. 저마다 자기 나라의 국기를 한 손에 들고 서 있었다. 정말 전 세계가 하나의 대열을 이루었다. 나는 세 번째 줄 맨 끝, 프레데리크 옆에 서 있었다. 더플코트에 달린 모자를 뒤집어쓰고. 맨 앞에는 수도원 원장인 호프스태터 부인이 서 있었다.(만약 대통령에게 활이 있었더라면 그는 부인의 가슴에 명중시켰을 것이다.) 그녀는 키가 크고 육중한 몸매에 위엄이 가득 서려 있고, 미소는 살덩어리에 묻혀 있었다. 그녀 곁에는 남편인 호프스태터 씨가 서 있었다. 작고 마른 그는 주눅이 들어 있었다. 그들은 스위스 국기를 들었다. 조그만 흑인 여자애가 서열상 1순위였다. 날이 추웠고, 그 애는 하늘색 종 모양에 파란색 벨벳 깃이 달린 외투를 입었다. 그날 바우슬러 학교에서 흑인 대통령이 강한 인상을 남겼음은 두말할 나위도 없다. 아프리카 한 나라의 원수인 그는 호프스태터 집안에 신뢰감을 주었다. 하지만 몇몇 스위스 여학생들은 그 대통령을 맞이하는 대열에 동참하지 않았다. 그들은 모든 학부모가 똑같은 대우를 받아야 한다고 주장했다. 어느 수도원에나 반항하는 기숙생들이 숨어 있게 마련이다. 그것은 그녀들의 정치의식의 첫 발로이자 모두의 공감을 불러 모으는 첫 번째 행동이었다. 프레데리크는 스위스 국기를 한낱 막대기처럼 들었다. 가장 어린 여자애가 경의를 표하면서 들꽃 한 다발을 대통령에게 안겨 주었다. 흑인 여자애가 결국 친구를 사귀었는지는 기억나지 않는다. 그 애는 주로 원장과 손잡고 산책을 다녔고, 원장은 행여 우리가 그 애를 잡아먹기라도 할까 봐 내심 걱정했던 것 같다. 그 애를 잡아먹지는 않더라도 가만히 내버려 두지는 않을 거라고. 그 애는 한 번도 테니스를 치지 않았다.

프레데리크는 하루하루 점점 더 멀어졌다. 몇 번인가 나는 그녀의 방으로 찾아갔다. 나는 다른 동에서 지냈고, 그녀는 고학년 학생들과 함께 지냈다. 고작 몇 달 차이로 나는 저학년 기숙사 동에서 지내야만 했다. 나는 독일 여자애와 방을 함께 썼는데, 관심을 두지 않았던 탓에 그 애 이름은 기억나지 않는다. 그 애는 독일 표현주의자들에 관한 책을 내게 선물했다. 프레데리크는 옷장을 무척이나 깔끔하게 정리했다. 어떻게 폴라티를 1센티미터도 흐트러지지 않게 접는지 도저히 알 수가 없었다. 나는 정리 정돈은 젬병이었다. 그래서 그녀에게 배웠다. 각자 다른 동에서 지내면서도 우리는 서로를 마치 헤어진 자매처럼 여겼다. 어느 날 내 우편함에 예쁜 카드 한 장이 들어 있었다. 열 살짜리 여자애가 나에게 수호천사가 되어 달라고 부탁하며, 나와 의자매가 되길 원한다는 내용이었다. 나는 그 애를 만난 자리에서 딱 잘라 거절했다. 지금까지도 미안한 생각이 들 정도로 단호하게 말했다. 사실 그때에도, 나는 동생 같은 것은 원치 않으며 어린애의 수호천사가 될 마음은 전혀 없다고 말하자마자 곧 미안한 마음이 들긴 했다. 내게서 자꾸 멀어져 가는 프레데리크 때문에 나는 속수무책으로 거칠어졌다. 나는 그녀를 이겨야만 했다. 그녀에게 진다는 것은 너무 굴욕적이었다.

　내가 그 어린 여자애를 다시 바라보게 된 것은 시간이 너무 오래 지난 후였고, 그 애한테 이미 상처를 주고 난 후였다. 정말 귀엽고 사랑스러운 아이였는데, 그 애의 호의를 맛보지도 못한 채 훌륭한 시녀를 잃은 것이다. 그날 이후 그 애는 내게 말 한마디 건네지 않고, 인사조차 하지 않았다. 누구나 그렇겠지만, 그때까지 나는 아직 절충의 기술을 몰랐다. 그때는 무언가를 얻기 위해서는 곧장 목표를 향해 돌진해야 한다고 생각했다. 그것은 경솔한 생각이거나 단지 바람일 뿐이며, 목표에 가까워졌다는 착각에서 비롯한 것이다. 오히려 우리 뒤통수를 치는 것은 그 목표다. 나는 프레데리크에게까지 전술을 썼다. 나한테는 나름대로 수도원 생활

경력이 꽤 있었다. 여덟 살 때부터 수도원에서 살았던 것이다. 기숙사에서 주로 친구를 사귀는 경우는 쉬는 시간에 세면대 앞에서였다. 수도원에서 내가 처음으로 배정받은 방에는 하얀색 커튼과, 하얀색 무명 덮개로 덮인 가구들이 있었다. 침대 머리맡 탁자도 하얀색이었다. 다른 방들 열두 개 끝에 붙어 있던 가식적인 방. 복잡하게 나뉜 특권 의식. 모두가 그 계급 속에서 편안해했다. 바우슬러 학교에서 내 룸메이트는 독일인이었는데, 착하면서도 못된 아이였다. 멍청한 애들이 그렇듯이. 하얀색 속옷을 입은 그 애의 몸매는 정말 아름다웠고 이미 균형이 잡혀 있었다. 하지만 나는 그 애와 몸이 닿기라도 하면 일종의 혐오감이 불쑥 들었다. 어쩌면 그래서 내가 아침 일찍 일어나 산책을 나갔는지도 모르겠다. 그러다 보니 수업 중인 11시쯤이면 잠에 빠져들곤 했다. 창밖을 바라보고 창에 비친 내 모습을 보다가 나는 꾸벅꾸벅 졸았다.

프레데리크와는 밤에만 떨어져 있는 것이 아니라 낮에도 교실이 달랐다. 식당에서도 가까이 앉을 수 없었지만, 적어도 얼굴을 볼 수는 있었다. 그리고 드디어 그녀가 나를 바라보았다. 어쩌면 나도 꽤 흥미로운 사람인지 몰랐다. 독일 표현주의자들이나, 내가 아직 겪어 보지 못한 삶이나 범죄 등에 관심이 있었으니 말이다. 나는 그녀한테 내가 열 살 때 수도원장에게 "젖소"라며 모욕을 준 적이 있다고 이야기했다. 그 단순한 말 한마디를 하면서 나의 단순함이 창피해졌다. 결국 나는 그 수도원에서 쫓겨났다. "용서를 빌어." 사람들이 말했다. 하지만 난 용서를 구하지 않았다. 프레데리크는 그 얘기를 듣고도 웃기만 했다. 왜 그랬냐고 물어보는 것이 예의일 텐데. 나는 내가 여덟 살 무렵에 경험했던 이야기를 조금씩 하기 시작했다. 그때 나는 남자애들과 공놀이를 했고, 어른들은 나를 음울한 수도원에 보냈다. 음울한 복도 끝에는 예배실이 있고, 왼쪽에 문이 있었다. 그 문 안에 있는 비실비실하고 허

약한 수도원장이 나를 보살피는 책임자였다. 그녀가 가늘고 부드러운 손으로 나를 쓰다듬을 때, 나는 그녀 곁에 친구처럼 앉아 있었다. 그리고 어느 날 그녀는 사라졌다. 그녀 대신 건장한 스위스 여자가 '유리'라는 시골구석에서 올라왔다. 원래 그렇듯이 새로운 세력은 전관이 좋아했던 것이라면 모두 싫어하게 마련이다. 수도원은 마치 하렘과 같았다.

프레데리크는 나보고 심미주의자라고 했다. 그때 처음 그 단어를 들었는데, 나는 곧장 뜻을 간파했다. 그녀의 필체는 심미주의적이다. 나는 이내 이해했다. 심미주의자로서 그녀는 모든 것을 경멸했다. 프레데리크는 복종과 훈련의 이면에 경멸감을 감추었다. 그녀는 모범생이었다. 나는 아직도 그렇게 할 줄 모른다. 나는 호프스태터 원장 앞에서만큼은 모범생이었다. 그녀가 무섭기 때문이었다. 그녀 앞에서는 언제든 인사할 준비가 되어 있었다. 프레데리크는 고개를 숙일 필요가 없었다. 그녀의 자세에는 다른 사람을 존중하는 마음이 배어 있었다. 나는 그 점을 유심히 관찰했다. 한번은 프레데리크에게만 쏠려 있던 나 자신의 관심을 좀 돌리기 위해서였던지, 근처 로젠베르크 수도원에 있는 어느 남학생의 제안을 받아들였다. 짧은 만남이었다. 그런데 그들이 나를 봤다. 호프스태터 부인이 원장실로 나를 불렀다. 그녀는 옷장처럼 거대했다. 푸른 타이외르[02]에 하얀 셔츠, 브로치. 그녀는 내게 겁을 주었다. 나는 사촌일 뿐이라고 둘러댔다. 하지만 그 사촌 녀석의 어머니가 원장한테 내가 다시는 그를 만나지 못하도록 각별히 주

02   신사복 같은 여성 정장.

의시켜 줄 것을 부탁하는 편지를 썼다고 했다. 나는 우는 척했다. 그녀는 수긍했다. 여덟 살 때 내게 있던 힘과 확신과 자존심은 모두 어디로 갔단 말인가? 여덟 살 때에는 끌리는 애들이 아무도 없었다. 모두가 똑같았다. 하나같이 혐오스럽고 천박했다. 난 지금까지도 프레데리크를 사랑했다고 말하는 게 쉽지 않다. 아주 간단한 그 한 문장을 말이다.

　　그날 나는 쫓겨날까 봐 겁이 났다. 아침, 첫 식사의 그윽한 냄새가 퍼져 갔고, 나는 찻잔에 빵을 담갔다. 그때 원장이 내 손을 탁 치더니 일어나라고 했다. 내가 여덟 살이었다면, 찻잔을 들어 원장 얼굴에다 냅다 던져 버렸을 것이다. 감히 어떻게 내게 그럴 수가 있단 말인가? 프레데리크는 팔꿈치를 가슴께에 붙이고 계속 먹기만 했다. 그녀는 팔을 식탁에 얹는 법이 없었다. 음식마저 경멸했던 걸까? 그녀는 그렇게나 완벽했다. 우리 둘이, 단둘이서 함께 걸을 때면(이제는 매일 함께하지만) 가끔은 그녀가 나보다 앞서 걸었고, 나는 그녀를 바라보며 걸었다. 그녀의 모든 것이 지극히 자연스럽고 조화로웠다. 이따금 그녀가 내 어깨에 손을 올릴라치면 그렇게 그 순간이 영원히 지속될 것만 같았다. 숲과 산과 오솔길, 그리고 "사랑하는 친구 사이", 프랑스인들은 이렇게 말하지. 그녀는 한 남자에 대해 이야기했다. 난 남자에 관해서라면 그 사촌 녀석 말고는 딱히 할 얘기가 없다. 그리고 여집사. 하지만 여집사는 전혀 다른 이야기다. 여집사, 수녀, 수도원 동기는 같은 부류다. 프레데리크는 한 남자와 완전히 끝난 것처럼 말했다. 그날 저녁, 독일 애와 함께 쓰는 내 방으로 돌아왔을 때 나는 돌이켜 생각해 보았다. 어쩌면 우리는 여자에 관한 한 전문가일 것이다. 수도원에서 청춘의 봄날을 보내는 우리들은. 그리고 우리가 언젠가 이곳을 나가면, 세상은 둘로 나뉠 것이다. 남성과 여성으로 말이다. 그럼 우리는 남성의 세계에 대해서도 알리라. 남성의 세계도 과연 그렇게 중요할까? 또 자문해 보건대, 과연 남성의 세계를 정복하는 것이 프레데리크를 정복하는 것보다 더 어려울까?

프레데리크와 함께하는 매일의 산책, 그 친밀감, 다정함에도 불구하고 나는 여전히 그녀를 정복했다는 생각이 들지 않았다. 나의 비교 기준은 힘이었다. 난 그녀를 정복해야만 하고, 그녀는 나를 부러워해야만 하는 것이다. 프레데리크는 다른 누구와는 절대 함께 있지 않았고, 가끔은 나와 함께 있기보다도 혼자 있기를 원했다. 나는 심심했다. 책도 읽지 않고 거울만 바라보다가 머리를 빗곤 했다. 몇백 번 빗었다. 자연을 사랑하는 척했다. 프레데리크가 절대 거울을 보지 않는다는 것은 이미 알았다. 그녀와 함께 있으면 나는 나무와 산, 침묵과 문학에 감동을 받았다. 내게 있어 삶이 조금씩 길어지기 시작했다. 난 이미 수도원에서 7년을 보냈고, 수도원의 삶은 아직 끝나지 않은 상태였다. 누구나 수도원 안에 있으면 세상의 거대한 것들을 상상하고, 수도원 밖으로 나가면 문득 이곳의 종소리를 다시금 듣고 싶어 한다.

어째서 내가 머물렀던 수도원들은 하나같이 주변에 남자라고는 눈을 씻고 찾아봐도 없었는지 정말 이상하다. 늙은이나 미치광이, 하다못해 문지기라도 말이다. 아펜첼 하면, 꼬부랑 노인들, 장애인, 제과점과 분수가 떠오른다. 세속적인 일상을 느끼고 싶을 땐 누구나 제과점에 갔다. 막상 그곳에 가면 아무도 없었지만, 가는 길에 꼭 노인을 만났다. 나나 프레데리크처럼 수도원에서 오래 살았던 사람들은 언젠가 한 번쯤은 되돌아보겠지만, 늙고 절망에 빠지더라도 아무것도 남아 있지 않더라도 우리는 살 수 있을 거라고 오래전부터 나는 믿어 왔다. 종이 울리면 우리는 일어난다. 다시 종이 울리면 잠이 든다. 항상 우리들 방으로 돌아오고, 우리네 인생이 창문과 책들, 산책로 사이로 흘러가고, 계절이 오가는 것을 지켜본다. 늘 똑같은 회상, 창턱에 달라붙은 회상. 어쩌면 우리 모두는 눈에 확 띄는 견고하고 커다란 형상을 코앞에 마주하리라. 그것은 우리 인생을 스쳐 가는 프레데리크다. 또한 어쩌면 언젠가 되돌아가고 싶어질지도 모르겠지만, 우리는 이제 아무것도 바랄 게 없다. 우리는 한때 세상을 꿈꾸었다. 다른 무엇을 꿈꿀 수 있었겠는가? 자신의 죽음이 아니라면. 종소리가 들려오면 모든 것은 끝난다.

하지만 이 작은 이야기 하나를 떠올려 본다. 프레데리크가 이파리 색깔을 내게 자세하게 묘사해 준 적이 있는데, 그때 우리의 대화에 서늘한 냉기가 흘렀던 기억이 난다. 프랑스 문학 선생은 프레데리크를 기특하게 여겼는데, 어쩌면 브론테처럼 여겼을 것이다. 그렇지만 나는 미워했다. 문학 선생이야말로 프레데리크와 산책하고 싶어 했다. 그녀는 못생겼고, 자신이 헌신하는 프랑스 문학 이외에는 아무것도 몰랐다. 그녀가 말을 할 때면 나는 하품을 했다. 이미 말한 대로 나에게 인생이란 왠지 너무 길게만 느껴졌다. 문학 자체는 내게 매력이 없었지만, 여하튼 프레데리크와 나눌 이야깃거리를 준비해야만 했다. 노발리스의 자살과 완벽주의에 대한 글을 읽은 적도 있었다.

"무슨 일이야?" "뭘 생각해?" 프레데리크가 내게 물었다. 드디어 그녀가, 내가 무슨 생각을 하는지 물은 것이다. 1점 확보. 나는 오로지 한 가지만 생각했다. 세상 속으로 들어가기. 하지만 결코 발설하지 않으리라. 아무것도 아냐. 나는 대답했다. 지금은 아무것도 생각하지 않는다. 그녀와 함께 이야기할 때면 나는 그녀에 대한 생각에 푹 빠지곤 했다. 그녀의 아름다움과 똑똑함, 그녀에게 있는 완벽한 무언가에 대해서. 벌써 몇 년이 흘렀지만 지금도 그녀의 얼굴을 생생히 기억한다. 다른 여자들에게서는 아무리 찾아보아도 결코 찾을 수 없었던 그녀만의 얼굴을. 그녀는 완전무결

함 그 자체였다. 위험천만한 그 무엇. 이 한마디 말을 나는 그녀에게 단 한 번도 한 적이 없고, 나의 부러움을 고백한 적도 없다. 처음 그녀를 보았던 날부터 불행히도 그녀에게 일종의 열등감을 느낀 까닭에, 우리가 서로 친해지기 위해서는 몇 단계를 극복해야만 했다. 그것은 전투와도 같았다. 그리고 나는 그녀를 이겨야만 했다. 모든 것이 그렇게 명백하고 팽팽했다. 나는 모든 말과 말투, 몸짓을 저울질했다. 정신 훈련과도 같았다. 나는 자문해 본다. 몇 주 뒤쯤, 말보다 먼저 포옹을 했더라면 어땠을까. 그것은 상상도 못할 일이었다. 우리는 악수조차 한 적이 없다. 악수는 웃기는 것이라고 여겼다. 우리는 산책길에서 여자애들끼리 서로 손을 잡고 다니면서 웃고, '우정을 나누고', 연인이 되는 것을 종종 보아 왔다. 그때 우리 둘에게는 모든 신체 표현을 방해하고 나서는 환영 같은 것이 있었다.

프랑스어 선생은 꼭 우울한 남자 같았다. 특히 환한 창가 앞에 성당을 배경으로 앉아 있을 때면 더욱 그렇게 보였다. 프랑스어 선생이 질문하면 나는 대답하지 못했다. 그녀는 짧고 부스스한 회색 머리에, 손을 사제처럼 모아 쥐곤 했다. 그녀의 엄격한 시선에는 구걸하는 애절함이, 결코 허락받은 적 없는 것에 대한 갈구가, 그리고 감히 말하건대 결백함, 패자의 결백함이 서려 있었다. 그 결백함이란 일시적인 절망과 고집이 뒤엉킨 산물이었다. 그녀와 같은 부류의 사람들은 힘겹게 살아간다. 마지막 순간까지, 죽기 직전까지 가르친다. 그녀가 시의 마지막 두 구절을 읽는다. 그녀는 여전히 선 채로 내게 묻는다. 혹시 나를 때리려고 하나? 나는 아주 따분하고 지루했다. 무기력이 나를 짓눌렀다. 정오가 되기 전까지는 내내 그랬다. 아침 산책 후 그렇게 하루 중 일곱 시간이 흘러갔다. 일곱 시간은 근무 시간과 거의 맞먹었고, 일하는 사람들이라면 그 시간을 더 줄이고 싶어 할 것이다. 그녀는 나를 경멸했다. 어째서 프레데리크가 나와 친하게 지내는지 무척 궁금했을 것이다. 어쩌면 이미 알았을지도 모른다. 나는 책 한 권도 제대로 읽지 못했다. 내 책장은 비었고, 나는 가끔은 프레데리크의 책들을 뒤적였다. 어쨌든 이 모든 일이 내 능력 밖의 노력을 요구했다. 그 능력이란 말하자면 정신력을 의미하는데, 프레데리크는 내게 많은 능력을 심어 주었다. 프레데리크가 내게 문학 이야기를 들려줄 때면 그 순간만큼은 정말로 재미있었고, 무엇보다 내가 그녀에게 맞장구를 쳐 줄 만한 수준이어야 했다. 하지만 나는 그녀의 이야기를 듣는 동안에도 여전히 그 능력 결핍의 순간을 마주해야 했다.

프레데리크가 나를 바라보기 시작했다. 가끔씩 나를 바라보는 그녀 시선에 무게가 느껴졌다. 등에 꽂힌 비수처럼 느껴져 나는 뒤를 돌아보기도 했다. 가끔은 식당에서 그녀의 시선을 느꼈는데, 그럴 때면 잔뜩 긴장해서는 우아하게 식사하려고 애썼다. 그러다 결국 거의 아무것도 먹지 못했다. 그래도 아침 식사 때는 그녀가 나를 쳐다보더라도 빵 두서너 조각에 버터와 잼을 발라 먹었다. 그 무렵 내게는 아침 식사가 가장 중요한 관심사였음을 고백해야겠다. 어느 날 빵을 카페라테에 적셔 먹으면서 식탐에 빠져 방심한 순간이었다. 프레데리크가 아마도 웃었던 것 같다. 말하자면 너그러운 마음으로 말이다. 이제는 그녀가 먼저 내게 신호를 보냈고, 멀리서 나를 주시했다.

처음 보던 날부터 나는 그녀와 함께 있고 싶었다. 그녀와 함께 있다는 것은 내가 그녀의 영혼을 가지고, 그녀와 공범이 되고, 세상 모든 것을 경멸한다는 의미였다. 그것은 피로 약속을 맺고 서

로 의자매가 되는 것이다. 첫날, 그러니까 그녀가 느지막이 식당
으로 온 그 순간부터였다. 말하자면 나는 그녀가 주도하는 어떤
법칙을 따라야 했다. 어느 날엔가 그녀는 나를 단번에 알아보았다
고 말했지만, 그 말은 단지 나를 기쁘게 하기 위해서 한 말일 뿐이
었다. 그녀가 아무 말도 하지 않는 경우 역시 나를 기쁘게 하기 위
한 것이었다. 한 번쯤 그녀가 내게 아름답다고 말했던 것 같다. 분
명하게도 내게는 그녀와 같은 우아함이 없었다. 그녀는 회색 치
마와 헐렁한 셔츠와 회색, 하늘색, 파란색 털 스웨터를 주로 입었
다. 나는 몸에 달라붙는 스웨터와 허리가 조이는 플레어스커트를
입었다. 나는 허리띠로 허리를 최대한 꽉 졸라맸는데, 대부분 여
자애들이 그랬다. 이런 모습은 우아함과는 거리가 멀었다. 그녀
의 헐렁한 스웨터는 몸매를 따라 흘러내리며 몸을 감싸면서도, 사
춘기 소녀의 몸매, 가느다란 허리와 날씬한 배를 고스란히 드러내
주었다.

어느 겨울 오후, 우리는 계단에 앉아 있었다. 프레데리크가 내
손을 잡더니 말했다. "할머니 손 같아." 그녀의 손은 차가웠다. 그
녀는 내 손등을 자세히 들여다보았다. 핏줄과 뼈가 튀어나와 있
었다. 그러고는 손바닥 쪽으로 뒤집었다. 손바닥도 쭈글쭈글했다.
어떤 우월감에서 내가 그 말을 칭찬으로 받아들였는지 도저히 설
명할 길이 없다. 그날, 계단에 앉아서, 나는 그녀를 확실히 즐겁게
해 주었다. 내 손은 정말로 뼈마디가 굵은 늙은이 손 같았다. 프레
데리크의 손은 남자처럼 크고 굵고 두꺼웠다. 우리 둘 다 새끼손
가락에 가느다란 반지를 끼고 있었다. 서로 만지면서 즐거운 육감
을 느꼈을 거라고 쉽게 상상하겠지만, 그녀가 내 손을 만졌을 때

나는 차가운 손을 느꼈고, 그 촉감이 너무 해부학적이어서 몸의 느낌은 멀리 도망가 버렸다. 그해 겨울, 나는 커다란 스웨터를 사서 몸매를 감추었다. 늙은이 같은 손은 더욱 두드러졌다.

프레데리크는 모두에게 늘 상냥했고, 감상이나 고민에 빠지는 법이 없었다. 난 그렇지 못했다. 아주 가끔 룸메이트를 때리고 싶은 충동을 느꼈다. 그 애는 순종적이었고, 항상 내 말을 잘 들었다. 그 애의 콧구멍은 훤히 들여다보였다. 늘 어김없이 콧구멍이 드러나 보였다. 위로 들린 들창코. 나는 그 애의 목을 죄고 싶은 충동을 느끼곤 했다. 그 독일 여자애는 반쯤 벌거벗은 채로 오달리스크[03]처럼 침대에 누워 있곤 했다.

프랑수아 코페의 시를 낭송하게 되었다. 어느 정도 세상을 이해하게 된 요즘에 와서야 나는 비로소 프레데리크의 머리글자가 이 시인과 같다는 것을 알게 되었다. "나는 창가에 앉아 여름 하늘 아래 당신을 그리워하네." 내가 낭송을 맡은 부분은 이렇게 시작했다. "파랑새 한 마리가 노래를 하고 그 노랫소리는 진주를 뿌린 듯 별이 찬란한 하늘가에 점점이 흩어지며 올라가네." 수녀인 선생이 피아노 반주에 맞추어 시를 낭송하는 법을 가르쳐 주었다.

프레데리크의 성(姓)에는 '이야기'라는 뜻이 있었다. 그래서 이야기라는 단어를 들을 때나 볼 때마다 나는 그녀 특유의 간간이 터져 나오는 웃음과 더불어 그녀를 떠올렸다. 또 이유를 설명하기는 어렵지만, 그녀에 관한 어떤 이야기가 이미 글로 쓰였을 거라

---

03 튀르키예 궁정에서 시중을 들던 여자 노예.

고 추측했다. 이미 결정되었을 것이라고. 우리 인생처럼.

　　우리는 수도원 밖으로 나와 성니콜라스 성당을 따라 오후 내내 걸었다. 눈이 내렸다. 우리 둘은 말이 없었다. 우리는 토이펜 제과점에 들어갔다. 마을은 정적에 잠긴 채 잠든 것 같았다. 난 프레데리크가 한 남자와 사귀거나, 적어도 예전에 사귀었다는 것을 이미 알았다. 계속 눈이 내렸고, 눈송이가 창문에 내려앉았다. 프레데리크는 성탄절에 그 남자와 여행할 것이라고 말했다. 나는 눈송이를 유심히 바라보았고, 프레데리크는 낮은 목소리로 속삭였다. 나는 그 관계에 대해 알았고, 물론 그 행복한 사랑을 축복해 주지 않았다. 난 파이를 먹으면서 그녀에게 말했다. 그녀도 파이를 하나 더 먹었던가? 우리는 차 한 잔을 더 마셨다. 난 비밀도, 고백도 원치 않았다. 그녀의 사랑에는 비극적인 무언가가 있다는 인상을 받았다. 내가 보기에 그녀는 완강하고 집요했다. 잠시 동안 그녀에게 그 어떤 남자도 없다고 상상해 보았다. 나는 파이 하나를 더 집었다. 눈송이가 내려앉았다. 프레데리크가 또 다른 인생을 꾸며 내는 중이라는 생각이 문득 들었다. 그녀가 도피 여행에 대해 말하는 동안, 그녀의 눈에서 이상한 빛을 느꼈던 것 같다. 그 빛은 마치 눈송이처럼 미친 듯하고 허무하기도 해서 공중에서 사라져 버리는 듯했다. 겁이 났다. 자기 자신을 지키라고 그녀에게 말하고 싶었지만, 무엇으로부터 지켜야 하는 것인지는 나로서도 알 수 없었다. 생각이 그렇게 허공에 매달린 채로, 나는 다만 위험하다는 느낌, 지금과는 전혀 다른 모습으로 살게 되리라는 위태로운 인상을 받았다. 그러더니 모든 것이 순식간에 잦아들었다. 그 혼란스럽던 생각이 가물가물 사라져 버렸다. 프레데리크는 그들이 예전에 함께 간 적이 있는 안달루시아에 다시 갈 것이라고 말했다. 그녀는 내게 스페인에 가 보았냐고 물었다. 난 한 번도 간 적이 없었다. 스위스는 여기저기 가 보았다. 기차를 타고. 아빠가 기차를 좋아했기 때문이다. 그녀는 리기에 가 보았던가? 아니, 한 번도. 나는 또 산 이름 몇 개를 댔다. 고르너그라트, 융프라우, 그리고 베르니나 열차. 그녀는 가 보지 못했다.

　프레데리크는 마치 다른 사람이 된 것처럼 여행에 대해 이야기했다. 토이펜 제과점에 어둠이 내리기 시작했다. 마치 눈이 어둠의 장막을 치는 것 같았다. 바깥에 겨울의 어둑함이 두껍게 깔렸다. 밖은 얼음장처럼 차가웠고, 그렇게 우리는 집으로 돌아왔다. 우리에게 집은 수도원이었다.

매일 저녁 나는 룸메이트와 세면대를 같이 썼다. 하루는 그 애에게 친절하게 대했다. 그 애가 빗을 떨어뜨렸을 때 때마침 그것을 주워 준 것이다. 그 애는 잠자기 전에 꼭 머리를 빗었다. 마치무도회에라도 가는 사람처럼. 어쩌면 꿈속에서 정말로 갔는지도모를 일이다. 모두에게 예의 그 콧구멍을 훤히 드러내 보이면서말이다. 덧니가 잇몸 위로 삐져나와 있었다. 그 애는 붉은 태피터옷을 입고 구겨지지 않게 조심했다. 가끔 그 애의 속옷들이 널브러진 침대 발치께의 의자 위에 붉은색 옷이 걸쳐진 것을 보기라도할 때면, 난 정말 그 애가 무도회에 다녀온 게 아닐까 착각하곤 했다. 특별한 경우에 한해서 기숙사 방을 검사하는 날도 있었다. 검사는 주로 아침에 했는데, 옷장과 서랍 들을 모두 열어 두었다. 우리의 속옷 더미와 구겨진 스웨터들이 장벽처럼 쌓여 있었다. 우리도 동양인처럼 우리 살림살이를 정리하는 법을 배워야 했다. 그보다 얼마 전에는 노[能]¹⁴를 연극을 보았다. 공연이 끝난 뒤 나는 배우와 인사하려고 줄에 다섯 번째로 서 있었다. 배우는 자신의 가방, 아니 보따리라고 하는 게 더 낫겠다, 보따리를 싸고 있었다. 그녀는 옷장 속에 정리해 넣듯이 옷을 정확하게 갰다. 정확한 간격으로 옷을 종류별로 분류했다. 내 우편함에 카드를 넣어 두었던 어린애가 자신의 수호천사가 되어 달라고 했을 때 그 요구를 받아들였더라면, 아마도 그 애라면 그 정도 정리는 해 주었을지도 모른다. 그 애라면 내 스웨터들을 정리하면서 우쭐해했을 것이다. 우리는 모두 맹목적인 추종자니까.

마리온, 그 꼬마 여자애의 이름이 마리온이었는데, 내가 꽃 한 송이를 선물했더라면 그 애는 꽃잎을 책갈피에 고이 꽂아 두고 영원히 간직했을 것이다. 헌책을 사면, 그 책갈피에서 한 번쯤은 말린 꽃잎을 발견한다. 그 꽃잎은 건드리기만 해도 산산이 바스러진다. 시든 꽃잎. 죽은 꽃. 나를 향한 그 애의 사랑은 순식간에 시들어 버려 바스라기 한 조각만큼도 남지 않았고, 그 애는 내게 인사조차 하지 않았다. 내가 마리온의 사랑스러운 카드를 당장에 찢어 버린 것이다. 어머니나 아버지가 아주 가끔씩 보내오던 편지를 찢어 버리듯이.

나의 룸메이트는 독일제 나무 장식 상자에다 편지들을 모두 보관했다. 그 애는 침대에 퍼질러 누워 그 편지들을 읽고 또 읽었다. 상자에서는 독일의 향취가 배어 나왔는데, 결코 옅지 않은 향기였다. 그 애는 그 향기를 훅 들이마시곤 했다. 작은 금 자물쇠와 열쇠도 있었다. 그 애는 그 끔찍한 것을 매번 조심스럽게 열었다.

---

04 가마쿠라 시대 후기에 발원하여 무로마치 시대에 완성된 일본의 가무극.

나로 말할 것 같으면 편지 받는 일이 아주 드물었다. 도착한 편지들은 책상 위에 놓았다. 편지가 거의 오지 않는다는 것은 그리 기분 좋은 일은 아니었다. 그래서 나는 아버지에게 편지를 쓰기 시작했다. 별 내용 없는 시시한 편지를. 그저 내가 잘 있는 것처럼 아버지도 잘 있겠거니 했다. 아버지는 곧장 답장을 보내왔는데, 봉투에 유벤투스 축구팀의 우표가 붙어 있었다. 아버지는 어째서 내가 편지를 그렇게 자주 보내는지 묻곤 했다. 아버지의 편지도, 내 편지도 모두 짧기만 했다. 매달 편지에는 쌈짓돈이 동봉돼 왔다. 아버지는 내가 원하는 대로 뭐든지 해 줄 수 있는 유일한 사람이라는 것을 알았기 때문에 나는 그에게 편지를 썼다. 비록 내 인생이 법적으로는 어머니의 의지에 달려 있다 하더라도 말이다. 어머니는 브라질에서 내게 할 일을 일러 주곤 했다. 그쪽에서 내가 독일어로 말할 줄 알아야 한다고 생각했기 때문에, 내가 독일 여자애와 방을 함께 쓰게 된 것이다.

나는 독일 애와 이야기했고 그 애는 내게 선물을 주곤 했다. 끊임없이 먹어 대는 초콜릿이나 미국 껌, 아니면 예술 책을. 물론 독일어로 쓴 책도. 복제 그림이 있는 독일 책. 독일 표현주의 청기사파 회화. 그 애는 속옷마저 독일제였다. 내 머릿속 기억의 서랍에서는 그 애의 이름을 찾을 수조차 없다. 기억 속에서 사라진 아이. 누구였더라? 나에게 그 애는 그러니까 아무것도 아닌 것이다. 그 애의 실루엣과 몸매는 기억나지만 말이다. 우리가 괘념치 않았던 이들이 때로는 아주 짓궂은 조화로 인해 다시 기억에 떠오르기도 한다. 그들의 이목구비는 우리가 중요하게 여겼던 사람들의 이목구비보다 훨씬 깊은 인상을 남기는 법이다. 우리의 머릿속에는 기억의 서랍이 있다. 우리가 아무것도 아니라고 생각하는 사람들이 탐욕스러운 존재처럼 점호하는 순간에 깜짝 등장한다. 가끔은 우리가 사랑했던 사람들의 실루엣 뒤에서 독수리처럼 나타나기도 한다. 수많은 얼굴들을 우리 기억의 서랍 안에서 무궁무진하게 방목했다. 지금 쓰다 보니, 마치 경찰서 취조실에 있는 것처럼, 그 애의 특징이 하나씩 자세하게 떠오른다. 그 애의 이름이 무엇이었던가? 그 애의 이름은 잊히고 없다. 하지만 이름을 잊는 것만으로 그 존재 자체를 잊을 수는 없다. 모든 것은 바로 거기, 기억의 서랍 속에 있다.

나는 가장 소중한 청춘 시절을 수도원에서 보낼 수밖에 없었다. 여덟 살부터 열일곱 살까지. 처음에는 어느 친척 할머니한테 맡겨졌다. 어느 날엔가 할머니는 내가 드세다면서 더 이상 돌보지 못하겠다고 말했다. 게다가 내가 거실에 걸린 선조들의 초상화 중 어느 누구와도 닮지 않았다고 했다. 그리고 바로 그 이유로 눈앞에서 내 초상화를 떼어 버렸다. 지금 내 모습은 그 할머니와 많이 닮았다. 할머니 역시 내 기억의 서랍 속에 있다. 그 푸른 눈동자와 함께. 할머니 덕분에 나는 많은 수도원을 전전했고, 많은 수도원장, 수녀, 사감 들을 만났다. 하지만 누구도 내 할머니가 지녔던 것과 같은 권위는 없었다. 늘 나는 마음만 먹으면 그들을 얼마든지 속일 수 있다고 생각했다. 비록 그들 손에 입을 맞추지만 그들의 힘은 일시적이라고 생각했다.

이탈리아에 있는 한 프랑스 수도원에 머물 때의 일이었다. 늘 그렇듯 수도원 안에서 벌어졌다. 매일 밤 자기 전에 나는 룸메이트와 같이 좁은 계단을 올라갔다. 계단 맨 위에는 사감이 앉아서 기다렸다. 매일 밤 촉수가 낮은 전등 아래 우리가 서로 손에 손을 꼭 잡고서, 그 좁은 계단의 희미한 불빛을 따라 기숙사의 환한 불빛 안으로 들어가기 전까지 말이다. 우리는 줄을 서서 한 사람씩 사감의 손에 입을 맞추었다. 그다음에는 욕실로, 그다음에는 침대로 갔다. 고요한 기숙사. 침대 덮개는 흐트러짐이 없었다. 밖에 달과 별들만 있다면, 그곳은 상상의 사막 그 자체였다.

내 기억이 맞는다면, 우리는 수도원장이 눈앞에 있을 때 네 박자에 맞춰 인사하는 법을 배웠다. 사감의 살에서 어떤 냄새가 났는지 기억나지는 않지만, 나는 그 복종의 몸짓을 무심결에 따라 했고 그 몸짓은 어느새 자연스러워졌다. 나는 잠시 멈추어 서서, 길게 줄 서 있는 다른 친구들을 바라보는 것을 즐겼다. 집게손가락과 엄지손가락으로 사감의 손을 살짝 잡았지만 내 입술을 대지는 않았다. 피를 나눈 자매애 따위에 대한 구역질 같은 것이 욱하고 치밀었기 때문이다.

사감의 눈은 새벽녘 알프스의 호수처럼 파랗고 어린아이 같으면서도 독기가 서려 있었다. 마치 그녀는 최후의 인종인 것처럼 눈썹이 새하얬고, 아이들은 거지의 후손들이 단두대에 오르기 직전에 조상의 손에 입을 맞추듯이 그녀에게 입을 맞추었다. 아이들은 동양적으로 생겼다. 사감은 이마를 베일로 가렸는데 베일은 여자, 특히 나이 많은 여자에게는 더욱 필요하다. 베일은 엄숙함과 신비감을 주니까. 한마디로 사기다. 사감의 몸은 어쩐지 부드러우면서도 고풍스러웠다. 먼지나 시커먼 잿더미 속에 있다 할지라도, 직분에 걸맞은 엄격함으로 무장한 도도한 크림색 복장 때문에 그녀는 마치 묘지의 공작부인처럼 보였다. 그녀의 목소리는 때로 구슬프고 너무 어리게 느껴져 혹시 거세된 남자가 아닐까 의구심이 들 정도였다.

그곳에서는 프랑스 수녀들 간에 계급 차이가 분명하게 느껴졌다. 수련자들은 검은색 옷을 입었고, 보수도 없이 힘든 일을 도맡아 하는, 신분이 낮고 불쌍한 사람들이었다. 수녀들은 그들을 "자매님"이라고 부르면서 부려 먹었다. 우리 역시 그들을 업신여겼다. 수녀들은 순진무구한 미소를 띠고서 그들 위에 군림했다. 그 수도원에서는 우리들 중 누가 가난뱅이이고 고아인지 쉽게 알 수 있었다. 기숙사비를 내지 않는 학생이 하나 있었는데, 그녀는 사감에게 싹싹하게 굴면서 잘 보이려고 애를 썼다. 어쩌면 그녀는 첩자 노릇을 했을지도 모른다. 우리는 그녀에게 잘해 주었는데, 남쪽 지방의 몰락한 가문 출신인 그녀는, 금발 머리였고, 눈동자가 푸른색과 노란색이 섞인 비단 같았다. 한마디로 그녀는 귀찮은 존재였다. 첩자였으니까. 첩자. 우리는 그렇게 생각하지 않을 수가 없었다. 우리는 지체 높은 수녀님들보다 그녀에게 더 많이 신경 써야 할 판이었지만, 그녀는 일편단심 권력에만 충성했다. 그렇게 음지에서 자라는 생명도 있는 것이다. 우리는 그녀를 우리 편으로 만들려고 기를 썼지만, 그녀는 콧방귀도 뀌지 않았다. 그녀는 우리보다 키가 더 컸던 것 같다. 종아리는 굵고, 전체적으로 살집이 있고, 엉덩이는 빵빵했다. 금발 머리카락이 좀 거친 도자기 같은 작은 얼굴을 가려 주었다. 그녀는 열여덟 살이 넘어서 나이 많은 학생으로 특별 대접을 받았는데, 그것은 서글픈 일이었다. 그녀는 늘 힘든 일을 했고, 우리는 그녀의 일이 아주 괜찮은 직업이라고 생각했다.

　그녀는 자신의 가난을 의미심장하게 받아들였다. 다른 학생들이 사치와 허영에 의미를 두는 것처럼. 그녀는 말 그대로 빈곤에 찌들었고, 가난 말고는 그녀에게 남아 있는 것이 없었다. 그것은 결코 간단한 일이 아니었다. 그녀 속에는 노예근성이 꿈틀댔는데 마치 천부적인 것 같았다. 그녀는 작고도 날렵한 발로 아래위층 복도를 바삐 다니면서, 수녀원장이 그녀의 이름을 작게라도 부를라치면 특별한 비법이라도 있는지 어느샌가 나타났다. 수녀들은 언제나 아주 작은 목소리로 말했다. 그녀는 마치 예배실에서 꼿꼿하게 무릎을 꿇고 있을 때처럼 서 있었다. 그리고 그녀의 커다란 두 눈은 십자가를 묵묵히 바라보는 듯했다. 만약 그녀가 고자질쟁이만 아니었더라면, 우리는 그녀의 무한한 헌신과 복종을 긍정적으로 여겼을 것이다.

　바우슬러 학교에서는 수도원장의 손에 입을 맞추지는 않았다. 가끔씩 우리들 뺨에 입 맞추는 시늉을 하는 쪽은 오히려 호프스태터 부인이었다. 그녀의 뺨이 우리 뺨에 닿았다. 그런 행동이 단지 입맞춤 인사라 하더라도 끔찍하기는 마찬가지였다. 흑인 여자애가 어떻게 그것을 견뎌 냈는지 정말 모르겠다. 그 애한테는 수도원장이 진짜로 입맞춤을 했으니 말이다. 우리는 똑똑히 봤다. 그 애는 절대로 애정이 필요한 유형이 아니었다. 그 애의 눈빛은 변해 갔다. 단순한 어린아이의 눈빛이 아니라, 장난감을 가진 여유로운 자의 눈빛이자 무심하고도 고집스러운 바보의 눈빛으로. 그러면서 축복받은 어린아이 특유의 인상이 점차 바래고 사라져 갔다.

사실은 우리 거의 모두가 그 어린아이가 된 듯한 느낌에 끌렸다. 특히 고학년 무리들이 더했다. 그들은 1학기에는 게으름을 피우며 빈둥거렸고, 더듬거리며 독일어를 말했다. 키루나,[05] 거기가 어딘지는 모르겠지만, 그들은 그곳에서 속세의 삶을 이미 누렸으며 대부분이 결혼한 이들이었다. 그들은 바우슬러에 있기에는 나이가 너무 많았다. 수도원들, 적어도 내가 머물렀던 수도원들에서는 아무리 나이가 많이 든 학생이라도 정신 착란이 일어날 지경까지 유아기를 연장했다. 우리는 다 큰 여학생들이 오락 시간에 생기를 잃은 채 대기실에서처럼 앉아서는 그들끼리 귓속말하거나 화장을 고치는 광경을 자주 보았다. 우리는 그들이 왜 그러는지 잘 안다. 그들은 삶을 경험한 무리였다. 이미 세상에 나가 봤거나, 아니면 적어도 그런 척하는 이들이었다. 학기 첫날이면 파벌을 형성했고, 나머지 학생들은 그들 머리에 두른 황금빛 후광처럼 그 주변을 맴돌았다. 그들은 모두 나이가 많았다.

"제 방을 바꿔 주실 수 없나요? 저도 고학년 기숙사에서 지내고 싶어요." 호프스테터 부인은 우아하게 인사하면서, 그날도 내 친구 프레데리크와 산책할 거냐고 내게 물었다. 그녀의 목소리는 특히 "친구"라는 말에서 여운을 오래 남겼다. 그러니까 프레데리크와 나는 이제 공식적인 한 쌍인 것이다. "학생이 친구를 사귀어서 우리는 무척 기쁘군요. 하지만 방을 바꿔 주지는 않을 거예요. 처음부터 그렇게 정해졌으니까요. 브라질에서 학생 어머니로부터

---

05 스웨덴 북부, 북극권 안에 있는 광업 도시.

편지가 왔지요. 학생 어머니는 지금의 학생 룸메이트한테 만족하고 계세요." 만족감은 오래 지속해야 하는 것이다. 그녀의 타락한 눈과 화장으로 떡칠한 얼굴, 브로치를 단 푸른 정장이 가까이 다가왔다. 그녀는 내 머리를 애매모호한 태도로 쓰다듬었다. 화장이 쉽게 들뜨는 여자들이 있다. "고맙습니다, 호프스태터 부인." 언제나 감사하다고 말해야 한다. 거절당하더라도. 학교 안에서는 웃으면서 감사하는 법을 배운다. 빌어먹을 미소. 어떤 의미에서는 학생들의 많은 얼굴을 자료 삼아 관상학을 좀 배울 수도 있다. 더 어리고 사랑스러운 학생들조차 일종의 낌새 같은 것을 자료화할 수 있다. 이중의 이미지, 즉 해부학적인 이미지와 본질적인 이미지. 어떤 이미지 속에서 한 여자가 스쳐 지나가며 웃는다. 그리고 다른 이미지 속에서는 침대에 누워 있다. 레이스가 달린 수의를 입고서. 본인이 직접 수를 놓았던 바로 그 천으로 만든 수의 말이다.

마리온, 가장 사랑스럽고 특별한 그 애는 자신을 거부했던 다른 여자애들을 노려본다. 그 애는 수많은 여자애들한테 아양을 떨었지만 아직도 기둥서방을 낚지 못했다. 그 애는 자신의 아름다움을 과신한다. 열두 살쯤 되었거나 더 많을지도 모른다. 그 애는 누구나 좋아할 만한 상대다. 하지만 우리는 그렇지 못하다. 우리는 이미 사춘기의 열병을 조금씩 앓았다. 하지만 그 애는 아니었다. 마리온, 그 애는 거울과 같은 존재다. 우리는 그 애의 눈을 성당 무덤에 있는 작은 비석 옆에서 찾을 수 있다. 거기에 피어난 꽃줄기에 매달린 보라색 붓꽃에서 말이다. 호프스태터 부인 역시 그 애를 잘 알았다. 마리온은 아직 마음을 정하지 못했다. 한번은 프레데리크에게도 이야기했던 것 같다. 프레데리크는 사람들에게 호감은 아니지만 부러움을 샀다. 그녀는 교실에서는 거의 말을 하지 않았고, 수업이 끝나면 대개는 혼자 있거나 나와 함께 있었다.

내가 저학년 기숙사에서 지낸다는 것은 웃기는 일이다. 그곳은 고학년이 아닌 학생들이 머무는 기숙사였다. 겨우 몇 달 차이인데 말이다. 열다섯 살까지는 무조건 저학년이다. 프레데리크는 거의 만 열여섯 살로, 어른이나 마찬가지였다. 그녀는 우리보다 한 시간 더 늦게 불을 끌 수 있었다. 프레데리크는 혼자서 방을 썼다. 밤의 커튼이 드리워지면, 그녀는 깔끔하게 정리한 옷장과 경건하게 갠 속옷들처럼 자신의 생각도 그렇게 정리했다. 내가 밤 인사를 건네도, 그녀는 내 방으로 오지 않았다. 우리 방, 그러니까 나와 독일 여자애의 방으로 말이다. 독일 애가 없어도 프레데리크가 우리 방에 오는 일은 없었다. 독일 애는 거의 항상 침대에 누워 있었다. 그 애는 미래를 위해, 사춘기를 힘들게 보내지 않고 모든 여력을 아껴 두었다. 만약 이런 상황을 브라질에 있는 내 가족들이 만족스러워한다면, 무턱대고 그러는 것이다.

나는 피아노 레슨도 받는다. 가끔은 네 손으로 피아노를 친다는 기분이 들 때가 있다. 나머지 손 두 개는 브라질에서 편지를 쓰는 사람의 손이다. 1학기 말 무렵에 크리스마스 연주회가 있었다. 12월 17일에. 프레데리크가 피아노를 연주했다. 「베토벤 소나타 OP. 49. NO. 2」. 그녀는 박수갈채를 받았다. 연주회장에는 무덤과도 같은 정적이 흘렀다. 첫 줄에는 선생들과 흑인 여자애가 앉았다. 프레데리크가 로봇처럼 입장해 열정적으로 연주하고는, 다시 로봇처럼 허리를 굽혀 인사했다. 박수 소리가 그녀의 귀에는 들리지 않는 것 같았다. 크리스마스를 며칠 앞둔 그날 밤. 프레데리크가 정말로 천재적인 피아니스트였던가? 나는 그렇다고 생각한다. 그녀가 등장하는 모습부터 충격이었다. 그녀는 감정도, 자만심도, 겸손함도 없이, 자신의 옷에 끌려가는 것 같았다. 그녀는 손

목을 한 번 매만지고는 곧 연주를 시작했다. 태연하게, 하지만 그녀의 눈과 입가에 한순간 무언가가 번득였다. 아주 가끔씩 광포한 영혼이 그녀의 표정을 완전히 바꾸어 버렸다. 하지만 프레데리크는 어느새 제 모습으로 되돌아왔다. 그녀는 내가 생각했던 것보다 훨씬 대단했다. 그녀에게는 꼬집어 말할 수 없는 절대적인 무언가가 있었다. 마치 살아 있는 사람들과 세상으로부터 멀리 떨어진 존재 같았다. 혹은 우리가 알지 못하는 힘이 있는 존재 같았다. 나는 당혹스러웠다. 한번은 클라라 하스킬의 연주를 들은 적이 있다. 그때 나는 첫 번째 줄에 앉았고, 클라라의 노련함을 한순간도 놓치고 싶지 않았다. 프레데리크는 연주가 어땠냐고 내게 묻지 않았다. 나는 잔뜩 감동해 칭찬하려 했지만, "별것 아니네."라고 말해 버렸다. 그러고 나서 우리는 더는 아무 말도 하지 않았다. 이 글을 쓰면서 나는 라디오를 켠다. 베토벤 곡의 연주가 흘러나온다. 프레데리크에 대해 쓰는 동안, 혹여 그녀 때문에 내가 괴로워하지 않을까 생각해 본다. 라디오를 끈다. 다시 고요가 찾아왔다. 박수갈채는 끝났다. 프레데리크는 허리를 굽히고 고개 숙여 인사하고, 자기 자리로 돌아가 앉는다. 첫 줄의 흑인 여자애 옆자리로. 순간나는 흑인 여자애가 프레데리크의 조상이 아닐까 생각했다.

밤이 되어 침대에 누웠는데, 프레데리크를 향한 박수 소리가여전히 들려왔다. 내 룸메이트는 손톱을 다듬었다. 그 순간이 무척 길고 밤새 지속될 것처럼 느껴져 잠들기 전에 꿈속으로까지 룸메이트를 초대해야만 할 것 같았다. 손톱을 다 다듬고 나자 룸메이트가 말했다. "잘 자." 그 애는 이불 밖으로 손톱을 내밀어 바라보았고, 그 순간 그 애를 무도회에 초대해야 할 시간이 다가온 것 같았다. 그 콧구멍과 더불어 반가운 밤의 만남이 이어졌다. 그 애는 뉘른베르크[06]에서 왔고, 그곳은 그 애의 아버지가 회사를 다녔던 곳이다. 그 애는 그곳에 살 때 독일인들이 오리걸음으로 행진하는 것과 창가에 핀 제라늄을 볼 수 있었다. 우리는 한 번도 전쟁이나 그 도시의 파괴, 전후 복구에 대해 이야기한 적이 없었다. 그러니까 밤의 꼬마 춤꾼인 그 애는 폐허 속에서 자라난 것이다. 그 애 역시 제라늄이 있는 집에서 살았다. 2차 대전 당시 독일군이 지나가기가 무섭게 제라늄 잎들이 떨어졌다. 그 애의 집 창문 아래로 전사들이 행군해 갔고, 그 애의 어머니는 두건과 리본을 두른 그 애와 함께 그 광경을 바라보았다.

그 애의 어머니는 극장 객석에서처럼 꽃을 던졌을까? 우리가 함께 방을 쓰는 동안에 내가 물어봤어야 할 질문이다. 그때는 전쟁이 끝난 지 얼마 지나지 않은 시절이었다. 독일 여자애는 '전쟁'이라는 말을 결코 입 밖에 내지 않았다. 나치즘도, 히틀러도. "히틀러를 아니?"라고 그 애한테 물어볼 수도 있었다. 하지만 나에게 그 여자애의 존재 자체는 단지 시각적인 사실일 뿐이며, 나는 그 애를 마치 책에 나오는 그림과 같은 물리적 신체로 인식했고 텅 빈 나의 사물함과 마찬가지로 여겼다. 그 한구석에 연필과 공책이 있다는 정도로. 편지 한 통, 기억의 자투리, 손수건, 열쇠. 작은 사물함, 우리들 사념의 친근한 작은 저장고. 숫자를 매긴 창고. 소중하게 여기는 조그만 사물들을 넣어 두고 열쇠로 잠그지 않을 수도

06 2차 세계 대전 후 나치 전범의 재판이 열렸던 곳.

있었다. 모든 것은 임의적이다. 우리 모두는 열쇠 하나를 쓸 수 있는 기회를 얻었다. 그것은 하나의 상징이었다. 그 상징은 신성한 기숙사비로 이루어진 것이었다. 하지만 공짜인 상징들에는 집착하지 않는 법이다. 나는 그 열쇠를 한 번도 사용하지 않았다. 상징을 경멸해서 그런 것은 아니었다. 단지 내게는 과거도, 비밀도 없었다. 프레데리크는 내 사물함이 빈 채로 열린 것을 본 적이 있었다. 나는 아무것도 가진 것이 없었다.

많은 학생들에게 일기장이 있었다. 돈을새김 장식이 달린 일기장. 자물쇠가 달린 일기장. 그들은 자신들이 인생을 독차지했다고 여겼다. 나의 룸메이트는 목소리가 예쁘고, 노래 부를 때면 음정도 잘 맞췄다. 전쟁 동안에도 여전히 음색이 고왔을 것인데, 다른 많은 여자애들과도 목소리가 잘 어우러졌다. 요즘 들어 나는 그 애를 생각한다. 죽은 여신처럼 자물쇠로 잠가 두었던 일기장도. 사람 자체와 편지 글씨체를 서로 연결 지을 수는 없지만. 내 생각에는, 죽은 자들에 대해 그렇게 생각하듯이 우리는 무언가 애매모호한 여지를 남겨 두는 것 같다. 어떤 이야기, 우리가 계속 말하고 싶어 하는 이야기, 홀연히 사라진 사람들과 관련지어서 말이다. 잊혔던 이야기의 기억을 더듬을 때 우리가 망각을 실감한다 하더라도 말이다. 그들의 얼굴을 잊었다 하더라도, 다른 특징들은 마치 오래된 그림처럼 바랬다 할지라도, 목소리만이라도 독백처럼 남아서 우리는 대답을 듣지 않고도 무턱대고 믿어 버린다. 하지만 어디선가 그들은 대답한다. 아니면 악의를 품고 침묵하거나. 고집 센 학생들이 부러 말을 하지 않는 것처럼. 우리는 끊임없이 말을 한다. 그리하여 어느 순간, 상대방이 없는데도 계속 중얼거리는 자신을 발견한다. 그런데 단어 없이 생각할 수 있는 방법이 과연 있을까? 인간성은 알파벳의 첫 독본이며, 모든 존재는 글자로 형성된 것이나 다름없다.

　이런 생각을 주저리주저리 늘어놓을 마음은 없다. 결국 내가 하고자 하는 이야기는 프레데리크에 관한 것이다. 어떤 부분은 지금껏 내가 한 번도 생각해 보지 않았던 주제다. 나는 세상을 살아간다는 것에 대해 일종의 분노를 품었다. 그리고 죽음의 환영은 과거 속에서만 떠돌아다녔다. 미래의 문은 활짝 열렸고 그 앞에는 양탄자가 길게 깔렸다. 프레데리크는 혼잣말을 하곤 했다. 나는 그녀가 혼자 중얼거리며 허공에서 무언가를 주시하는 것을 보았다. 하지만 도대체 허공이란 게 눈으로 볼 수 있는 것인가? 어쩌면 허공은 태초의 모든 장소를 모방한 게 아니었을까?

바우슐러 학교에서는 복종과 훈련이 규칙에 따라 착착 진행되었다. 프레데리크는 날이 갈수록 훌륭한 모범이 되었다. 복도에서 우연히 수도원장을 만났을 때 때로는 방심해 인사를 못 할 수도 있었다. 아무리 독재 체제라 할지라도 무언가에 집중하는 것은 좋은 일이다. 프레데리크는 끊임없이 무언가에 집중하면서도 선생들 앞에서 고개 숙여 인사하는 것을 잊는 법이 없었다. 프레데리크는 원장의 남편인 호프스태터 씨에게도 고개 숙여 인사했는데, 그는 사무실 한쪽 구석 자리에서 회계 업무를 보았다.

프레데리크, 그녀는 이중생활을 했던 것일까? 나와 나누던 대화에는 깊이가 있었을 뿐 아니라, 지금 와서 밝히는 얘기지만 그녀의 관점은 명백했다. 거침없이 말하는 태도 때문이었는지, 그녀의 생각은 결코 편협하거나 안이하게 느껴지지 않았다. 앞서 밝혔듯이 나는 무식했다. 다만 프레데리크에게서는 어떤 느낌을 받았는데, 이렇게 말하기는 우습지만, 허무주의적인 느낌이었다. 그

때문에 그녀가 내게는 더욱 매력적이었다. 열정을 잃은 허무주의자. 교수대 앞에서 갑자기 웃어 젖히는 허무주의자. 예전에 내가 집에서 살 때, 피서를 갔다가 누군가가 경멸을 담아 이 말을 하는 것을 들은 적이 있다. 프레데리크가 그런 대화에 나를 끌어들였을 때, 특히 내가 감탄해 마지않았던 이야기들은 속죄의 분위기를 짙게 풍겼고, 진지했고, 결코 시시하지 않았다. 그녀의 얼굴은 반들거렸고, 뼈를 덮은 살은 조각상처럼 매끈했다. 나는 그녀를 보며 동쪽 하늘에 떠 있는 반달을 떠올렸다. 모두가 잠들었을 때 그녀는 사람들 머리를 벤다. 정말 그럴 법하다. 그녀는 정의(正義)에 대해 말하는 법이 없었다. 선이나 악에 대해서도. 그녀의 얘기는 내가 여덟 살 때 수도원에 발을 들인 후로 선생이나 친구 들이 하던 이야기와는 전혀 달랐다.

그녀는 무(無)에 대해 이야기했던 것 같다. 그녀의 말은 허공을 떠다녔다. 그녀의 말 뒤에 남은 것에는 날개가 없었다. 그녀는 '신'이라는 단어를 한 번도 발설한 적이 없었는데, 그녀가 신이라는 단어에 둘러친 침묵 때문에 지금까지도 나는 그 말을 쓰는 것이 힘들다. 그 단어는 내가 여덟 살 때부터 전전한 모든 수도원에서 매일같이 듣던 말이었다. 어쩌면 단지 단어만의 문제는 아니었을 것이다. 존재와 단어 사이에는 어떤 차이가 있을까? 프레데리크 때문에 나는 지쳐 갔다. 들판에서도, 숲에서도, 심지어 내가 잎사귀의 맥을 살펴보는 척하거나, 아직 마르지 않은 잎들을 주물럭거릴 때나 개미들을 괴롭힐 때에도. 그녀는 잎담배를 말아 피우곤 했다. 나는 세상에 진입하기 위해 했던 온갖 심각한 고민을 뒤로 미루고 호기를 기다리기로 했다. 나는 프레데리크에게 멍하니 있는 모습을 자주 들켰다. 기숙사 생활 7년째였다. 내가 처한 상황은 그녀와는 달랐다. 그녀는 수도원 기숙사 생활이 처음이었다. 입문자. 어쩌면 그때 그녀는 많은 사건과 감정을 겪었으리라. 그때까지 수도원에서 살지 않았으니까. 바깥세상에는 시장에서처럼 선택할 수 있는 게 다양하니까.

프레데리크는 과격했다. 나는 단지 몸으로만 과격했다.(다른 말을 못 찾겠다.) 다 컸다고 하더라도 몸싸움이 싫지만은 않았던 것 같다. 나는 룸메이트인 독일 애의 목을 조를 수도 있었다. 그 애의 가느다란 목은 언제나 대기 상태였지만, 나는 착한 학생이었다. 단지 장난으로. 내 손아귀 힘이 얼마나 센지 알아보기 위해 그 애에게 덤벼들기. "너, 애 같아." 단지 장난삼아 죽이고 싶다는 생각이 드는 것을 보면 내가 정말 '애'였던 걸까? "내 말은 힘이 그렇다는 거야." 그 애가 말했다. 나는 대답해 주었다. 나도 안다고, 아무도 그 사실을 의심하지 않는다고. "하지만 신체적 단련도 무척 중요해. 그건 훈련의 문제지." 난 말했다.

몇 번의 난투 끝에 그녀에게 항복했다. 나는 고개를 돌렸다. 그녀에게서 나는 담배 냄새가 너무 독했다. 그녀는 자신의 머리글자가 쓰인 은 상자에 어떤 담배를 넣고 다녔던가? 담배는 스페인에서 가져온 것이었다. 그것도 남쪽 지방에서. 그 애가 이야기해 준 대로 떠올려 본다. 스페인 해안과 초원 너머로 넘실거리는 바다가 펼쳐져 있고, 터번을 두른 무어인이 배에서 내리겠지. 마치 오래된 고물상에서처럼 이면의 것들이 모두 생동하는 것처럼 보일 테지. 그녀는 맨발에다 커다란 옷을 둘렀다. 그 남쪽 어딘가 내가 한 번도 가 보지 못한 곳에서. 하지만 장담하건대 그녀 역시 그곳에 가 보지 못했을 것이다.

"뭔가 하나를 소유한 자는 그 힘을 효과적으로 쓸 줄 아는 자야." 내 말에 그녀가 깜짝 놀라 나를 쳐다보았다. 충격이었나 보다. 그녀는 나에게 더 얘기해 달라고 했다. 나는 스위스 법령이라고 말해 주었다. 단지 법에 그렇게 쓰여 있다고.

그러다 다시 바우슬러로 돌아오면 대화는 단절되었다. 그녀는 다시 훌륭한 모범생으로 돌아갔고, 선생들은 그녀를 신임했고, 학생들도 모두 그녀를 믿었다. 간혹 믿지 않는 학생들이라도 그녀를 따랐다. 프레데리크는 본연의 삶을 살지 못했다.

학생 프레데리크는 반 친구들과 친하게 지내지 못했고, 누군가가 그녀 곁으로 다가가 5분 이상 말하는 것을 본 적이 없었다. 그녀의 우편함에는 카드 한 장 들어 있지 않았다. 모두가 그녀를 우러러보기 때문에 오히려 멀리했다. 만일 그녀가 누군가와 함께 있는 것을 보았다면, 나는 무심코 그녀에게 관심을 보이는 그 누군가를 방해할 기회를 노렸을 것이다. 나는 언제나 그녀를 열심히 감시했기 때문에, 그녀가 인간 자체보다는 관념에 더 관심이 있다는 것을, 사악한 쾌감을 느끼며 결론지을 수 있었던 같다. 어차피 수도원에서는 인간 자체에 대한 이야기는 할 수 없었지만 말이다. 식당에서, 가끔씩 그녀가 웃는 소리가 들려왔다. 그녀의 이유 없는 웃음은 밤이 되어도 나를 괴롭혔다. 나는 뒤척였고, 떠오르는 얼굴들은 하나같이 진지했다.

내가 다른 여자애들한테는 관심이 없었다는 것은 하나 마나

한 이야기다. 그렇다면 그다음 문제에 대답할 수 있어야 할 것이다. 내가 프레데리크를 사랑했다는 것을 인정하는 문제. 누구도 사랑에 대해 절대 말하지 않았다. 세상 밖에서는 습관처럼 사용하는 그 말을. 하지만 우리는 이미 정해진 확실성만을 따랐다. 개인적인 일, 각자의 가정, 돈, 혹은 꿈에 대한 이야기는 절대 하지 않았다. 그녀에 대해서는 아버지가 제네바의 은행원이라는 것만 알았다. 기독교 집안이라는 것도.(우리 집도 그렇다. 브라질에 있는 집 말고.) 그녀의 어머니에 대해서는 아무것도 모른다. 아무도 그녀를 찾아오지 않았다. 아무래도 프레데리크에게는 비밀이 있는 것 같았다. 하지만 나는 묻지 않았다. 첫 학기가 끝나 갈 무렵 우리는 친해졌고, 그녀를 찾아다니거나 그녀의 방문을 두드리며 "실례해도 될까?" 하고 물을 필요도 없었다.

　브라질에서 또 다른 지령, 또 다른 편지들이 도착했다. 학생 X가 결국 친구를 사귀었는지 알아볼 것. X는 너무나 외롭고 거칠게 자라 왔던 것이다. 이것은 원장인 호프스태터 부인이 들려준 얘기인데, 그녀는 마치 외로운 영혼을 위로해 주는 중개인인 척했다. 그리고 원장은 이렇게 답장을 썼다. "X 학생(나)은 학교에서 가장 우수한 학생을 친구로 두었는데, 그 친구는 재능도 많고 훌륭한 피아니스트이기도 하다. 훗날 브론테 같은 작가가 될 것이며, 바우슬러 학교는 그녀의 모교라는 사실에 자부심을 느낄 것이다. X는 최고의 선택을 했다. 모두가 X를 부러워하며 X는 겸손하고 착하게 그러한 칭찬을 받아들인다. 분명히 이러한 친분은 긍정적으로 작용할 것이며, X는 공부도 하지 않고 열의도 없지만 프랑스 문학 수업에서는 장족의 발전을 했다." 원장은 문제의 학생이 독일어가 아닌 프랑스어로 말한다는 사실을 구체적으로 밝히지는 않았다. 원래 브라질에서는 X가 독일어로 말하도록 이끌어 주길 원했다. 어쨌든 생략 자체는 거짓말이 아니다.

프레데리크는 나의 아침 산책에 대해 알았다. 나는 매일 새벽 5시에 일어났고, 룸메이트는 자고 있었다. 수도원은 서늘한 대기에 싸였고, 삶은 그 시각에도 계속 흘러갔다. 혹은 다시 태어났다. 나는 소리를 죽이고 룸메이트의 침대 곁을 지나 욕실로 갔다. 욕실은 커다란 세면대가 두 개나 있어 비좁았다. 하나는 독일 애 것, 하나는 내 것. 종종 우리는 함께 씻었다. 프레데리크는 다른 동기와 같이 씻지 못했다. 꼭 교대로 욕실을 썼다. 하지만 결국엔 혼자 지냈다. 기숙사에서 그렇게 배정해 주었는데, 그녀가 모든 면에서 방을 혼자 써도 될 만했기 때문이다. 어쨌든 나와는 상관없었다. 나는 같이 씻는 것이 부끄럽거나 부담스럽거나 기분 나쁘거나 하지 않았다. 그렇게 생각하기 어려운 것이, 모두들 각자의 룸메이트 앞에서 옷을 갈아입었고, 그렇게 수많은 학기와 해가 흘렀기 때문이다. 우리는 세면대에서 발도 씻었는데, 프레데리크는 룸메이트와 발도 함께 씻지 못했다. 우리는 아주 재빨리 씻었다. 마치 군인이나 종신형 죄수처럼. 샤워실은 공동으로 이용했기 때문에 줄을 서야만 했다.

거부감이 없다거나 기분 나쁘지 않아서만이 아니라 독일 애와는 교대로 씻기가 힘든 상황이었다. 그 애는 오래 씻든지 아니면 세면대 거울을 한참씩 쳐다보든지 하기 때문이었다. 그 애는 거울에 대고 이야기를 했다. 혹시 알까, 거울이 대답을 할는지도. 게다가 나도 룸메이트와 세면대 앞에서 오히려 더 많은 이야기를 했다. 그때만큼은 그 애의 향기로움 때문에 굵은 종아리마저 예뻐 보였다. 그 애는 산을 많이 다녀 다리를 혹사한 것이 분명했다. 나는 어린애들을 산 정상까지 끌고 가는 것을 보면 정말 화가 났다. 그 애의 발목은 아주 가늘었지만 그래도 왠지 점원의 다리처럼 튼튼하고 다부져 보였다. 그 애한테 '점원'이라는 단어만큼은 독일어로 말했다. 밤이면 그 애는 무도회에 갈 준비를 하는 인상을 주었는데, 어떨 때는 가죽 장화를 신고 사냥 갈 준비를 하는 사람 같기도 했다.

프레데리크는 내 이야기를 열심히 들었다. 몸에 대한 이야기는 솔깃한 데다 진지한 태도로 말하게 마련이니까. 사방에 괴물들이 있는 거 보이지. 그녀가 말했다. 쉽사리 잊히지 않는 모습들이 있긴 했다. 내가 원장의 몸매(기형적으로 길고 가는 다리, 떡 벌어진 근육질 가슴팍)에 대해 이야기했을 때 그녀가 웃기 시작했다. 천하의 프레데리크가 웃다니? 그녀는 내가 몸에 대해 거부감을 보이는 걸 알고 깜짝 놀랐다. 그녀는 내가 여성 육체를 터부시하는 금욕주의자라고 말했다. 나는 지난 시절에, 물론 수도원에서 있었던 일인데, 한 여자애가 내 침대로 기어 들어온 일이 있다고 말해 주었다. 그 애의 가슴은 이제 막 봉긋해지고는 있었지만 여전히 딱딱했다. 그 애는 뜨거웠지만, 나는 그 애를 밀쳐 냈다. 그 애는 돌처럼 침대 밖으로 나가떨어졌다.

"넌 어린애야." 프레데리크는 나에게 이렇게 말했다. 나는 전쟁에 대해 아무것도 몰랐지만 독일의 침공에 대비해 우리 마을 저장고에 비상식량이 가득 차 있다는 것은 알았다. 그곳은 일흔 명이 몸을 피할 수 있는 대피소였다. 1950년대까지만 해도 그 비상식량은 여전히 남아 있었다. 그곳에 돌아가도, 함께 휴가를 갔던 나의 친지들 중 누구도 세상 이야기와 그 비논리성에 대해서는 말할 시간도 없었을뿐더러, 그럴 의지도 내비치지 않았다. 나 또한 묻지 않았다. 나는 종종 멍해졌다. 그저 아무 생각 없이 넋을 놓고 있었다. 하지만 프레데리크와 있을 때만큼은 구체적인 무언가에 관해 계속 집중해야만 했다.

대부분 여자애들은 열정적이었고, 예쁘장한 소품들을 모으거나 무도회를 다니거나 했다. 나는 체어마트 마터호른, 리기 칼트바트, 첼레리나, 벵엔에 있는 호텔들에서만 춤을 춰 봤다. 그것도 내 아버지를 봐서 예의상 나한테 춤을 청하는 나이 많은 아저씨들과 말이다. 아버지는 춤추지 않았다. 아버지는 브라질에서 보내온 의복과 광택 나는 검은 구두를 신었고, 춤보다는 게임을 즐겼다. 치명적인 게임. 병에 대롱이 달린 대마초 담배를 들고 있곤 했다. 아버지와 나는 그렇게 단둘이, 가끔씩 밤에 술집에 가서 즐기곤 했다. 그곳에서도 나는 여전히 세상 속으로 들어가길 기다렸다. 슬프게도, 초조함 같은 건 없었다. 시간은 링 밖에 있었다.

그 점을 프레데리크에게 이야기해 줄 수가 없었다. 그녀가 보기와 달리 많은 것을 겪어 보지 않았다 해도, 경험한 게 많으리라고 믿게끔 하는 데에는 그녀 특유의 어조와 강조 기법만으로도 충분했다. 그녀라면 마치 노인이 옛날을 회상하듯 이미 다 시들어 버린 마음으로 연애소설을 쓸 수도 있을 터였다. 혹은 맹목적이고 불같은 사랑도. 가끔 그녀가 시선을 어딘가에 고정했을 때는 "너 꿈꾸는구나."라고 말하며 감히 끼어들 수가 없었다. 그녀는 꿈꾸지 않았다. 그녀는 다시 침을 발라 담배를 말았다.

우리는 자유 시간이면 주로 그녀의 방으로 갔고, 거의 항상 서 있었다. 그녀는 내 룸메이트처럼 침대에 드러눕는 법도 없었고, 덥다고 스웨터를 벗지도 않았다. 프레데리크, 그녀는 언제나 정갈했다. 그녀는 공책이나 글씨체를 옷장처럼 강박적으로 정돈했다. 나는 그것이 감시를 피하는 동시에 자신을 쉽게 숨기고, 다른 학생들과 구별되기 위한 그녀만의 전략이라고 생각했다. 아니면 단순히 거리를 두기 위해서였는지도 모르겠다. "너는 정리하고 싶어서 소유하나 봐." 그러자 그녀는 웃으며 대답했다. "난 질서가 좋아." 나는 수도원 꼭대기에서 아이들이 몸을 던지는 건 절도 있는 질서를 흩뜨리기 위해서라고 이해했고, 그녀에게도 그렇게 말했다. 질서란 생각과 마찬가지로, 소유이자 소유물이었다. 나는 그녀의 아버지에 대해 알고 싶었다. 하지만 그는 이제 죽고 없다.

아펜첼의 나뭇가지 끝에 매달린 사과와 배, 그리고 목장과 철조망. 어느 집 위에는 이렇게 쓰여 있었다. "평화롭게 운명을 받아들이시오." 아침 일찍 나는 언덕배기를 산책했다. 그곳에서 나의 정신적 안식처를 바라보았다. 그것은 나와 자연의 약속이었다. 나는 좀 더 높이 올라갔고, 저 수평선 너머에 있는 코스탄차 호수를 바라보곤 했다. 언젠가 내가 갈 그곳, 또 다른 수도원의 손님으로, 매일매일, 둘씩 짝을 지어, 밤에 불이 켜질 때까지 돌아다닐 그 조그만 섬의 그곳. 매일 1시부터 3시까지 그렇게 도는 것이 강박적으로 보일지도 모르지만, 수사들 또한 회랑을 돌았다. 강박적이지 않은 것이 무엇이 있을까 생각해 본다. 회랑을 도는 것은 하나의 목가다. 강박적인 목가.

교단 기숙사인 섬의 수도원에서는 한 여학생이 식사 시간에 큰 소리로 책을 읽곤 했다. 그 목소리가 잠잠해지면, 대모님은 이제 말을 해도 좋다고 고개를 끄덕였다. 그러면 이내 속세로 되돌아가는 것이다. 갑자기 웅성거림과 식기들이 달그락거리는 소리가 들려왔다. 독일 학생들은 말하고 웃고 먹었는데, 선지 소시지를 비롯해 2인분씩 먹었다. 나도 대황까지 합쳐 후식을 두 번이나 먹었다. 대황에는 핏기가 없었다. 그곳에서 가장 많이 쓰이는 독일어는 "물론."이었다. "이것을 해도 될까요, 허락해 주시겠어요?" "그럼 물론이지요, 물론."('물론'이라는 뜻도 있지만 또 다른 뜻도 있다. '맘대로.')

'에르메네힐도 어머니'라고 부르던 사람이 있었다. 그녀는 성격이 밝고 우리와 자주 어울렸다. 활기차게 마당에서 두 팔을 번쩍 들고 공을 열심히 쫓아다니고 뜀박질도 잘했다. 그 섬에서는 우리가 하고 싶은 대로 할 수 있었다. 하지만 우리끼리 수도원 밖으로 나갈 수는 없었다. 우리는 항상 함께 있어야 했다. 되도록 둘씩 짝을 지어서. 짝수로. 사회성이 떨어지는 사람은 그 무리에서 바로 거부당했다. 비가 오면 모두가 한방에 모였다. 누군가는 라디오를 들었다. 또 누군가는 책을 보았다. 범죄 소설. 누군가는 우울하고 서럽게 바라보기만 했다. 가장 나이 많은 독일 학생들은 바느질을 했다. 바이에른식 레이스 뜨기. 에르메네힐도 어머니는 지켜보았다. 자유를 지켜보았다. 그녀는 즐거워하지 않는 이들을 미워했다. 목욕탕은 좁고 어두침침한 복도와 벽으로 이어져 있었다. 우리를 위해 물을 미리 준비해 두었다. 아주 따뜻했다. 옷을 입고 들어가는 것처럼. 성당은 두 곳이었다. 천주교와 기독교. 코스탄차 호수에는 신앙의 자유가 있었다. 단지 바꿔 보고 싶은 마음에, 나는 기독교 성당으로 갔다. 브라질에서는 천주교 성당을 다니라는 명령이 있었지만 말이다. 그녀는 지시하고, 나는 따른다. 매 학기는 그녀가 이끌어 가고, 모든 것은 편지와 우표에 적었다. 소리 없는 벨, 전보 한 통으로.

프레데리크도 내가 산책하는 동안에는 잠들어 있었다. 바위가 많은 초원 지대 위로 흉측하고 오만하고 잔인한 까마귀들이 낮게 날아다녔다. 그 까마귀들이 우리의 사춘기와 비슷하다는 생각이 들었다. 마수의 발톱을 세우고 수도원 주변을 돌아다니는 것이. 나는 30분 만에 산 높이 올라갔다. 가슴 깊이 숨을 들이마시자 폐에 차가운 공기가 가득 들어찼다. 온 우주가 침묵하는 것 같았다. 그 순간만큼은 프레데리크를 원하지도 않았고, 그녀가 그립지도 않았다. 그녀는 밤늦게까지 책을 읽다가 조금 전에야 잠들었을지도 몰랐다. 아침이면 그녀는 조금 경직되었고, 눈가에 기미가 생겼다. 산꼭대기에서 나는 불행이라고 부를 만한 어떤 기분을 느꼈다. 고독이 밀려왔다. 그것은 달콤한 복수의 대가이자 이기주의에 만취한 상태였다. 하지만 그러한 몽롱함은 잠시일 뿐이고, 오히려 학습과 관습의 의도대로, 안타깝게도 마술처럼, 행복감이 잇따랐다. 그래서 이내 치유되고 마는 것이다. 그러한 특별한 감정은 다시 들지 않았다. 모든 풍경에는 자신만의 벽감이 있어 그 안에 감정들을 꼭꼭 숨겨 둔다.

나는 산을 뛰어 내려와 내 방으로 돌아왔다. 독일 애는 아직 창문을 열지 않았다. 그 애의 꿈은 우아하고 밝은 만큼 방 안의 공기를 무겁게 만들었다. 어쩌면 그 애의 기사들은 그 애를 무도회에 초대하고 그 애의 가느다란 손을 잡으며 그들 또한 한숨 돌릴 것이다. 그 손으로 허겁지겁 옷을 갈아입고 셔츠 단추도 미처 채우지 못한 채 강의실로 달려가고 싶은 마음은 추호도 없을 것이다. 잠이 덜 깬, 솔직한 그 애의 눈이 그렇게 말했다.

그 애야말로 다른 인생을 살아야 했던 이들 중 하나였다. 그 애한테는 부지런하고 건전한 의욕이 있었다. 하지만 그 애 부모가 품었던 바람직한 의지는 그 애가 더 열심히 하는 것이었다. 그 애가 희미하고, 바보 같고, 사랑스럽게 짓는 미소는 교육의 의무 앞에서는 무방비 상태로 간주되었다. 방에 남아 있는 온기가 그 애를 감쌌고, 그 애는 다소 관능적이었다. 시구 두 연을 외우느라 끙끙거렸다. 그 애가 자기 룸메이트가 독일 표현주의에 관심이 많다는 것을 모든 아이들에게 분명히 이야기한 적이 있는데, 그것이 재앙이 되어 돌아왔다. 아이들이 그 애의 룸메이트인 나를 기쁘게 하기 위해 그 애한테 책과 엽서 들을 줄줄이 보낸 것이다. 그 애는 한 번 습득한 생각은 절대 잊지 않는 부류였다. 일단 그 애의 머릿속에 들어가면 이미 뒤늦은 생각이라 할지라도 끊임없이 재생되었다.

그 애한테는 어린아이 같은 성향이 아직 남아 있었는데, 기형적이거나 시적이라기보다는 낙천적이고 게으른 쪽이었다. 옷을 입는 것도 느려서 아침 산책에서 돌아와 보면 그 애의 침대는 여전히 따뜻했다. 그 애가 사귀는 친구들도 하나같이 그 애와 비슷했다. 어느 회사 사장의 딸, 그것도 외동딸인 바이에른 출신 친구. 둘은 수업이 끝나고 5시 무렵이면 함께 있었다. 하지만 6시면 내 룸메이트인 독일 애는 이미 방으로 돌아왔다. 한번은 그 애의 시선이 천장을 헤맸다. 그 애의 사촌이 죽어 간다는 편지를 받았기 때문이다. 사촌의 임종 기간은 몇 주 동안 길게 이어졌고, 그사이 그 애는 많은 편지를 받았다. 그동안 독일 애는 특유의 마비 상태에서 깨어난 듯했다. 그 애는 임종에 대해 많은 생각을 했고, 받은 편지들은 붉은색 리본으로 묶었다. 묶은 것을 풀다가 너무 꽉 묶여 있으면 구겨진 편지봉투를 빼서 버렸다가, 다시 주워 편 다음 편지를 넣고 띠를 둘러 리본 모양으로 묶었다. 그 애는 그 편지들을 바로크 양식의 독일제 상자에 넣지 않고 책상에 올려 두었다. 자기 부모 사진과 과자가 놓인 자리에. 서랍에는 수도원에서 준 성경이 들어 있었다. 마지막으로 검은 테두리가 쳐진 편지 한 통이 도착했는데, 늘 그렇듯이 식사 시간에 주지 않고 원장 수녀가 직접 그 애한테 전달했다. 그 애는 책상 앞에 앉아 편지 겉봉을 바라보다가 꺼내 읽었다. 그리고 다시 봉투에 편지를 넣고는 나를 바라보았다. 그 애의 몸짓이 어떤 흐름을 탔는데, 마치 누군가 그 박자를 조절하는 것 같았다. 그 애는 포장지를 열고, 붉은 리본을 풀고, 다른 편지들 위에 근조 띠를 두른 봉투를 올리고는 다시 리본으로 묶었다. 천사를 흉내 내는 몸짓으로.

토이펜에 눈이 내렸다. 아펜첼에도 눈이 내렸다. 바우슬러 학교의 생활은 평온했다. 창밖의 눈송이들. 흑인 여자애가 기침하는 소리가 들렸다. 바우슬러 학교 전체가 자랑스러워하며 축하해 주었던 아프리카 어느 나라 대통령의 딸. 학생들이 그 애를 자랑스러워하는 것마저도 그들에겐 과분하게 여겨졌다. 대통령과 그 부인과 딸을 맞이하기 위해, 우리는 바로 옆에 감시소라도 있는 것처럼 차려 자세로 대열을 이루었다. 호프스태터 부인은 강아지처럼 들떠 있었다. 우리들끼리는 우리나라가 아프리카 속국으로 편입되는 것은 아닌지, 아니면 그러한 환영회를 일반적으로 모든 대통령에게 열어 주는 것인지 서로서로 물어보았다. 스위스 연방에서 그 대통령의 이름을 무심하게 지나치는 것이 놀라웠다. 대통령 본인인데도 말이다. 우리 가문에도 연방 의장을 지낸 분이 있었는데, 그는 모든 영예를 거부한 모양이었다. 그의 묘비는 간소했다. 또 연방에서는 성격이 급해서 "핫 헤드"라고 불린 레닌도 초대한 적이 있었다. 하지만 토이펜의 수도원에는 성미 급한 사람들이 없었다.

아펜첼과 학생들이 돌아갈 집집마다, 그리고 옷장에도, 거울에도 여유와 평화가 있었다. 학생들은 운이 좋았다. 그것도 행운으로 볼 수 있다면 말이다. 심술궂은 노인들은 학생들의 인사를 받아 주기는커녕 욕을 해 댔다. "신의 가호가 있기를." 독일 학생들은 말했다. 하지만 그들, 노인들은 신을 원치 않았다. 훌륭한 점쟁이도 원치 않았고, 점쟁이들의 예언도 고집스레 믿지 않았다. 학생들은 굽은 오솔길을 따라 마을로 내려갔다. 마을 담벼락에는 "여자 기숙 학교"라고, 마치 욕설처럼 쓰여 있었다. 북유럽의 해롭고 미친 듯한 햇빛이 벽에 머물렀다. 창문에 달린 레이스가 살랑거렸고, 그곳에서 시선 하나가 수평선처럼 뻗어 나갔다. 원장은 우리 한 사람 한 사람과 모든 가족을 존중했다. 그녀는 지켜보았다. 만약 누군가 염세주의자였다면 그는 곧 웃음거리가 되었다.

그즈음부터 흑인 여자애가 기침을 하기 시작했다. 그 애는 독일어를 배웠다. 호프스태터 원장은 그 애한테 『막스와 모리츠』를 읽어 주었다. 그렇게 아펜첼에 있는 아이들은 변해 갔다. 호프스태터 부인이 그 애를 돌보고, 그 애의 목을 감싸기 위해 파란 외투 단추를 맨 위까지 꼭꼭 잠가 주었다. 깃과 손목 부분이 짙은 파란색인 벨벳 외투였다. 그 아이는 점점 더 슬퍼졌다. 호프스태터 부인은 어떻게 그 애를 달래야 할지 몰라 쩔쩔맸다. 어쩌면 대통령에게 알려야 하는지도 몰랐다. "친애하고 존경하는 대통령 각하, 각하의 따님이 모든 것에 권태를 느낍니다." 아이의 권태는 절대적인 절망이다. 보통 사람들은 아주 조금 논다. 그리고 그 아주 조금이 언제야 할지 서로 물어본다. 아니면 아무것도 아닌 것으로 즐거워한다. 그렇다면 그 조그만 흑인 여자애가 한때 즐거워했으나 더 이상 즐거워하지 않는, 그 아무것도 아닌 것은 무엇일까? "악당들은 딩, 동, 벨을 울리네." 옛날 미국 노래의 후렴구는 이렇게 말한다. 그 애는 노래하지도, 혼잣말하지도 않았다. 가끔 마당에서 그 가느다란 다리를 들고 깡충깡충 뛰거나 복도를 내달렸다. 모두들 참아야 했고, 우리는 원하지 않는 놀이에 응해 주어야 했다. 그 아이에게는 몽유병 기질이 조금 있었는데, 우리는 그 애의 영혼이 헤매고 다니도록 내버려 두었다. 성탄절을 며칠 앞둔 어느 날, 초를 앞에 두고 그 애에게 「고요한 밤 거룩한 밤」을 불러 달라고 했다. 호프스태터 부인은 그 애를 홀 가운데로 떠밀었다. 프랑스어 선생은 남자같이 굵은 손을 들고 피아노 앞에 앉았다. 그 꼬마는 노인 같은 눈으로 우리들 탁자 쪽을 돌아보았다. 한 혈통의 마지막 생존자 같았고, 촛불에 비친 그 애의 눈동자는 더욱 애처로워 보였다. 그 애는 실낱같은 목소리로 노래했다. 그 목소리는 그 애의 몸이 아닌, 어딘가 틈새에서 나는 소리 같았다. 호프스태터 부인은 힘차게 박수를 치고는 그 애의 이마에 입을 맞추었다. "우리 공주, 우리 공주님."이라고 속삭이며 그 애의 머리와 땋아 내린 가느다란 머리 가닥과 어깨, 가는 몸, 종 모양의 치마를 연신 쓰다듬었다. 인형처럼 손가락을 꼽아 보이기도 했다. 아이는 죽은 사람처럼 가만히 있었다.

"정말 재능 있네, 흑인 여자애 말이야. 꼭 가수 같아." 내 룸메이트는 이렇게 말했다. 그 애는 독일에서 그런 노래를 한 번도 들어 본 적이 없었다. 내 룸메이트는 칭찬이 후했다. 그리고 재치 있게 과장을 잘했다. 그 애가 정말로 그토록 노래를 잘 불렀던가? 우리 생각에는 음정이 잘 맞지 않았던 것 같았다. "음정이 안 맞았다고?" 그 애가 묻고는 한참을 곰곰 생각해 보더니 그 말을 반복했다. 그러고는 고집스럽게 고개를 내저었다. "아냐, 음정은 틀리지 않았어. 하지만, 하지만 후렴 부분에서 기침을 했지. 그렇지 않아? 혹시 아픈 게 아닐까?" 그 애가 물었다. "결핵일지도 몰라." "뭐라고? 아프다고?" 그렇게 말하는 와중에 흑인 여자애의 음악성에 대한 그 애의 찬사는 점점 수그러들었다.

이제 내 룸메이트는 걱정하기 시작했다. 결핵은 전염되는 것이다. 독일에서는 이미 정복된 병이지만 말이다. 그 애는 결핵에 대해 들어 본 적이 있었다. 나는 내 룸메이트가 결핵에 걸렸다면, 그 애 조상 중에 결핵으로 죽은 사람이 있을 거라고 말해 주었다. 하지만 아니었다. 그 애의 조상들은 모두 늙어 죽었다. "병에 걸린 사람은 아무도 없었어." 그 애는 근조 띠를 두른 봉투는 어느새 잊어버렸고, 그렇지 않더라도 그 사건을 규칙에 포함할 생각도 하지 않았다. 그 애의 조상들은 모두 자연적으로 때가 되어 세상을 떠났다는 규칙 말이다. 그 애의 아버지와 어머니도 많이 늙었을 것이다. 그것도 엄청 많이. 그러니 그다음을 피할 수는 없을 것이다. 룸메이트는 건강만큼은 아주 좋았다. 과자도 많이 먹고 식당에서도 잘 먹는 데다 감기 한 번 걸리지 않았다. 그 애는 "잘 자." 하고 인사하고는 침대 속으로 쏙 들어갔다. "좋은 아침이야." 하는 아침 인사보다도 훨씬 더 자연스럽게 느껴졌다. 서로 아귀가 맞는 법칙들의 연속. 어쨌든 흑인 아이의 병이 독일 여자애의 머릿속에 주입되어 버렸고, 흑인 애의 음악성은 그 애 머릿속을 떠난 지 이미 오래였다.

그 애는 학생들이 음악성이 뛰어나고 탭댄스도 잘 춘다고 했다. 그 애도 탭댄스를 배웠는데 무척 좋아했다. 몇 발짝 힘겹게 찍었지만 어쨌든 방법은 맞았다. 듀엣으로 춤을 출 수도 있었다. 어쩌면 연말 발표회 때에 말이다. 수도원에서는 연말이면 늘 연회가 있었다. 그 애는 머릿속으로 수도원 마당에서 펼쳐질 공연을 구상했다. 나에게도 역할을 나누어 주었는데, 집시 여인 역이었다. "넌 집시 해." 그렇게 말하는 그 애의 얼굴이 환하게 빛났다. 또 그 애는 영감에 한껏 도취되어서는 클롭슈토크의 시도 낭송할 수 있다고 말했다. 탭댄스를 추고 클롭슈토크의 시를 낭송하다니. 바로 그 애, 독일 애가 말이다. 그 애 부모도, 우리 모두의 부모들도 올

텐데. 그때는 그 애가 객석으로 자리를 안내할 것이다. 네 친구 프레데리크는 말이야, 마지막에 연주를 하는 거야. 가보트 춤곡이나 장송 행진곡을 말이야. 그 애가 말했다. 나는 잠자코 들었다. 독일 애의 이야기를 듣고만 있었다. 모든 사람에겐 각각 재능이 있고, 자신만의 피나는 업(業)이 있고, 모든 기숙사 학생들은 자신만의 탭댄스를 춘다. 그리고 그 애 역시 그러하다. 그 애는 탐식과 발랄함에 대한 집요한 의지를 절대 단념하지 않으리라. 얼마 있으면 그 애는 울 것이다. 눈물이 눈시울에 머무를 것이다. 그 애는 다리를 접었다. 앉은 채로, 여전히 그 애 특유의 쾌활함에 사로잡혀 있을 것이다.

호프스태터 부인의 남편은 소심해서 여자애들을 감히 쓰다듬어 주지 못했다. 오히려 그의 부인인 원장은 성격이 강했는데, 한 학생만 유독 편애해서 다른 학생들에게 반감을 사기도 했다. 호프스태터 씨는 그저 모든 학생들이 다 똑같이 예쁘고, 눈 깜짝할 사이에 1년이 지나고 나면 모두가 세월 따라 흘러가게 마련이라고 단순하게 생각했다. 그는 부인의 비뚤어진 열정, 그리고 그 열정이 만든 카스트 제도에 종속되었다. 그 사람이 성별에 얼마나 의미를 두는지, 그리고 그가 얼마나 식탐이 없는지에 따라 카스트의 계급을 정한다면, 두 사람 모두 높은 계급에 포함될 것이다. 프라우 호프스태터에게는 몇 가지 특이한 성향이 있었는데, 이러한 성향을 30년 전 신혼의 처음 몇 달 동안에 남편에게 모두 보여 주었다. 그녀는 그때까지만 해도 그렇게 비대하기는커녕 오히려 말랐지만 키는 남편보다 훨씬 컸다. 그녀는 품위 있게 얼굴을 찌푸리면서 존경을 강요했다. 넓은 턱은 튀어나오고 눈은 작고 조금 살벌해 보였다. 그녀는 언제나 빈틈없고 깔끔했다. 그녀의 태도에서는 교육자의 본분과 소명에서 나온, 침범할 수 없는 어떤 후광이 느껴졌는데, 그녀는 엄격한 종교 교육자의 면모 또한 갖추었다.

두 사람은 아주 빨리 가까워졌다. 그녀는 그와 결혼하기로 결정했고, 침대에서는 민첩하고 급했다. 그녀의 남편은 인간을 두 유형으로 나누었다. 강한 자와 약한 자. 수도원은 강력한 집단이었는데, 이는 어떤 의미에서는 수도원이 공갈에 기반을 두기 때문이다. 그들의 결혼 생활 역시 마찬가지였다. 그에게는 그 비대한 여자가 필요했다. 그녀는 가슴을 들썩이고 숨을 몰아쉬면서, 학생들을 부지런히 보살피듯이 그를 보살피고 있음을 보여 주었다. 그는 수도원 한구석에 있는 작은 회계 업무용 방에 사무실을 마련했다. 일은 잘되어 갔다. 하지만 그는 이따금 여자들만의 세계가 불편하게 느껴졌다. 그래서 가끔은 남자인 테니스 강사, 체육 선생, 지리 선생과 말을 나누었다. 그의 얼굴엔 너무 빨리 주름이 잡히기 시작했다. 그는 입이 참 작았고, 무미건조한 사람이었다. 그는 자신에게 남은 마지막 젊음을 힘겹게 보내는 듯 보였다. 그는 너무 이르게 핀 꽃 같았다.

때로 두 남자가 마을을 함께 지나다녔다. 남자 선생은 잘 가꾼 젊음에서 나오는 건강한 체력으로 박력 있게 걸었고, 가슴이 아주 탄탄했다. 그 옆에 있는 사람은 멀리서 언뜻 보면 잘생겨 보였다. 노인들만 사는 마을에서는 보기 힘든 광경이었다. 노인들은 가까이 가야만 사람을 알아볼 수 있었다. 두 사람은 함께 찻집에 들어갔지만 딱히 할 말이 없었다. 그들은 자신들이 유배자, 혹은 잊혀 버린 사람처럼 느껴졌다. 아니면 그들에겐 세상으로부터 내쳐진 그 장소가 오히려 편하게 느껴졌을지도 모르겠다. 대기는 조소 섞인 잡념으로 가득 찼다. 그것들은 이제 우리의 일부가 되었고, 그것을 느끼고 포착하지 못하면 더욱 외롭다는 생각이 든다. 여학생들은 자신들 앞에 인생 전체를 놓아두었고, 호프스태터 부인의 남편은 학생들이 인생을 즐기는 꿈을 꾼다는 것을 알았다. 그는 자기 자신에 대해서는 아무런 할 말이 없었다. 매년 새로운 여학생들이 들어왔고, 그들은 인생이 자신들에게 무언가 매혹적인 것을 주리라 꿈꾸었다. 그리고 호프스태터 부인이 그것을 약속하곤 했다. 그들에게는 미래가 있었다. 하지만 그는 그것을 가시처럼 여겼다. 이따금 그들의 꿈을 산산이 부서뜨리는 상상을 했다. 그는 그 꿈의 행보를 잘 알았다. 하지만 흑인 여자애한테만큼은 연민의 정을 느꼈다. 두 사람 사이에는 몇 가지 공통점이 있는 것 같았다. 그는 흑인 애가 홀로 마당에서 무표정하게 다리를 뻗어 올리거나 깡충깡충 뛰는 모습을 보면서, 자신의 회계 사무실에서 혼자 도취하곤 했다. 그 애는 그러다가 갑자기 동작을 멈추고는 땅을 파기 시작했다.

새로운 학생이 오면 수도원은 언제나 호기심으로 들떴다. 그 여학생은 1월 말에 도착했다. 우리가 서로 이야기를 나눈 것은 순전히 우연이었다. 정확히 말하면 말을 나눈 것도 아니었다. 우리는 느닷없이 웃음보를 터뜨렸다. 그녀는 어떤 면에서는 질다[07]와 많이 닮았다. 그녀의 빨간 머리는 화려했고 사진을 잘 받을 것 같았다. 그녀가 무대에 등장하듯 나타나자, 찬물을 끼얹은 듯이 조용해졌다. 그녀의 자태가 공기의 흐름을 멈춘 것 같았다. 뱃사람들이었다면 휘파람을 불었을 것이다. 프레데리크는 오후 산책을 가기 위해 나를 기다렸다. 나는 늦게 도착했다. 새로 온 애 봤어? 봤어, 괜찮던데.

우리는 곧 화제를 돌렸다. 아마 보들레르에 관한 이야기였을 것이다. 보들레르에게는 혼혈인 연인이 있었다. 그 빨간 머리 역

---

07 베르디의 비극적 오페라 「리골레토」의 여주인공.

시 혼혈인 것 같았다. 저녁 식사 때 우리는 마치 오래전부터 알고 지낸 사이처럼 농담을 주고받았다. 우리 주위에 있던 다른 여자애들은 조용히 숨을 죽이고 우리가 하는 이야기에 귀를 기울였다. 내 옆에는 스페인 아이가 있었는데, 그 애는 몸매 관리를 위해 요구르트만 먹었다. "내 방으로 올라와 봐." 미셸린이 말했다. 새로 온 그 여학생의 이름이었다. 그녀는 나를 한 번 안고 입맞춤을 했다. 마치 자신이 키우던 말한테 하듯이. 나는 그녀의 방으로 갔고, 그녀는 축제와도 같았던 그녀 인생의 화려한 시절을 이야기해 주었다.

나는 다른 기숙사 동에서 지내기 때문에 가야 한다고 말했다. 어느 동? 저학년 기숙사. 그녀는 웃기 시작했다. 네가 저학년이란 말이지? 정말 기가 막히네. 그녀는 객석 앞에서 말하는 듯했다. 나는 그 방을 급히 빠져나와 프레데리크의 방문 앞을 지나쳤는데, 감히 들어갈 생각은 하지 못했다. 너무 늦은 시각이었다. 9시 15분쯤이면 모두가 자기 방에 있어야 했다. 나는 최상의 기분을 만끽하면서 잠자리에 들었다. 룸메이트는 머리를 다 빗고 나서 말했다. "새로 온 애, 정말 우아하더라." 우아하다는 말은 어쩌면 딱 들어맞는 표현이 아니었다. 아름답기는 해도 우아하다는 말은 좀 어울리지 않았다. 우아한 쪽은 오히려 프레데리크였다.

미셸린은 자신의 아름다움에 푹 빠졌고, 마치 열대 지방의 새처럼 사방을 돌아다녔다. 프레데리크는 미셸린보다 훨씬 아름다웠다. 하지만 결코 과시하는 법이 없었다. 미셸린은 덜 아름다운데도 앞에 나서서 무작정 자신의 아름다움을 모든 사람에게 과시해 보여야만 직성이 풀렸다. 그녀는 외향적인 성격을 타고났고,

처음에 나는 그 점에 끌렸다. 그녀의 명랑함에도. 그녀는 곧 자기 옷들을 내게 보여 주었다. 옷장 속은 마치 해가 뜬 것처럼 찬란했다. 그녀가 껴안을 때 나는 가만히 있었고, 내 몸에 와닿는 탄탄하고 다부진 그녀의 몸을 느낄 수 있었다. 유모 같았다. 온몸이 부드럽고, 젊고, 활력이 넘쳤다. 그녀는 다른 많은 사람들을 껴안듯이 나를 껴안았다. 거부감도, 불쾌감도 들지 않았다. 진짜 친구 같았다. 이 말이 다소 부자연스러울지는 모르겠지만 말이다. 그녀는 나와 단짝이 되었다. 프레데리크와 나 같은 관계가 아니었다. 프레데리크와는 감히 서로 몸을 맞대지도 못했고 입맞춤도 못 했다. 공포. 어쩌면 우리는 서로가 서로에게 품은 인상을 깰까 봐 두려웠고, 그런 욕망 자체도 두려웠을 것이다.

게다가 나는 프레데리크를 쓰다듬고 싶은 충동을 자주 느꼈지만 그녀의 엄격함 때문에 거리를 두었다. 미셸린의 작은 눈은 흐릿하고 모호하면서도 편안한 느낌을 주었다. 그녀가 화라도 낼라치면 눈이 더 조그매졌는데, 마치 시들어 버린 붓꽃 같았다. 하지만 그 모습마저 예뻐 보였다. 자유 시간에는 습관처럼 그녀를 찾아갔다. 주로 농담을 했고, 심각한 이야기를 나누는 일은 거의 없었다. 그 어떤 일이든 웃어넘길 수가 있었다. 그녀는 공부를 하지도 않았고 그 어떤 것도 꺼리지 않았다. 그녀는 자신의 '대디'와 성대한 무도회를 열기로 했다. 어머니에 대해서는 관심을 두지 않았다. 이미 죽었는지도 모르겠다. 죽은 자들은 잊히게 마련이다. 그녀에겐 아빠뿐이었다. 그녀는 나를 무도회에 초대할 것이고, 나는 그녀의 가장 친한 친구가 될 터였다. 벌써 오랫동안 사귀어 오지 않았는가? 매일매일 보아 왔으니까. 우리는 편지도 주고받았다.

그녀는 자신의 저택에서 원하는 만큼 얼마든지 머물러도 좋다며 나를 초대했고, 분명 그녀의 아빠도 나를 마음에 들어 할 터였다. 그녀의 아빠라면 내게도 잘해 줄 것이다. 딸의 학교 친구라면 누구에게나 그럴 것이다. 나의 아버지도 내 친구들에게 그렇게 해 주지 않을까? 하지만 아버지는 내 친구를 한 명도 알지 못했다. 어쩌면 내가 질투심에 친구들을 보여 주지 않았던 걸까? 아버지의 저택은? 내 아버지는 호텔에서 살았다. 그때는 내게 집이 없었다. 원래는 있었다. 하지만 아버지와 함께 사는 집은 아니었다. 미셸린의 아빠는 젊었고, 함께 외출할 때에는 그녀가 화장을 한 탓에 마치 부부처럼 보였다. 나는 내 아버지와 겨울이고 여름이고 방학 때마다 찾아갔던 수많은 호텔들을 떠올렸다. 그리고 머리는 희고 눈매는 우울한 데다 차갑고 투명한, 나이 많은 신사를 떠올렸다. 언제부턴가는 그 호텔들이 내 집처럼 여겨졌다.

미셸린은 미래를 계획했는데 항상 똑같았다. 북적거리고 다채롭고 멋졌다. 그리고 늘 그녀의 아빠가 빠지지 않았다. 나는 프레데리크를 도외시했고, 우리가 약속한 만남에도 거의 나가지 않았다. 미셸린은 모든 아이들 앞에서 내 어깨에 손을 올렸고, 프레데리크가 그런 나를 볼 때면 부끄러웠다. 마음이 편치 않았다. 미셸린의 방에 가거나 그녀와 단둘이 있을 때는 편했지만, 그런 모습을 프레데리크에게 보이고 싶지는 않았다. 그렇지만 프레데리크는 종종 질책하는 듯한 눈빛으로 나를 보았고, 내게 꽂힌 그녀의 슬픈 시선을 느낄 수 있었다. 미셸린과 있으면 즐거웠다. 그녀의 쾌활함과 아빠에 대한 이야기는 지겹기도 했지만, 권태와 집요한 우울감 속에 있다가도 아무 생각 없이 쾌활해질 수 있었다.

미셸린이 인생에서 원하는 것은 즐겁게 사는 것뿐이었고, 그것은 나 역시 바라는 것이 아니었던가? 때때로 프레데리크를 신경 쓰지 않는 것이 마음 깊이 걸리기도 했지만, 어떤 때는 만족감 같은 것을 느끼기도 했다. 일부러 무심하게 굴기도 했다. 프레데리크를 보았다. 여전히 변함없이, 그녀는 아무하고도 말하지 않았고, 우리 모두로부터, 그리고 세상으로부터 단절되었다. 나는 그녀를 찾아가, 한때의 장난이었으며, 심심해서, 잠시 재미 삼아 그랬던 것뿐이라고 말해 주고 싶었다. 하지만 그런 생각이 들기 시작하자 나는 오히려 반대로 행동했다. 그녀를 향한 내 사랑의 죗값으로 그녀를 벌준 것은 아니었을까?

그렇게 석 달 가까이 흘러 두 번째 학기가 끝나 갔다. 나는 프레데리크를 완전히 방치했다. 매일 밤 독일 애가 고수머리를 베개 위에 가지런히 늘어놓고 잠이 들 무렵이면, 나는 침대에 누워 프레데리크와 함께했던 시간들을 떠올렸다. 그녀와 나는 많이 걸었고, 그때는 몰랐지만, 가끔 소리 높여 언쟁을 하기도 했다. 그런 다음 날 아침이면 그녀의 방으로 찾아갈 궁리를 했다. 모든 것이 예전처럼 계속될 것만 같았다. 이튿날 아침이 되면 나는 꼬리를 내리고 내 주장을 철회하곤 했다. 하지만 복도에서 마주쳐도 그녀는 걸음을 멈추지 않고 씩 웃으며, 내게 말할 기회도 주지 않고 그림자처럼 멀어져 갔다. 프레데리크와 같은 교실에 있을 때는 나는 미셸린과 농담을 할 수도 없었고, 계속 프레데리크만 주시하면서 어떤 반응이나 신호를 기다렸다. 하지만 그녀는 태연했다.

그동안 프레데리크는 나를 한 번도 찾지 않았다. 오히려 내 쪽에서 이 늙은 손안에 그녀를 휘어잡기 위해 무진 애를 써야 했다. 어느 날 그녀의 아버지가 별세했다는 소식이 알려졌다. 프레데리크는 떠나야 했다. 그날 나는 너무나 두려웠다. 이제는 돌이킬 수 없었다. 나는 그녀의 방으로 뛰어갔다. 그녀는 나를 아주 상냥하게 대하며 아버지의 장례식에 갈 준비를 했다. 그녀는 바우슬러 학교로 다시는 돌아오지 않을 터였다. 나는 토이펜의 작은 역까지 그녀를 배웅했다. 날은 따뜻하고, 하늘은 파랬으며, 저 멀리 안개가 끝도 없이 내려앉았다. 풍경은 환상적이었다. 오후 3시였다. 그녀는 아무 말도 없이 빠르게 걸었다. 나는 두려웠고, 그녀를 뒤따라 보조를 맞추기 위해 총총 걸었다.

나는 분명하게 말했다. 나의 사랑을 분명하게 말했다. 그녀에게라기보다는 풍경을 바라보면서. 기차는 마치 장난감 같았다. 그리고 떠났다. "난 슬프지 않아." 그녀가 내게 쪽지를 남겼다. 난 내 인생에서 가장 중요한 것을 잃어버렸다. 하늘은 여전히 파랬고, 평화와 행복을 갈망하던 모든 것을, 나는 잃어버렸다. 풍경은 목가적이었다. 목가적이면서도 절망적인 사춘기 같았다. 풍경은 우리들과 아펜첼의 하얗고 작은 집들, 분수, "여자 기숙 학교"라는 글씨를 보호해 주는 것 같았고, 인간의 손때가 묻지 않은 것처럼 보였다. 그런 평화로운 풍경 속에서 길을 잃어버린 것만 같은 느낌이 가당키나 하단 말인가? 거대한 파국의 분위기가 풍경을 온통 뒤덮어 버렸다. 1년 가운데 가장 맑고 아름다웠던 그날이 내게는 치유할 수 없는 날이 되어 버렸다. 프레데리크를 잃은 것이다. 나는 그녀에게 편지를 쓰겠다고 약속해 달라고 했다. 그녀는 그러겠다고 했지만, 편지를 쓸 것 같지 않았다. 나는 당장 뭐라고 쓰는

지도 모르는 채 온통 열정으로 가득한 편지를 썼다. 그리고 그녀의 편지를 기다렸다. 그녀는 결코 내게 편지를 쓰지 않으리라. 원래 편지 같은 것은 쓰지 않았으니까. 그녀는 사라져 버렸다.

그랬다. 프레데리크는 사라졌다. 나는 수도원으로 돌아왔고, 고통 속에서 많은 시간을 보냈다. 이제 나에게 고통은 시간을 보내는 하나의 일상이 되었다. 그녀가 역에서 건네주었던 쪽지를 읽었다. 가로세로 7센티미터인 네모난 종이 두 장. 그녀의 필체는 종이로 만든 비석에 새겨진 채로 잠들었다. 나는 인내하며 수없이 연습해 그녀의 글씨체를 똑같이 따라 쓸 수 있게 되었다. 진짜와 가짜를 구분할 수 없을 만큼 완벽하게 똑같이. 그녀의 쪽지를 무슨 자랑거리처럼 읽고 또 읽었다. 감정이 복받쳤다. 그것은 우리 우정의 증표가 아니라 형이상학적인 무언가를 말하는 것 같았다. 누구라도 쓸 수 있는 당부와 훈계에다, 누가 쓴 건지 알 수 없을 만큼 지극히 상투적인 내용이었다. 마지막 줄에서는 나를 애정으로 감싸 주었다. 매우 형식적이고 의미 없는 몸짓이었지만 말이다. 우리는 한 번도 껴안은 적이 없고, 애정 어린 말 한마디 주고받은 적도 없었다. 그녀의 쪽지는 어떻게 보면 일종의 훈계 같았지만, 내게는 분명히 의미가 있었고, 동시에 충격적이기도 했다. 그 쪽지 두 장을 기념물처럼, 추억처럼 소중하게 간직하지도 않았지만, 그렇다고 우울하고 혼란스러웠던 봄날에 쫙쫙 찢어서 허공에 뿌리지도 않았다. 얼마 동안 나는 그것을 주머니에 넣고 다녔고, 종이는 금세 닳아서 너덜너덜해지고 잉크는 바랬다. 프레데리크의 말들은 점점 매장되어 갔다. 우리는 십자가나 작은 표식으로 어떤 말을 대신할 수도 있는 것이다.

부활절 방학 때 나는 집, 그러니까 호텔로 갔다. 어느 노부부가 우리를 점심 식사에 초대해, 그들이 유적 여행에서 찍은 풍경과 그들 모습이 담긴 슬라이드 사진을 보여 주었다. 그들은 부자였고, 남들에게 모범이 되기도 했지만 어찌 보면 인색하고, 어찌 보면 점잖았으며, 때로 남의 말을 무시하기도 했는데 특히 부인이 그랬다. 기분이 좋을 때나 세련된 사교술을 발휘하고 싶을 때 말이다. 세련된 사교술이라는 것이 있다면. 부인은 냉정하고 깍듯하며, 긴 옷을 아무런 감각 없이 입었고, 머리는 틀어 올렸으며, 머리가 작고 눈동자에 색깔이 없어서 더 나이 들어 보였다. 남편은 예의상 그러는 건지 부지런해서인지, 웃을 때마다 잘생기고도 육감적인 입을 크게 벌려 화통하게 웃었는데, 눈으로는 교활하게 주위를 살폈기 때문에 웃음이 사악해 보였다. 앞주머니에는 할아버지, 혹은 집안 조상 중 누군가의 시계가 매달려 있었다. 그는 자주 시계를 들여다보았다.(그리고 시간을 가늠하곤 했다.) 여러 계절을 지나온 그의 짙은 색 양복 때문에 그는 점잖아 보였다.

　호텔 정원에서는 호수가 보였는데, 정원 철책 너머로 늑대개한 마리가 사납게 으르렁대면서 어슬렁거렸다. 다음 날 아침 새하얀 안개로 뒤덮인 호숫가로 아버지와 딸은 산책을 나갔다. 노부인은 급사를 재촉하여 소풍을 준비했다. 유쾌한 소풍을 위해 모든 것을 계획했다. 그런 사실을 의도적으로 은근히 드러냈고, 부인은 의무감에 시달리면서 희미한 햇살마저 못마땅하다는 듯이 째려보았다. 두 시간 후 소풍은 끝이 났다. 그들은 내 아버지의 가장 친한친구들이었다.

　우리는 바우슬러 학교에 들어온 날부터, 나갈 날을 생각하는 것 말고는 아무것도 하지 않았다. 그리고 이제 드디어 그날이 다가왔다. 우리들 머릿속에 있는 바람이 아니라, 달력에 적힌 대로 분명히 말이다. 봄은 흐드러지는 진창을 넘어 끝을 예고했고, 초원은 꽃들로 뒤덮였다. 더위, 즉 쾬 현상이 시작되었다. 창문들은 하나같이 활짝 열렸고, 공기 중에는 비탄과 환멸감이 더해져 갔다. 한 해가 흘러갔다. 그리고 모든 것에도 불구하고 아무 일도 일어나지 않았다. 독일 애는 덥다며 창가 쪽으로 옮겨 앉았다.

　미셸린은 자신의 저택 무도회에 모두를 초대하겠다고 약속했다. 그녀는 매일매일 옷을 갈아입었고, 그녀의 셔츠를 보며 우리들은 자신이 입은 셔츠를 심기 불편한 눈으로 바라보았다. 우리들 셔츠는 아주 단순한 모양새로 학교와 딱 어울렸다. 미셸린에게 옷을 골라 주는 사람은 바로 그녀의 아빠였다. 곧 만날 그녀의 아빠는 이미 우리들 사이에서도 공통의 화젯거리로 종종 회자되었다.

미셸린 본인도 말끝마다 아빠 이야기를 빼놓지 않았다. 그럼 네 엄마는? 다른 애들이 물었다. 아, 엄마는 없어. 그럼 돌아가신 거야? 꼭 그렇지는 않아. 미셸린이 대답했다. 그녀는 어떤 아이가 미안해하면 그 애를 꼭 안아 주었다. 죽은 사람은 없어, 괜찮아. 하지만 그때 그녀의 눈에는 신랄함이 깃들어 있었다.

가끔 나는 토이펜의 조그만 역으로 걸어갔고, 걸으면서 귀를 기울여 보았다. 그럴 때면 프레데리크의 필리스틴식 짧은 인사가 다시금 들려왔다. "아듀." 짧고도 깍듯한 인사 한마디. 아듀란 말은 원래 긴 여운을 남기며 풍경 속 덤불과 먼지로 뒤덮이게 마련이다.

그녀 아버지의 부고 소식에 나는 애도의 말도 할 수가 없었다. 애도의 말 자체가 애초부터 존재하지 않는 것처럼. 그리고 그랬기 때문에 프레데리크가 수도원도, 나도 버리고 떠난 것이다. 그녀의 눈에서는 감정을 읽을 수가 없었다. 나 또한 감정이 복받쳐 오르지 않았다. 그녀 아버지의 죽음에 대해서 말이다. 오로지 프레데리크가 갑작스레 떠난 것이 놀라울 뿐이었다. 은행원이었던 그녀 아버지가 우리를 갈라놓은 것이다.

프레데리크는 옷가지들을 정리했다. 옷들은 이미 소매가 가지런하게 개여 있었다. 옷장은 텅 비었다. 나는 '유감'을 전하려고 무진 애를 썼다. 프레데리크는 가방을 탁 닫고 일어섰다.

한편 나는 파란 양장본 책에 아버지에 대한 기록을 남겼다. 제목은 "나의 개인 기록장"이었는데, 내 인생을 날짜별로 기록한 것이었다. 바우슬러 학교 부분에는 이렇게 쓰여 있었다. "10월 31일

아버지 방문, 장크트갈렌에서 저녁 식사. 9월 9일 방문, 수도원에서 크리스마스 잔치. 1월 3일 내가 아버지 집 방문. 4월 25일 토이펜. 5월 8일부터 10일 내가 아버지 방문." 이러한 기록은 내가 여덟 살 때부터 계속되었다. 아버지가 나를 방문하거나 내가 아버지를 방문했다. 수도원의 이름만 바뀌었다. 끊임없는 반복. 지명만 달랐다. 하지만 프레데리크의 이름은 파란 양장본의 "나의 개인 기록장"에 적혀 있지 않았다. 난 그러한 기록들이 전조일 뿐이라고 여전히 굳게 믿어 왔다. 이후에 맞이할 인생과 연관 지어 보면 말이다. 그 무렵 나는 벌써 열다섯 살이 다 되었고, 그 양장본 책은 거의 다 찼다. 내 무지하고 기나긴 유아기의 기록장.

호프스태터 부인이 그녀의 개를 불러들였다. 그녀가 학생들만큼이나 예뻐했던 그 불도그 강아지는 햇볕에 몸을 녹였다. 순한 불도그의 침을 닦아 주면서, 그녀는 개를 "우리 아가"라고 불렀다. 나는 호프스태터 씨가 원장인 부인을 "마미"라고 부르는 것도 들었다. 아펜첼에서는 봄이면 무심했던 감정이 깨어나면서 짐승도, 여자아이들도 애칭으로 부르는 것 같았다. 찻집과 문방구의 주인은 신선하면서도 진지한 미소로 원장에게 인사를 건넸다.

소생의 한 줄기 바람, 죽음마저도 감미로울 것 같은 느낌이 들었다. 여자애들은 쌍쌍으로 찻집에 들어가 앉았다. 아무리 봄이라도, 거리에는 아무도 지나가지 않았다. 추웠다. 토이펜은 그들뿐이었다. 마리온은 드디어 자신의 짝을 찾았다. 그 애는 여자 친구와 함께 있었다. 그 애가 "이거 먹고 싶어."라고 말하면 그 애의 착하디착한 여자 친구는 제 것을 떼어 주었다. 그들은 몇 달 전 나와 프레데리크처럼 산책을 했다. 하지만 이제 프레데리크는 없었다.

그들은 아펜첼의 한구석에 바우슬러 학교가 막 세워지던 초창기에 학생들이 그랬던 것처럼, 함께 산책을 했다.

대강당에서 우리는, 편지 하나하나를 천천히 살펴보며 나누어 주는 원장의 손만 바라보았다. 그녀는 가끔씩 실수인 척하면서 내 편지를 마지막에 주기도 했다. 나는 멀리서도 우리나라 유명 인사가 그려진 우표를 알아보았다. 브라질 편지 봉투는 유난히 얇고 가벼우며 항공 우표는 가장자리가 벌레가 과일을 파먹은 것 같은 톱니 모양이다. 프레데리크가 편지를 쓰지 않으리라는 것을 나는 알았다. 하지만 절망과도 같은, 슬픔의 끝까지 이르는 가학적인 쾌감에 나는 집착했다. 절망의 쾌감. 내게 그것은 처음이 아니었다. 여덟 살 때부터 익히 알던 감정이었다. 첫 번째 수도원에 갔힐 때부터. 어쩌면 그때가 가장 행복했는지도 모른다는 생각이 들었다. 형벌의 시절, 면죄의 시절. 행복했던 면죄의 시절에는 가벼우면서도 끊임없는 가학적 쾌감이 있었다.

우리는 그때 수도원 마크를 새긴 파란색 베레모를 썼다. 나는 파란색 베레모와 교복을 입고 바람에 흔들리는 차양 앞에서, 고타르도에서 오는 기차를 기다렸고, 기차는 3분 동안 멈춰 있을 예정이었다. 그 3분 동안 나에게 완전한 비상구가 열렸고, 그들은 내가 반짝이는 구두를 신고서 일을 저지르지 않는지 주시했다. 나는 줄을 서서, 그녀가 내 앞을 지나가 기차를 갈아타는 것을 지켜보았다. 그 기차는 안드레아도리아로 향할 것이며, 대양을 넘어 멀리 떠나갈 것이다. 그녀, 나의 엄마. 이등실 기차간은 만성 환자들이 있는 병동처럼 커튼을 드리운 우리들 방과 비슷했다. 빈곤한 사람들이 드러누운 것처럼 보였고, 멀리 철길 반대편을 보니 한데 얽힌 숙명적인 삶들이 마치 영화처럼 연속으로 펼쳐지는 것 같았다.

어쨌든 나는 수도원 마크를 새긴 베레모를 쓰고 세상 반대편에서 와서, 철저한 계획 아래 감시당하는 세상으로 들어온 것이다. 나는 고통을 느끼는 한편으로, 날카로운 기쁨을 맛보며 그 고통을 방치하기도 했다. 나는 칸칸이 나뉘고 반질반질하게 닦인, 벨벳 좌석이 있는 기차간들, 비루한 승객들, 낯선 자들, 어두운 형제들을 향해 손을 흔든다. 고통의 쾌감은 사악하며 독을 지녔다. 그것은 하나의 복수다. 고통만큼 천사 같은 것은 없다. 나는 황량한 역의 차양 가에 그대로 남아 있었다. 바람은 비련의 호수를 일렁이게 하며 구름을 쓸어 갔고, 생각은 도끼질로 구름들을 흩어 놓았다. 저 멀리 "최후의 심판자"가 불현듯 나타나, 우리 중 누구도 잘못하지 않았다고 말했다.

그 수도원이 무너졌다. 이제는 더 이상 존재하지 않는다. 그 사실을 알았을 때 나는 기쁨을 감출 길이 없었다. 나는 그 수도원이 불멸하리라고 여겨 온 터였다. 웅장한 대리석 강당과, 순결과 죽음을 상징하는 베일이 드리워진 침대들도 모두 부서져 버린 것이다. 나는 프레데리크에게 그 사실을 알릴 기회가 있었는데, 그녀에게 적어도 그 건물의 붕괴만큼은 내게 "완벽한 만족감"(이탈리아 타로 카드에 그렇게 쓰여 있다.)을 주었다고 말했다. 또한 그 만족감이란 어쩌면 단순히 우리들 상념일 뿐이거나 아니면 수도원이 무너지기를 바라는, 그 나이 또래에 꿈꿀 수 있는 순수한 발상일지도 모른다고 말했다. 그녀는 순수함이란 현대가 발명한 하나의 산물이라고 했다.

　우리는 농담을 했고, 바우슬러 학교가 얼마나 오래되었을까 서로 궁금해했다. 그때는 그 학교가 충만한 평화 속에서 미래 세대로까지 이어지며 영원히 존재해야만 할 것 같았다. 프레데리크는 수도원 담벼락 그늘에 선 채로 농담을 한다. 나무 그림자는 깃발처럼 불멸을 상징하는 것들을 떠오르게 한다.

　때로 그녀의 눈빛에서 납같이 무겁고 침울한, 혹은 사악한 무언가를 느꼈다. 내게는 종종 남색으로 보였던 그녀의 눈빛 속에서. 그 눈은 눈이 아니라 차라리 사향이고 늪이었다.

미셸린은 나를 활달하고 잘 웃는 벨기에 여자라고 불렀다. 그
녀는 그 쾌활함이 최고의 방어책이 될 수도 있다는 것을 잘 모른
다. 쾌활함이란 견디기 힘든 것이다. 미셸린은 더위를 타고 나는
추위를 타는 편이어서, 그녀는 스웨터를 벗어서 내게 입혀 주었
다. 우리 둘 다 팔을 위로 들었을 때 그녀의 온기가 느껴졌다. 그
녀는 몸의 온기마저도 쾌활했다. 그녀의 살갗에서는 향기가 났다.
잘해 봐. 프레데리크가 말하는 소리가 들릴 듯도 하지만 그녀는
내게 절대 그런 식으로 말하지 않을 것이다. 누가 죽음의 순간에
이르기라도 하지 않는다면 말이다. 미셸린은 늘 웃었다. 토이펜의
시골 마을로 가곤 했을 때 그렸던 그녀의 작고 가지런한 이와 앙
증맞은 이마와 입술. 그곳에는 절름발이와 가래를 든, 얼굴이 창
백한 두 남자가 있었다. 그들은 마치 맹세라도 하러 가는 사람들
같았다. 제빵사는 크림과 케이크에 대해 잘 알았고, 나이 든 여자
들은 머리를 땋아 내렸다. 어린 소년은 휘파람을 불었고, 창문에

는 하얀 테두리가 쳐 있었다. 종 꼭대기에는 황금색 공이 달려 있었다. 마을 길은 시작되는 곳과 끝나는 곳이 서로 잇닿아 있었다. "우리는 행운을 바라지 않는다." 그 마을에 들어서면 꼭 이 말을 듣는다.

미셸린의 아빠는 그녀에게 행운을 약속했다. 아빠가 그녀의 잡다한 생각을 쓸어 가 버려서, 그녀는 쓸데없는 생각을 할 필요가 없었다. 그녀의 아빠는 벨기에의 성대한 파티에 우리를 초대했다. 멀찍이서 프레데리크를 보았지만, 그녀는 다른 아이들의 행복과 쾌활함에 결코 섞이는 법 없이 언제나 눈을 내리깔고 책을 보았다.

사육제 때 미셸린과 나는 춤을 추었고, 다른 기숙생들도 모두 춤을 추었다. 다들 가면을 썼는데, 끝까지 얼굴들을 드러내지 않았다. 호프스태터 부인과 그녀의 회계사 남편은 말없이 꿈쩍도 하지 않은 채 서로 마주 보았다. 마치 비밀 요원 같았다. 호프스태터 부부는 무도회복으로 치장을 하고서 홀에 앉아 있었다. 벽 테두리 장식, 장미꽃 장식 들. 프레데리크는 동참하지 않았다. 그녀는 실례한다고 말하고는 자기 방으로 돌아갔다. 미셸린은 허리를 움직이며 리듬을 탔다. 아무리 그녀라도 쾌활하게만 굴기 힘들 때가 있는 모양이었다. 그녀의 작은 이마에 땀이 맺히고 뺨이 붉어졌다. 그녀의 아빠는 기진맥진한 그녀의 얼굴을 닦아 주었다. 그녀의 아름다움이 지금은 모순적이었다. 청춘 속에 늙은 노인의 초상이 깃들고, 쾌활함 속에 극도의 피로감이 어렸다. 갓 태어난 아이의 얼굴이 막 세상을 떠난 노인을 닮은 것처럼.

흑인 아이만 우울해 보였는데, 그 우울함은 평정도, 휴식도 없이 습관적으로 투여되고 조제되었다. 나는 그 애를 유심히 관찰했다. 내가 보기에 그 애의 우울함은 절망한 자들이 느끼는 슬픔과 비슷했다. 원장의 손에서 놓여 나는 일은 더 이상 없었다. 그 애가 노란 꽃들을 따다 모아서 팔에 안고 재우는 것을 보았다. 꽃들이 마치 살아 있는 아기라도 되는 양 둥둥 얼러 주면서 작은 소리로 조가를 불렀다. 눈에는 무기력과 함께 무아지경의 황홀함이 담겨 있었다. 그러더니 곧 그 꽃들을 땅바닥에 내동댕이쳐 버렸다. 그리고 땅에 묻었다. 그녀는 패잔병의 어린 전령사였다.

그 애는 주위를 돌아보며 천천히 몸을 움직였다. 끔찍한 악몽에 질려 눈을 뜬 사람처럼 잠이 덜 깬 몽롱함과 바짝 든 긴장감을 동시에 보여 주었다. "좋은 아침." 나는 인사를 건넸다. 하지만 그 애는 대답이 없었다. 우리, 그러니까 프레데리크와 나는 그 애에게 한마디도 건넨 적이 없었다. 그 아이의 바우슬러 학교생활은 선생들하고만 관련된 것 같았다. 그 애는 개인 교습을 받았고, 친구가 한 명도 없었다. 비록 성탄절에 그 애의 목소리를 듣기는 했지만 그것은 그 애가 「고요한 밤 거룩한 밤」을 불렀기 때문에 어쩔 수 없는 일이었다. 그 애는 다른 여학생들에게 대통령의 딸일 뿐이며, 그 사실에 대한 대가를 치러야만 했다. 모두가 완전히 똑같아지길 원하는 순간이 있게 마련이며, 그 순간에는 모두의 이상 속에 있는 민주주의를 원한다. 흑인 애가 그랬던 것처럼, 어느 여학생이 처음 학교에 왔을 때 그녀를 위해 모두가 깃발을 들고 아프리카 어느 나라의 대통령을 향한 영광의 박수를 쳐 주었다면, 그녀의 존재가 받아들여질 수 있는 방법은 이제 그녀가 그 박수와

대적하는 일뿐이다.

수도원 여학생들 사이에서는 지극히 상투적인 친절 이면에, 누가 따돌림당할 것인지가 암묵적으로 처음부터 정해지게 마련이다. 한 학생이 다른 학생을 부추기기 때문이 아니다. 그것은 집단적인 충동이다. 사악한 눈들은 마치 광맥을 캐내는 듯한 노련한 시선으로 희생양 한 마리를 택한다. 사악한 운명처럼, 결정적인 이유도 없이, 그렇게 정해지는 것이다. 당사자는 그 속에서 가만히, 하늘에서 내린 명령인 듯, 애써 진심 어린 분위기를 띠는 것밖에는 아무것도 할 수 없다. 그 애의 유아기는 두드러지게 쇠망했다. 그 애는 기침을 시작했고, 말문을 닫았다. 그리고 호프스태터 부인에게 선물 받은 책을 넘기면서, 포도밭 그림이 있는 쪽을 석고 같은 손가락으로 가리켰다. 흙더미 위 십자가를.

나는 그 애가 수도원을 떠나기 전 마지막 이틀 동안 친하게 지내 보려고 그 애를 따라다녔다. 나는 생각했다. 그토록 불행한 사람은 누군가에게 미행당하더라도 전혀 눈치채지 못할 것이라고. 그리고 내가 그 애와 친해지기 위해 한 일이란 바로 미행이었다. 그 애를 계속 지켜보았는데, 어쩌면 그 애가 아니라 불행 자체를 지켜본 것인지도 모른다. 첫 학기가 시작될 무렵 내가 프레데리크 때문에 한창 들떠 있었을 때와 같은 마음으로 흑인 애를 지켜보았다. 나의 관심은 오로지 그 애, 그리고 그것, 즉 불행에만 집중되었다. 나는 그 애의 상황이 서로 맞닿은 반대급부, 그리고 적대자들의 놀이와 같다는 생각이 들었다. 그것은 일종의 공생 관계를 이룬다. 나는 우리들 머릿속에 똬리를 튼 기억의 서랍을 떠올렸다. 흑인 애는 결국 아무것도 눈치채지 못했다.

마치 죽은 사람을 미행하는 것 같았다. 정성스레 땋아 내린 머리, 전혀 매혹적이지 않은 동그란 눈, 희미한 미소, 마치 매일매일이 휴가인 듯한 분위기. 그 애는 파란색 면 웃옷을 입었는데, 스위스인 기사가 데리러 와서 그 애를 리무진에 조심스레 태웠다. 선생들이 줄지어 서 있었다. 호프스태터 부인은 눈물이 그렁그렁 맺혔고, 그 옆에는 그녀의 남편이 서 있었다. 두 여학생이 테니스를 쳤고, 나는 마을 쪽으로 난 굽잇길에 서 있었다. 자동차가 그곳을 지나쳐 갔다. 흑인 애는 마치 로봇처럼 고개를 끄덕이면서 손을 흔들었다.

미셀린 역시 떠났다. 그녀는 모든 학생들과 포옹하고 입맞춤했다. 수도원에서, 그리고 그녀가 거처 온 세월 중에서 가장 거창한 작별 인사였다. 그녀는 떠나가면서 웃음을 지었고, 수도원에 웃음의 씨앗을 흩뿌리는 것만 같았다. 그녀의 머리카락이 바람에 흩날렸다. 그녀는 내게도 입맞춤을 하러 달려왔다. 그녀는 팔을 날개처럼 접어 나를 감싸 안았다. 그녀의 성대한 무도회를 잊을 수가 없다. 그것은 가장 아름답고 화려한 유럽풍 연회였다. 그리고 그녀의 아빠도 잊을 수 없다. 그녀의 아빠는 벨기에에서도 우리 모두에게 춤을 청할 것이다. "약속해." "약속했어." 난 대답했다. 영원히 안녕, 미셀린.

미셀린의 아빠가 데리러 오지 않고 대신 기사가 모는 검은색 리무진이 그녀를 위해 도착했다. 기사는 가방을 짐칸에 싣고, 화장품 가방을 그녀 앞에 놓아 주고 차 문을 열어 주었다. 그렇게 미셀린도 떠나갔다. 그다음으로 스칸디나비아 학생들이 떠나갔다. 정오가 지나면, 가장 먼저 해가 지는 나라 사람들답게 말이다. 그들은 장밋빛 얼굴로 조용히 떠나갔다. 이제 마리온의 차례였고, 그 애를 위해서도 역시 검은색 자동차가 와서 문을 열어 주었다. 그 애는 자동차 창문을 내렸지만 내게는 눈길조차 주지 않았다. 프라우 호프스태터는 매번 마당까지 내려가 운전석으로 정중히 다가갔고, 그 자리에 탄 사람이 학생의 아버지가 아니더라도 그다지 실망하지 않았다. 그녀 역시 학생들에게 작별의 입맞춤을 해 주었고, 학생들도 짧게 입을 맞추었다. 내 룸메이트였던 독일 애는 아버지가 직접 데리러 와서 검은색 메르세데스를 타고 가 버렸다. 우리는 방에서 이미 작별 인사를 나누었다. 바보처럼 뺨을 비벼 대면서. 아듀, 너 또한 다시 못 보겠지. 리무진 행렬이 뜸해졌다. 방들은 비고, 창문들은 열린 채 풍경 속에 방치되고, 침대들은 흐트러지고, 젖은 비누에는 거품이 아직 가시지도 않았다.

내가 마지막이었다. 체육, 테니스, 지리 선생이 나를 역까지 바래다주었다. 나는 호프스태터 부인과 호프스태터 씨에게 인사를 했는데, 내 표정은 그럭저럭 괜찮았다. 한 이탈리아 애가 막 떠나려 했다. 그 애는 입술이 두터운 데다 키가 크고 꼿꼿했다. 그 애의 아버지는 딸과 똑 닮았는데, 역시 입술이 두툼하고 코는 좁고 근시 때문에 눈을 가늘게 떴다. 짙은 색 옷에는 줄무늬가 있었다. 그는 호프스태터 부인의 손에 입을 맞추려는지 몹시 어줍게 품위 없이 입술을 내밀었다. 이탈리아 애는 굽 낮은 구두를 신었고, 머리카락이 칠흑같이 까맸다. 그 애는 어머니와 가방들을 든 아버지 사이로 걸어갔다. 그렇게 그들은 택시를 향해 갔다. 아버지와 딸이 신은 양말 끄트머리가 닳았다. 그래도 신발은 새것이었다. 얼마쯤은 긴장한 듯, 얼마쯤은 참회하는 듯, 덩치가 크긴 해도 외동

딸이 걱정스러운 듯, 그가 입을 움직여 말이라도 할라치면 턱이 수그러들었다. 내년에는 그 아이를 어디로 보낼지 누가 알겠는가. 그들에게 스위스 수도원에 머물렀던 경력은 신원 보증서나 마찬가지다.

　한참 뒤에 그 애와 닮은 젊은 여자의 사진을 본 적이 있다. 여자는 허공에 떠 있듯이 서 있었다. 어쩌면 이름도 알 수 없는 사진 속 저 여자들이 우리의 선조는 아닐까? 적어도 한 기숙 학교에서 한창때의 몇 해를 보냈던 우리는 이상한 가족애로 묶여 있었는데, 그것은 죽은 자들에 대한 신앙이다. 우리가 알았던 그 시절 여학생들은 모두 우리들 머릿속으로 들어와, 그렇게 하나의 무리를 이루고는 사후의 전성기를 누린다. 그녀들은 우리 머릿속 높은 기둥 위에서 수행하는 고행자처럼 가부좌를 틀고 앉거나 늘어선 침대들 속에 잠들어 있다. 나는 여덟 살 때 만났던 동급생들을 다시 본다. 새하얀 침대 덮개 속에서, 환하게 웃으며, 눈을 내리깐 그들. 나의 시선이 허공을 헤맨다. 우리는 그들과 침대를 같이 썼다. 감옥에서 함께 지낸 동기라도 절대 잊히지 않는 법이다. 우리의 뇌와 눈을 잠식하는 것은 바로 그들의 모습이다. 그 시절에는 시간이 존재하지 않는다. 오래된 것은 그저 모두 유년기다.

　장크트갈렌에서 취리히행 기차 일등실에 올랐다. 기차역에 박사 양반, 그러니까 내 아버지가 마중 나왔다. 그는 모자를 벗어 들었다. 우리는 집으로 가는 것이다. 호텔로. 여름이 다 된 무렵이었다. 부활절에도 그때처럼 하늘이 새파랬고, 성당 종탑 위로 빛이 노랗게 번졌다. 분명 변하지 않는 것들이 있다.

　"좋으냐?"

"네, 아버지."

좋으냐? 네, 아버지. 그렇게 말하는 와중에도, 변하지 않는 무언가가 느껴졌다.

1년 후 호프스태터 부인이 남편과 함께 자동차 사고로 목숨을 잃었다는 소식을 들었다. 아펜첼에서. 그들은 즉사했다. 아들도 죽었다. 그들은 수도원 교사들 중에서 첫 번째로 죽었다. 게다가 다른 수도원 교사들은 하나같이 명이 길었다.

그들은 주로 공기가 맑은 곳에서 평화로운 삶을 영위했고, 우리 생각에는 우리를 교육하는 것도 그들에게 힘들지 않았을 것이다. 어쩌면 그들도 언젠가는 유독 한 학생에게 열정 같은 것을 느낄 것이다. 선생이 한 여학생에게 미칠 듯한 애정을 느끼는 것은 꼴사나운 일이 아니다. 호프스태터 부인 같은 사람이, 자기희생이 가득한 만족감으로 하루같이 매진하다가도, 모든 학생들을 잃을 것을 감수할 만한 사랑을 한 아이에게 느끼는 순간이 다시 없으리라는 것은 상상조차 할 수 없다. 교육자들은 누구나 일말의 비애 같은 것을 느낀다. 살갗에, 목소리 어조에 비애를, 감히 말하자면 보편적인 인간으로서 비애를 품게 마련이다. 어쩌면 그 덕분에 그들이 훌륭한 교육자로서 자질을 얻는지도 모른다.

호프스태터 부인은 토이펜 마을로 내려오거나 장크트갈렌에서 열린 음악회에 우리를 데려다줄 때면, 복도나 사람들로 북적이는 공간에서 걱정에 지친 나머지 기분이 우울해졌다. 그녀는 너무 열이 올라 뺨이 붉게 물들었고, 얼굴 밑에는 땀이 송골송골 맺혔다. 그녀로서는 음악회를 만끽하는 것은 꿈도 못 꿀 일이고, 오로지 학생들을 잘 보살피는 데 여념이 없었다.

"여자 기숙 학교"라고 쓰인 벽의 바깥쪽, 세상, 그러니까 우리 모두와 마찬가지로 그녀가 왔던 곳, 그곳이 그녀에게 익숙하다는 인상을 우리는 결코 받지 못했다. 호프스태터 부인은 최악의 상황뿐 아니라 최선의 상황에서도 언제나 전전긍긍했다. 실제로 그날 저녁 우리가 장크트갈렌에 갔을 때는 날이 궂었다. 하늘이 뒤집어졌다. 우박이 떨어져서 우리는 발이 묶인 채로 기다릴 수밖에 없었다. 그런 갑작스러운 기후 변화가 우리에게는 커다란 즐거움을 주었다. 늦게 귀가하니까. 그녀, 호프스태터 부인은 형벌을 받는 자처럼 평정심을 지키려 애쓰며 지평선을, 무심한 땅을 애타게 바라보았다. 바로 그곳에서 언제든 파국이 시작되는 법이다.

우리는 고분고분했고, 그녀는 우리를 잘 다스렸다. 그런데 어떻게 해서 그녀는 날씨를 감시할 수 없었던 것일까? 어쩌면 날씨가 그녀에게 장난을 친 걸까? 교사들, 적어도 우리가 아는 교사들은 이중생활을 하지 않았다. 그들은 1년을 가르치고 이듬해에는 쉬었다. 교사들은 절대 모험을 하지 않는다. 우리는 교사에 대해 아무런 유감이 없었다. 유감은커녕 너무 많이 존경했는지도 모른다. 그것은 우리가 받았던 교육의 일환이었다. 매일 저녁 수도

원장의 손에 입을 맞추면서도 거부감을 느끼지 않았고, 심지어는 규칙과 의무여서가 아니라 마음에서 우러나서 하기도 했다. 복종하고 싶은 마음. 규칙과 복종, 그것이 성인이 되었을 때 어떤 결과를 가져다줄지는 아무도 알 수 없다. 범죄자를 만들 수도 있고, 아니면 한 발 두 발 조심스레 내딛는 신중한 사람을 만들 수도 있다. 하지만 우리, 특히 기숙 학교에서 일곱 살에서 열 살의 시기를 보냈던 여학생들은 마음에 상처를 받았다. 그들의 말로가 어찌 될지는 나도 모른다. 그들에 대해서는 더 이상 아무것도 모른다. 결국 그들이 어떻게 죽었는지도. 오로지 한 사람, 그녀, 프레데리크만을 백방으로 찾았다. 그녀가 나를 찾을 수 있도록. 그리고 나는 여전히 그녀의 편지를 기다렸다. 그녀는 아직 죽은 자들에 합류하지는 않았다. 그러나 그녀를 다시 만날 수 없으리라는 예감이 너무나 강했다. 그것 역시 우리가 받은 교육 덕택이다. 아름다운 것들을 포기할 줄 아는 것. 그리고 좋은 소식을 두려워하는 것.

나의 교육은 아직 끝나지 않았다. 명랑함을 첫 번째 규칙으로 삼는 섬에 있던 수도원 다음으로, 마지막 수도원에서 나의 열일곱 살 시절을 보냈다. 신부 수업을 받는 학교. 언제나처럼 브라질에서 지시가 떨어졌다. 살림하고, 요리하고, 과자 굽는 법을 배워야 했다. 자수는 여덟 살 때 이미 조금 배운 터였다. 이제는 안주인이 되는 법을 배울 차례였다. 추크호 근처에 키르슈 케이크 만드는 법을 잘 가르치기로 유명한 기숙 학교가 있었다.

그곳에는 창문이 네 개나 있는, 온전히 나만의 방이 있었다. 그곳은 수도원이었다. 딱 한 번 원장에게 대든 적이 있었다. 그리고 그 자리에서 나를 괴롭혔던 학습에 대한 반감을 몇 마디로 표현했다. 그것이 단순히 집안일의 문제였는지, 감히 말하자면 결혼 생활 전반에 대한 문제였는지 모르겠지만 말이다. 내가 받은 교육의 평온함 속에서, 한(恨)의 여명이 동텄다. 평온함과 자연, 호수, 화사한 꽃밭에 대한 한. 수도원장은 내 말을 힘겹게 들어 주었다.

나는 그녀의 얼굴도, 몸도 전혀 기억하지 못한다. 그녀는 말했다. "알겠어요." 그리고 나를 그대로 내버려 두었다.

나는 하루 종일 책을 읽고, 산책을 하고, 호숫가를 거닐었다. 다른 여학생들은 요리 실습을 했다. 나는 아무하고도 말하지 않았고, 그녀들도, 그녀들의 얼굴도 몸도 기억에 없다. 다만 나의 방 구조만큼은 아주 정확하게 기억한다. 브라질에서 보면, 나의 교육은 이제 다 끝난 것이었다. 그녀, 나의 어머니는 내 인생을 미리 준비해 왔고, 내 인생은 그녀의 말 한마디에 따라 이루어져 왔다. 이제 드디어 나는 자유를 얻었다.

미셸린의 열여덟 살 생일에 초대를 받았다. 나는 그녀의 아빠와 춤을 추었다. 바우슬러 학교의 여학생들 열다섯 명 모두가 '대디'와 춤을 추었다. 그가 모든 학생들을 앞장서서 이끌었다. 미셸린이 약속하지 않았던가? 약속은 지켜지기도 하는 것이다. 그것은 말뿐이 아니었다. 미셸린은 빛이 났다. 그녀의 열여덟 살은 그 밤 속으로 그렇게 사라져 갔다.

관현악단, 청춘, 태피터, 축복. 모든 것은 노년으로 점점 다가간다. 약속의 악몽 속으로. 서둘러, 미셸린. 그녀의 아빠는 피곤했다. 정중한 신사는 우리와 함께 몇 시간 동안 춤을 추었다. 우리는 그가 계속 보고 싶었다. 나이 많은 아버지들을 둔 우리는 완전히 고아처럼 느껴졌고, 그의 팔에 안겨 빙글빙글 돌면서 즐거움과 약속의 실현을 만끽했다.

미셸린이 입은 레이스와 실크로 된 옷은 세월에 바랬어도 그 무도회에 썩 잘 어울렸고, 죽음의 성장(盛裝)으로도 제격이라고 미셀린은 상상했다. 그녀는 춤을 춘 다음 아빠와 팔짱을 끼고 탁자들 사이를 지나다녔다. 그녀는 검게 그을리고 광대뼈가 튀어나온 마스코트였다. 그 무도회에는 프레데리크만 빠졌다. 나는 더 이상 눈으로 그녀를 찾지도, 생각하지도 않았다. 다른 여자애들은 무슨 생각을 할까? 적어도 그들 중 절반은 죽음과 신전을, 그리고 그 모든 드레스들을 동경했을 것이다.

정원에 또 다른 초대 손님이 도착했다. 그녀는 자기 머리카락보다 더 검은 옷을 빼입었는데, 리본을 맨 허리는 가늘고 등은 장교처럼 꼿꼿했다. 그녀는 배에서 막 내린 참이었다. 보라색 눈은 색칠한 밀랍 같았다. 하이힐을 신고 정확한 보폭으로 걸으며 검은색 벨벳 스카프를 휘날렸는데 스카프가 마치 살아 있는 것 같았다. 그녀는 미소를 잃지 않았다. 우리가 입은 파스텔 색조에 헐렁하고 편하기 그지없는 옷을 바라보니, 우리들 자신이 과부처럼 느껴졌다. 그녀의 가슴과 욕망이 한눈에 들여다보였다. 그녀는 바로 마리온이었다. 우리는 춤을 멈추고 그녀를 둘러쌌다. 모두가 그녀를 만졌다. 미셀린은 몸을 숙여 땅에 떨어진 마리온의 스카프를 주웠다. 당장 높은 굽이 방해가 되었다. "그냥 둬." 마리온의 목소리는 거만하고 차가웠다. 그제야 그녀는 친구에게 입맞춤을 했다. 모두가 보는 앞에서 미셀린을 꼭 끌어안았다. "검은 옷을 입고 와서 미안해. 우리 부모님이 비행기 사고로 돌아가셨어. 하지만 그렇다고 미셀린의 무도회에 안 올 수는 없었어."

나는 프레데리크를 다시 보았다. 우연히. 밤에. 마치 환영처럼. 그녀는 옷에 달린 후드를 뒤집어쓰고, 손은 주머니에 쑤셔 넣은 채였다. 그녀가 내 이름을 부르며 인사했다. 그녀의 목소리는 아주 먼 곳에서 들려오는 것 같았다. 그녀도 영화관에 온 것이었다. 우리는 바우슬러 학교에서 한 번도 영화에 대해 이야기한 적이 없었다. 그때까지도 나는 영화관에 가 본 적이 전혀 없었다. 허락받지 못했기 때문이다. 수도원 방학 동안에도 허락받지 못했다. 그런데 지난여름, 명령이 떨어졌다. 바다에서 휴가를 보낼 것. 나는 빛이 싫었고, 심하게 앓았다.

만약 선택의 여지가 남아 있다면, 나는 어두운 장소를 택할 것이다. 나는 그렇다. 그리고 영화관은 어둠의 장소다. 앓고 난 후, 영화관은 내가 자주 가는 첫 번째 장소가 되었다. 나는 잃어버렸던 모든 것을 화면에서 보았다. 최초의 친구는 영화관 친구들, 이름도 모르는 관객들이었다. 그들은 머리를 숙인 채 잠이 들었다가 몸에 쥐가 나기도 하는 유랑자였다. 그들의 자리는 잘 만든 울타리였다. 그들의 손은 두터운 모직 장갑에 감싸인 채 꼼짝도 하지 않았다. 갑작스러운 발작처럼 돌연 무릎이나 목이 움직였다. 잠이 깬 것이다. 다음 날이면 그들은 어김없이 돌아올 것이다. 똑같은 자리로. 몇몇은 밤늦게 다시 만나기도 한다. 인생 주변을, 황천 언저리를 헤매는 창백한 종족들.

나는 그녀의 팔을 붙들었다. 그녀가 사라질까 봐 겁이 났다. 온화한 얼굴에 냉소를 머금은 채 프레데리크는 그대로 가만히 있었다. 여전히 주머니에 손을 넣은 채였다. 그녀는 내가 동전을 숨겨 두는 노랑이처럼 남자 친구를 구석에 내버려 둔 것을 눈치챘다. 그래도 나는 혼자인 척했다. 몇 년 후 그 남자는 카이로의 어느 호텔 방에서 칼에 찔려 죽었다. 그는 금발이고, 부드럽게 깎은 듯한 턱선에 기미는 없었지만 막 머리카락이 빠지기 시작한 터였다.
우리는 계속 걸었다. 정처 없이 걸었다. 드디어 그녀를 다시 만난 것이다. 바로 그녀를. 그녀는 더욱 절도 있고 정갈하고 진중하며 완벽해졌다. 두려움을 불러일으킬 정도였다. 그녀는 어디로 가고 있었던 걸까? 나는 그녀를 따라갔다. "우리 집으로 가자." 그녀가 말했다. 루브르의 정원에는 하얀 대리석이 깔려 있고, 도시는 잿빛이었으며, 상업 왕국, 패션, 장례 행렬, 과자 전문점의 간판들은 모두 희미해지는 것 같았다. 먼저 유리가, 그다음으로 거울과 문들이. 날이 추웠다. 그녀는 육중한 문을 밀었다. 간신히 열린 문은 획 하고 급하게 닫혔다. 우리는 계단을 올라갔다. 나는 그녀가 발 딛는 데로 따라갔다. 벽이 왠지 높아 보였다. 그녀는 그 건물에 하나뿐인 집에 산다고 말했다. 밤에는 아무도 살지 않는다고. 계단 꼭대기에 나무 문이 있고, 그 문 너머로 복도가 이어졌다. 복도에는 작은 세면대가 있었다. 그곳은 공중화장실이었다. 우리는 길고 좁은 복도를 지나갔다. 첫 출발 지점에서 한참이나 멀리 들어간 듯했다. 그렇게 해서 우리는 또 다른 문 앞에 이르렀고, 그녀가 나에게 문을 열라고 했다.

빈 공간에 깎아 넣은 듯한 방이었다. 온몸이 얼어 버릴 것만 같았다. 직사각형 방 한쪽으로는 창이 나 있고 벽들은 누렇게 바랬다. "나 여기 살아." 나는 서 있었다. 그녀는 냄비 하나를 집어서 알코올을 붓더니 불을 붙였다. 우리는 선 채로 바닥에 있는 불을 바라보았다. 화염들의 싸움과 결국에 처절하게 잦아드는 소멸의 순간. 그녀는 안달루시아에서 닭싸움을 본 적이 있다고 했다. "열기는 오래가지 않아." 그리고 그녀에게는 스페인적인, 고대적인, 종교적인 무언가가 있었다. 불꽃이 사그라지고, 얼음이 꽁꽁 언 높은 산속 같은 추위가 찾아들었다.

등 하나가 천장에 매달려 있었다. 그녀는 하나뿐인 의자를 내게 권했다. 등 아래. 그녀는 녹아내린 초를 집어 들었다. 밀랍으로 만든 걸까? 그러고는 성냥으로 촛불을 켰다. 심지가 움푹 들어가 있었다. 그녀의 눈은 흔들리는 촛불에 반짝거리는 것이 아니라, 옻칠처럼, 이방인처럼 그윽하게 빛났다. 그녀의 얼굴을 살짝 가린 후드는 마치 그 얼굴을 둘러싼 대리석 휘장 같았고, 그것에 둘러싸여서도 그녀의 아름다움은 변함이 없었다. 번복할 수 없는 확실함. 그러한 아름다움과는 모순되게도 그녀는 나를 도발하듯 바라보았다.

나는 그녀의 공격을 정신적, 미학적 훈련으로 여겼다. 심미주의자만이 모든 것을 거부할 수 있다. 나는 그녀의 빈곤함보다는 대범함에 놀랐다. 방은 그 자체로 이미 하나의 개념이었다. 그것이 무언지는 아무도 모른다. 그녀는 다시 한번 나를 앞질렀다. 나는 이해하려고 애썼다. 그녀는 간이침대에 앉았다. 마치 돌침대에 앉은 것처럼 주름 한 자락 지지 않았다. 나는 모든 벽과 구석구석을 찬찬히 둘러보았다. 어둠이 방 전체를 덮다시피 했다. 내 눈은 그녀의 얼굴에서 허공으로 옮겨 갔다. 그녀는 침묵했다. 무언가 부질없다는 생각이 들었다. 우리가 이렇게 살기 위해서 교육을 받았던 것은 아니었다는 생각. 나는 감정이 울컥 복받쳐 올랐다. 너무 추웠다. 나는 다시 털장갑을 꼈고, 목도리를 한 번 더 둘러맸다.

그때 프레데리크는 대략 스무 살이었다. 그녀는 예전처럼 옷을 입었다. 몸을 덮는 짙은 회색 옷에 가느다란 허리, 긴 목. 경동맥의 맥박이 뛰었다. 그녀는 모자를 벗었다. 그녀의 계란형 얼굴이 창백했다. 그녀는 다리를 꼬았다. 수도원 시절의 완벽함은 그 방에서도 그대로 진열되어 있었다. 그 완벽함은 악의적인 시선에 둘러싸여 있었고, 섬광이 그녀의 눈썹을 스쳐 갔다. 그러고는 원래 모습으로 되돌아갔다. 다시 침묵. 그녀는 장난기가 가득했다. "겁나니?" "그저 조금." 몸을 데워 줄 알코올이 더 이상 없었다. 나는 그녀가 무덤 속에서 사는 것 같다고 생각했다.

추위가 뼛속으로 스며들었고, 고지대의 청정한 공기가 느껴졌다. 하지만 그 추위도 점차 견딜 만해졌다. 나는 목도리와 장갑을 벗었다. 어쩌면, 어쩌면 앞으로 더 연습하면, 한 마리 뱀처럼 벽을 타고 흐르는 폭포나, 아니면 밤에 뜬 태양을 볼 수 있을 것 같았다. 나는 창문을 어렵사리 열었다. 그녀가 뒤에서 다가왔고, 우리는 각자 팔짱을 끼고 하늘을 바라보았다. 복도에 있던 공중화장실이 생각났다. 그것은 방치된 것일까, 아니면 누군가가 사용하는 것일까? 그녀는 몰랐다. 그녀는 밤에만 그곳으로 돌아갔다. 밤에는 건물 전체가 텅 비기 때문이었다.

간혹 그녀의 말소리가 불쑥 들려오기도 했다. "나는 그들과 함께 지내." 그러고는 곧 그들을 바라보았다. 그들은 그녀를 찾아왔다. 때로 그들은 그때 내가 앉았던 바로 그 자리에 앉기도 했다. 그녀는 느닷없이 웃음을 터뜨렸다. 밤의 날짐승처럼, 귀청을 찢을 듯 날카롭게. 그러니까 프레데리크는 죽은 자들과 말하는 것이다. 그러니까 나는 그녀의 방에 들어갔던 '살아 있는' 유일한 사람이었다. 너를 다시 만날 수 있을까? 나는 그녀에게 물었다. 새벽이 밝아 왔다. 한쪽 귀퉁이에서부터. 나는 언제든 원할 때 그녀를 찾아갈 수 있었다. 그날 밤에도, 그다음 날에도, 그리고 매일매일 가고 싶었다. 그녀는 말없이, 웃었다. 그날 밤 이후로 나는 그녀를 보지 못했다. 그녀의 방에서 어떻게 나왔는지 기억이 나지 않는다. 복도도, 계단도. 돌과 벽들이 쿵 닫혀 버렸다. 방에서는 밤이면 소곤소곤 소리가 들려오기 시작했고, 그림자들이 바닥에 얽혀 있었다. 빛이 다시 쳐들어오기 전까지.

몇 년 뒤, 프레데리크는 제네바에 있는 자신의 집과 커튼, 그림, 그리고 어머니를 불태워 버리려고 했다. 어머니는 거실에서 책을 보고 있었다.

내가 그 부인을 알게 된 것은 그 사건이 있고 난 뒤였다. 그 부인은 일흔 살가량 되었다. 그녀의 모든 것이 부드러웠다. 혈색, 살결, 옷, 복사뼈, 두툼한 턱살 등. 얼굴에는 홍조가 어려 있고 몸은 연약했다. 옅은 파란색 눈은 평온하고 맑아 보였고, 그 눈빛이 나를 주시하면서 거실로 안내했다. 순백색 커튼으로 창문을 가렸고, 늘어뜨려진 하얀 끈은 마치 설탕 가루 같았다. 부인은 앉아 있었다. 나는 계속 서 있었다. 어정쩡한 불편함이 나를 붙잡고 늘어졌다. 가 버리고 싶었다. 나는 부인을 따라 했다. 나도 앉는다. 벽에 붙은 수많은 초상화들이 어둠과 잠 속으로 빠져든다.

제네바의 태양은 화사했고, 저녁놀이 부인을 비추었다. 스러져 가는 마지막 한 줄기 빛이 사물들의 표면을 투명하게 했다. 모든 사물이 지닌 치열함이 사그라지면서 나른해지는 시간이었다. 타원형 탁자 위에는 은 주전자와 찻잔이 놓여 있고, 작은 접시에는 과자가 담겨 있었다. 죽은 자들의 머리글자가 쓰인 하얀 냅킨. 어쩌면 눈썹 없이 내려다보는 저 초상화들 중 누군가의 이름일지도 몰랐다. 누군가 몇 세기 전, 혹은 몇 시간 전에 팔꿈치를 괴었을 또 다른 둥근 탁자에는, 언제나 꽃을 꽂아 두는 꽃병 하나와 커다란 은쟁반이 있었다. 나비 한 마리라도 날아들었더라면, 꽃잎의 묵상을 망쳐 버렸을 것이다. 그날 바람 한 점도 그들의 하루살이 같은 열기를 흩뜨리지 못했다.

공기는 회복기에 느끼는 것과 마찬가지로 무겁고도 둔했다. 한구석에 붙박아 둔 책상, 벽장, 둥근 상아 장식품들은 보이지 않는 누군가가 또 다른 누군가에게 펜도 종이도 없이 편지를 쓰고 있을 것 같은 분위기를 자아냈다. 부인의 손은 사물들을, 살아 있는 자들과 죽은 자들의 것들을 정리해 주었다. 살아 있는 자의 것들은 그녀 자신에게 속한 것으로, 손가락에 낀 반지 두 개가 있었다. 그것은 금으로 만든 결혼반지로, 과부살이의 위안이자 맹세의 유골 단지였다.

부인은 천천히 차를 따라 찻잔을 절반쯤 채우고는 과자를 권했다. "좀 들어 봐요." 그녀는 찻잔을 입술로 가져갔다. 뭐라고 형언할 수 없는 몇 가지 생각이 떠올랐지만, 그저 그렇게 애매했다. 벽에 걸린 초상화들의 실루엣에는 영혼이 깃든 것 같았고, 벽의 갈라진 틈으로 긴장감이 전해져 왔다. 그녀는 나를 보고 미소 지었고, 나도 그녀를 보며 웃었다. 그러니까 나는 친구가 없었던 그녀 딸의 유일한 친구였다. 그녀는 나를 만나서 기뻐했고, 그 말을 따스하고도 우아하게 전했다. 진심인 것 같았다. 나는 그녀에게 고마울 따름이었다. 온갖 진실과 거짓이 신랄하게 대립하는 가벼운 존재들과 달라서. 그녀는 소녀 같은 순진한 시선으로 나를 바라보았다. 그녀의 눈은 아무도 어떻게 할 수 없는 어린 소녀, 혹은 모자람도 경이로움도 없는 어린아이의 눈이었다. 제네바의 어느 호숫가에 핀 붓꽃처럼 화려한 천국 그 자체. 부인은 행복해 보였다. 그녀는 너무도 다정하게 내게 어느 호텔에서 왔냐고 물었다. "루시 호텔이요." "그곳은 엉망인데. 그 호텔은 곧 부서질 거야." 그녀가 장담했다.

"그 호텔방은요, 아주 크고, 진짜 강당처럼 넓어요." 나는 과장해서 말했다.(그 호텔이 무너지지 않도록 변호라도 하듯이 말이다.) 그렇다, 그녀도 그 사실을 알았지만 호텔은 몰락했다. 그녀는 계속 다정하게 내 부모에 관해 물어보았다. 부모가 기독교도인지도 물었다. 나는 부인에게 우리가 예전에 이미 한 번 만났다고 귀띔해 주었다. 그녀는 여전히 다정했지만 그것을 기억하지는 못하는 것 같았다. 나는 우겼다. 프레데리크를 수도원에서 데려가려고 왔던 날이었다고. 제가 역까지 배웅해 드렸는걸요. 그제야 부인은 '우울한 소녀'를 기억했고, 턱을 움직여 연민 어린 미소를 지었다. 그녀는 날씨에 대해, 지나간 날씨가 아니라 그 무렵의 무더위와 습기에 대해 말했다. 그녀는 기상학에 대해 정확히 알았다. 그녀의 침착함과 따스함은 두꺼운 벨벳 커튼 같았다. 언제나 그래 왔고, 또 대문과 창문 들을 두르고도 남을 정도로 넉넉했다. 나는 과자 하나를 더 먹었고, 그녀는 더 구워 주지 못해 미안하다고 했다. 접시에 남은 과자를 세어 보니 여섯 개쯤 있었는데, 나는 그것을 다 먹기로 작정했다. 수도원에서 내가 만났던 대모들을 모두 차례로 떠올려 보았다. 살짝 역겨웠다. 이유는 없었다. (신사복 같은) 여성용 정장을 입고 끊임없이 입술을 움직여 말하는 사람들에게 느끼는 거부감이다.

몇몇 사람들, 특히 종교적인 집안의 사람들이 말할 때에는 음모같이 수상한 꿍꿍이가 있는 듯하다. 내가 여덟 살 때 머물렀던 첫 번째 수도원은 종교 재단에서 운영했는데, 모두가 '스파이'에 대한 강박 관념에 사로잡혔다. 그 비밀스러운 말은 희극적인 느낌을 주었다. 부인이 어느새 미지근하게 식어 버린 차를 잔에 따라 줄 때 나는 이런 생각을 했다.

프레데리크는 한마디도 하지 않았다. 그녀의 침묵에는 무게가 없었다. 생기도 없었다. 그녀는 그저 무심했다. 그리고 갑자기 몸을 떨었다. 그때까지 소파에 앉아 있었는데, 언제라도 벌떡 일어날 태세로 가슴을 살짝 앞으로 내민 채 걸터앉아 있었다. 깊은 한숨 소리가 연이어 들려왔다. 그녀의 한숨은 가슴속에서 마치 메아리가 치는 것처럼, 큰 소리로 울려 나왔다. 또 다른 목소리. 부인은 찻잔을 든 채, 아펜첼에서는 남자들은 투표를 하러 가고 여자들은 창밖을 내다본다고 말하면서 창가 쪽을 바라보았다. 나는 그녀가 딸을 보고 있다는 것을 눈치챘다. 그녀는 그쪽을 바라볼 이유 한 가지를 찾았다. 다시 날씨 이야기를 하기 시작한 것이다. 허무한 기운이 살벌할 정도로 팽배해졌다. 부인은 꽃잎을 어루만졌다. 프레데리크가 냄새를 맡으려는지 상체를 벌떡 일으켰다. 가슴이 들쑥날쑥 움직이더니 일정한 박자를 맞췄다. 마치 약한 발작 같았다. 쌔액쌔액. 나는 그녀의 불투명한 시선에서 처음으로 안개

같은 상실감을 본 듯도 했다.

부인이 승강기까지 나를 바래다주며 중얼거렸다. "내 딸애는, 나를 불태우려고 했지." 그녀는 회한에서 우러나오는 따스함을 담아 말했다. 그녀가 승강기 문을 열어 주었다. 승강기 안에는 거울과 접이식 의자가 있었다. "그 애 잘못이 아니야." 거울에 비친 그녀의 반짝이는 눈은 믿음으로 가득했고, 말은 묘비명처럼 간결했다. "믿음을 가져요. 힘들어하지 말고." 그녀는 버튼을 눌렀다. "이건, 나에게는 여행이나 마찬가지라오. 늘 조심하지. 집에서 한 발짝도 안 나오거든. 당신은 정말로 무슨 말인지 잘 알겠지." 먼저 가세요. 나는 그녀가 앞서도록 몸짓을 했다. 그녀는 문 쪽으로 나를 인도했다. 마지막으로 내게 인사하면서 와 주어 고맙다고, 딸의 친구를 알게 되어 기쁘다고 했다. 그리고 문이 닫혔다.

그날은 청명하고도 구슬펐다. 바람이 호수에 물결을 일으켰다. 제방을 따라 아시아 대사관들이 늘어서 있었다. 분수대에는 마치 사형대처럼 원형 은고리가 대롱거렸다. 프레데리크가 내게 찻집에서 만나자고 제안해 왔다. 나는 약속 장소에 일찍 도착했다. 기다리는 몇 분이 길기만 했다. 나는 오보말티네[08] 한 잔을 주문했다. 아무것도 생각할 것이 없었다. 분침은 꿈쩍도 하지 않았다. 화분에 심은 줄무늬 잎사귀와 하얀 나비 한 마리가 멋지게 어울렸다. 이파리는 과거의 수액, 생기를 떠올리며 흔들거렸고, 나

---

08 맥아, 우유, 계란, 효모로 만든 차.

비는 잎사귀를 길잡이 삼아 쫓아갔다. 어여쁜 소용돌이를 이루는 동작과 목가.

　탁자는 대리석이었다. 나는 오보말티네를 한 잔 더 시켰다. 기다림을 잊을 만한 생각거리를 찾아내야만 했다. 기차역들을 떠올렸다. 토이펜 역, 스타츠 역, 리기 역, 벵겐 역. 내가 어느 수영장에서 수영 강습을 받는 동안, 아버지는 겨울 차림새로 태양을 거부하며 그늘에 앉아 있었다. 태양이 실수인 양 우리의 여름을 뒤덮고, 그 창백한 빛으로 저녁놀을 꿰뚫었다. 숲과 습지를 관통하는 빛은 특히 버섯과 독이 든 열매와 습한 토양으로 파고들었다. 우리는 그 어두운 빛을 따라, 철통같이 평화로운 오아시스 주위를 산책했다. 아버지와 딸은 오래된 부부처럼 손을 잡았다. 아버지는 내게 산 이름들을 알려 주었다. 호텔에서는 금속성 빛이 탁자와 크루아상과 은식기들을 비추었다. 첫날의 아침 식사였다. 유리창 너머로 마터호른이 보이고, 우리는 태양과 세상의 새로운 탄생을 마주했다. 식당에 있는 한 부인과 그녀의 세 딸이 우리의 관심을 끌었다. 토란 같은 이마에서 행복한 기운을 발산했다. 나는 생각했다. 그들은 태어나길 잘했어. 워낙에 행복하게 태어난 거야. 부인과 아이들은 고집스러울 정도로 행복하고, 거의 악마적일 정도로 평화로운 분위기를 연출했다.

　"봐라, 저 사람들도 행복해 보이는구나." 아버지가 말했다.(어쩌면 아버지는 행복한 사람이 나라고 여겼을 것이다. 그는 무심했다.) 하루 온종일, 그렇게 잘 차려진 식탁과 그 모녀의 행복한 구도가 나를 집요하게 따라다녔다. 그들 탁자의 오른쪽에는 막내딸이 앉았는데, 내가 보기에 머리가 가장 작고 이마는 좁고 눈동자 색은 그리 진하지 않은 듯했다. 콧구멍도 작았다. 그 애는 큰언니와 똑같은 모양새로 머리를 빗었는데, 머리 한가운데를 넓게 가로지르는 가르마가 경박해 보였다. 산책하면서 부인과 딸들이 서로 웃고 떠드는 행복한 모습에 아버지와 나는 주눅이 들었다. 매년 우리는 단둘이서만, 죽어라고 단둘이서만 지내 왔고, 가끔 호텔에서 누군가 우리 식탁에 앉아 유쾌하게 대화를 시도할라치면, 습관적으로 우리는 조금은 불안해하고 어려워했다. 우리는 자리에 앉기 전에 옆 탁자 사람들에게 인사했고 일어나면서도 그들에게 인사하곤 했다. 우리는 늘 그들보다 먼저 식사를 마쳤다.

　홀에서 사람들은 책을 읽었고, 관현악단의 음악이 강당에서 들려왔다. 노부부들은 왈츠, 폭스트롯을 추었고, 남자들은 넓은 보폭으로 박자를 제법 잘 맞추었다. 스위스 사람들은 핏속에 리듬감을 타고났다. 프랑스인들이 있을 때에는 「단두대로의 행진」에 맞춰 춤을 추었고, 스위스인들도 춤을 추곤 했는데 무릎을 들어 신발 바닥을 내보이는 춤이었다.

　다음 날, 호텔에서는 한 사건이 쉬쉬하며 퍼져 나갔다. 나와 동갑인 어린 여자애가 자기 방에서 꽃과 이파리 무늬 커튼에 목을 매단 것이다. 손님들은 침착했는데, 호텔 측에서는 그들을 위해 시체가 보이지 않도록 조심했다. 눈에 비친 겉모습은 사물의 자연적 질서를 위반하지 않았다. 물론 자살이 자연적 질서에 들지 않는 건 분명하다. 하지만 무슨 차이가 있을까? 방에 커튼이 쳐졌다. 나는 겨울과 호텔을 생각했다. 나뭇가지, 눈물이 뚝뚝 듣는 얼음을 생각했다. 봄이면 모두 녹으리라. 나는 그것들이 다 녹은 풍경을 한 번도 본 적이 없었다.

드디어 프레데리크가 나를 찾아왔다. 그녀가 앉았다. 그녀의 얼굴이 내 얼굴 가까이로 다가왔다. 우리는 서로 바라본다. 애인을 이어 주는 점괘인가? 우리는 농담을 한다. 그녀가 웃는다. 우리의 마지막 만남이다. "그 인형 어떻게 했어?" "어떤 인형?" 그녀는 내 눈을 뚫어지게 바라보았다. 그녀는 내가 그것을 기억한다고, 허공에서 말하는 것 같았다. "그 인형 말이야. 수도원에서 선물 받았던, 민속 복장에 두건을 쓴 산갈레제(製) 인형." 그녀는 침착하게 말했다. "그거, 금세 버려 버렸어." 내가 말했다. "아니, 넌 그거 버리지 않았어. 다시 찾아야 해. 어딘가에 있을 거야. 그 인형, 반드시 다시 찾을 거야. 두고 봐, 어쨌든 넌 분명히 버리지 않았다고." 그러면서 그녀는 나를 나무라다시피 했다. 순간, 마치 어른처럼 그녀의 눈에 날카로움이 번득였다. 내가 그 인형을 버릴 수 없었다는 사실은 분명했다. 그녀는 안타까워했다. 그녀는 자신이 어느 학생보다도 잘 단련되고 순종적이었다고 주장했다. 그리고 두건과 단추가 있고, 눈을 색칠한 그 인형을 내가 기억하지 못한다는 사실 자체를 힐책하는 듯했다. 나는 그녀의 손을 잡았다. 토이펜의 수도원에서 글씨를 쓰곤 하던 그녀의 손을. 나는 그녀의 글씨체를 그대로 흉내 냈다. 모범이 필요했다. 쪽지에 그녀의 이름을 쓴다. 복제하는 사람은 기술자다. 아듀, 프레데리크. 아듀라는 단어를 쓴 사람은 그녀다. 토이펜에서 내가 들었던, 그 짧은 단어의 필리스틴식 발음은 계속 반복되고, 뒤집어지고, 퍼지고, 물러나, 결국 죽은 자들의 언어 중 일부가 되었다.

20년 뒤, 그녀는 나에게 편지를 썼다. 그녀의 어머니는 여생을 보낼 수 있을 만한 유산을 그녀에게 남겨 주었다. 하지만 그녀에겐 우울증이 있어서 그런 식으로 계속 산다면 묘지로 갈 날이 빨리 올 것이었다.

나는 지금 수도원 건물 앞에 있다. 벤치에 두 여자가 앉아 있다. 그들을 향해 나는 고개를 살짝 숙여 보인다. 그들은 대꾸가 없다. 나는 문을 연다. 한 여자는 탁자 앞에 앉아 있고, 다른 한 여자는 서 있었다. 한 여자가 내게 무슨 일로 왔느냐고 묻는다. 나는 수도원에 관해 묻는다. 이름을 또박또박 말한다. 한 번도 들은 적이 없단다. 여기 토이펜에서, 모두들 안녕한가요? 여자는 탐색하듯, 의심하듯 나를 바라본다. 물론 나는 안녕했다. 이곳에서 살았거든요. 순간 나의 대답이 쓸모없게 여겨진다. 그들은 나에게 장크트 갈렌으로 가 보라고 권한다. 그곳에는 학교가 많다고. 나는 다시 한번 수도원의 이름을 말한다. 제가 잘못 알았나 봐요. 실례했어요. 이곳은 맹인 진료소군요. 이제는 그렇군요, 맹인 진료소요.

프롤레테르카호

몇 년이 흐른 지금, 오늘 아침에야 갑작스럽게 소원이 하나 생겼다. 내 아버지의 유골 단지를 가졌으면 하는.

화장이 끝난 뒤, 아직 열기가 남아 있는 조그마한 물건 하나를 건네받았다. 못이었다. 그들은 그 못을 꺼내지 않았던 것이다. 그때 나는 과연 그들이 정말로 그것을 옷 주머니에 그대로 놔둘지 궁금했다. 그 못은 요하네스와 같이 태워야 해요. 나는 화장터 직원에게 말했다. 그러니까 그 못을 그의 주머니에서 꺼내지 말아야 하는 것이다. 손에 쥐어 놓았다면 금세 눈에 띄었을 것이다. 오늘 난 그의 유골 단지를 갖고 싶어졌다. 그것은 그저 평범한 유골 단지일 것이다. 명판에는 이름을 새겼을 것이다. 마치 군인의 군번 표처럼 말이다. 그때는 어쩌자고 그 뼛가루를 달라고 말할 생각도 못 했던 것일까?

그때까지 나는 한 번도 죽은 자들에 대해 생각해 본 적이 없었다. 그들은 뒤늦게야 나타난다. 우리가 포획되었다고 느끼기 시작할 때 그들은 비로소 모습을 드러낼 것이며, 지금은 사냥감을 찾을 때다. 요하네스가 죽었을 때, 나는 그가 정말로 죽었다고 상상해 보았다. 나는 장례식을 거들었다. 그게 전부였다. 장례식이 끝난 뒤 나는 바로 떠났다. 그날은 무척이나 청명했고, 그렇게 모든 것이 끝났다. 제르다 양이 세세한 일들을 모두 도맡아 처리해 주었다. 그 점에 대해 그녀에게 무척 고맙게 생각한다. 그녀는 나를 위해 미용실을 예약해 주었다. 또한 검은색 정장도 마련해 주었다. 괜찮은 옷이었다. 그리고 그녀는 모든 것을 요하네스의 유지에 따라 꼼꼼하게 처리했다.

내가 아버지를 마지막으로 본 것은 아주 추운 도시에서였다. 나는 그에게 인사를 했다. 그때 내 옆에는 제르다 양이 있었다. 나는 그녀에게 의지했다. 모든 면에서. 누군가가 죽으면 무엇을 해야 하는지 나는 몰랐다. 그녀는 모든 형식과 절차를 정확하게 알았다. 유능하고, 말수가 적고, 속으로 슬퍼할 줄 알았다. 마치 커다란 도끼 하나가 애도의 길을 굽이굽이 앞장서 가는 것 같았다. 그녀는 결정을 내릴 줄 알았고, 거침이 없었다. 그녀는 정말로 부지런했다. 나는 조금이라도 슬퍼할 여유조차 없었다. 슬픔은 온전히 그녀의 몫이었다. 어쨌든 나는 모든 슬픔을 그녀에게 떠넘겼다. 내게는 아무것도 남지 않았다.

나는 그녀에게 잠깐 동안만이라도 혼자 있고 싶다고 말했다. 몇 분만이라도. 방은 얼음장처럼 차가웠다. 그 몇 분 동안 나는 요하네스의 회색 양복 주머니에다 못을 넣어 두었다. 그를 보고 싶지 않았다. 그의 얼굴은 이미 내 머릿속, 내 눈 속에 있었다. 그를 굳이 볼 필요가 없다고 생각했다. 그런데 오히려 예상과는 반대였다. 나는 그를 찬찬히, 유심히 바라보았고, 무엇보다 고통의 징후가 있었는지 살펴보고 싶었다. 내 생각이 틀렸다. 그를 그렇게 자세히 바라보자, 그의 얼굴이 나를 피했다. 나는 그의 이목구비, 진짜 얼굴, 늘 변함이 없었던 그 얼굴을 잊어버렸다.

제르다 양이 다시 나를 데리러 왔다. 나는 요하네스의 이마에 입을 맞추려 한다. 제르다 양이 몸서리치며 나를 막아선다. 오늘 아침, 요하네스의 유골 단지를 원한 것은 그렇게도 갑작스러웠다. 그러나 그 바람은 이내 사그라졌다.

나는 아버지에 대해 잘 몰랐다. 부활절 방학 때, 그가 몸소 나를 순항선에 태워 주었다. 그 배는 베네치아에 정박해 있었다. 배의 이름은 '프롤레테르카호'였다. '프롤레타리아의 배.' 몇 년 동안 우리의 만남을 이어 준 것은 축제 행렬이었다. 그 축제에는 우리 둘 다 참여하곤 했다. 우리는 호숫가에 있는 한 도시에서 행렬에 동참했다. 아버지는 삼각 모자를 썼고, 나는 민속 의상인 '트레치'를 입고 하얀 레이스로 장식한 검은 두건을 둘렀다. 검은색 왁스를 칠한 구두에는 그로그랭 버클이 달려 있었다. 짙은 보랏빛이 비치는 빨간색 의상에 비단 앞치마. 그리고 무늬가 있는 비단 조끼. 광장 한쪽에서는 장작더미 위에서 허수아비를 태웠다. '뵈외그'라는 커다란 인형이었다. 말을 탄 남자들이 불가를 둥글게 돌며 달렸다. 탬버린이 흔들린다. 깃발들이 올라간다. 겨울에 작별을 고한다. 내가 한 번도 가져 보지 못했던 무언가에 작별을 고하는 것 같았다. 나는 불꽃에 푹 빠져 버렸다. 정말 오래전의 일이다.

내 아버지, 요하네스 H.는 길드 같은 어느 협회의 회원이었다. 학생이었을 때 가입한 것이다. 그는 "전시에 협회는 무엇을 했으며 무엇을 할 수 있었는가."라는 제목으로 글을 쓴 적이 있었다. 요하네스가 가입했던 그 협회는 1336년에 발족했다.

축제 전날 저녁에는 아이들의 무도회가 열렸다. 커다란 홀에는 잘 차려입은 사람들과 그들의 웃음소리가 넘쳐 났다. 나는 그 모든 것이 끝나기만을 기다렸다. 어쩌면 요하네스 역시 같은 심정이었을 것이다. 나는 무도회를 좋아하지 않았다. 그리고 민속 의상도 당장 벗어 버리고만 싶었다. 그 축제에 처음 참가했을 때(당시 나는 아직 학교도 들어가기 전이었다.) 나는 파란색 가마를 탔다. 가마의 쪽창 너머로 도로변에서 행렬을 바라보는 아이들에게 인사했다. 가마꾼들이 가마를 땅에 내려놓자, 나는 쪽문을 열고 내렸다. 도망칠 생각은 아니었다. 반항이 아니라 순수한 본능이었다. 미지에 대한 욕망. 몇 시간 동안 도시를 돌아다녔다. 파김치가 될 때까지. 그러다 경찰서로 가게 되었다. 그들은 나를 합법적인 친권자인 요하네스에게 데려다주었다. 미안한 마음이 들었다. 우리의 주변 환경을 고려해 보자면, 아버지와 딸 사이에 있을 수 있는 보다 깊은 애정은 자제할 수밖에 없었다. 열심히 지켜보되 침묵할 것. 두 사람은 행렬을 따라 걸어간다. 말 한마디 나누지 않는다. 아버지는 행렬에 맞추어 걷는 것이 힘들다. 두 그림자, 그중 하나는 눈에 띄게 힘겹게 움직인다. 딸의 그림자는 훨씬 더 초조해한다. 행렬은 사 열 종대다. 그들 옆에는 남녀 한 쌍이 있는데 남자는 군복, 여자는 민속 의상을 입었다. 그들은 보폭을 맞추어, 당당하고도 경건하며 엄숙하게, 머리를 꼿꼿이 들고 걸었다. 밤이면 이따금 다 타 버린 허수아비가 덮인 눈꺼풀 안까지 비집고 들어온다. 계속 귓가에 맴도는 탬버린 소리는 행진곡처럼 우렁차다. 이틀 후, 나는 호텔방을 나와 요하네스와 헤어졌다. 나의 방문 기간이 끝난 것이다.

요하네스와 같은 협회 사람들이 프롤레테르카호에 올라 탑승료를 지불했다. 4월에 그들은 온 도시를 휘젓고 다녔다. 그들이 우리의 여행 동료가 될 터였다. 우리, 그러니까 나와 아버지는 베네치아행 기차를 탔다. 기차간은 텅 비었다. 그때부터 아버지 요하네스와 쭉 함께 다녔다. 그는 아직 일흔이 안 되었다. 하얀 생머리에다, 가르마는 자로 그은 듯 반듯했다. 차갑고도 부자연스러운 옅은 색 눈동자. 마치 동화 속에 나오는 얼음 나라 사람처럼. 겨울 눈동자. 낭만적인 광기의 섬광이 선뜩하게 느껴진다. 투명하고 맑은, 안절부절못할 정도로 밝은 초록색 붓꽃처럼. 그 시선에는 안정감이 전혀 없었다. 마치 유전적인 돌연변이인 듯했다. 요하네스는 쌍둥이였는데, 쌍둥이 형도 그와 눈동자가 닮았다. 쌍둥이 형의 눈은 속눈썹에 가렸다. 그는 주로 정원에서 시간을 보냈다. 휠체어를 타고서. 그는 이렇게만 말했다. "날이 춥군." 그 어조는 날씨란 일시적인 것이라는 순수한 지상의 인지와 더불어 신의 영역에 대한 이해를 통합한 것이었다. 그의 병이 바로 그랬다. 당시 사람들은 그의 병을 '잠병'이라고 불렀다.

기차간에서 요하네스는 신문을 읽는다. 오래오래 읽는다. 내게 무슨 말을 해야 할지 모르는 모양이다. 나는 신문을 든 그의 손과 신발을 살펴본다. 화젯거리를 떠올려 본다. 못 찾겠다. 나는 유고슬라비아 배의 이름인 '프롤레테르카'라는 말을 생각해 본다. 이름이 훨씬 더 멋진 배들도 많다. 빌리 버드[01]가 목을 매달았던 '인도미타[02] 호'처럼 말이다. 선장이 사형을 내릴 것이라는 사실을 미리 암시하기 위해, 묶여 있는 선원을 찾아왔던 장면을 기억하는가? 빌리 버드의 마지막 말은 이랬다. "신께서 베레 선장에게 축복을 내려 주시기를!" 그는 자신에게 사형 집행 명령을 내린 자를 축복한 것이다. 사형 집행인에게도 축복을 했다. 나는 빌리 버드의 이야기만 하고 싶다. 허무의 바다 속에서 역풍에 휩쓸려 갈 곳 몰라 하면서도 굳이 돛을 올린 그 짧은 이야기 대신. 빌리 버드, 나는 차창 밖으로 그가 저 멀리 달려가는 모습을 본다. 요하네스 옆에서 많은 시간을 흘려보내면서. 빌리 버드의 아버지가 누구인지, 그의 고향이 어디인지는 아무도 몰랐다. 그들은 다만 비단으로 싼 귀한 바구니를 처음 보았을 뿐이다. 나는 내 아버지보다 빌리 버드에 대해 훨씬 더 많이 안다. "다 왔구나." 요하네스가 말한다. 우리에겐 짐이 없다. 짐들은 배에 실려 있다. 프롤레테르카호에.

아버지와 딸은 산마르코 광장까지 배를 타고 간다. 딸은 항상 앞을 본다. 배를 보고 싶어 한다. 베네치아가 보였다 안 보였다 한다. 아버지와 딸은 스키아보니 해변을 걷는다. 딸은 성마르다. 요하네스는 천천히 걷는다. 다리를 전다. 발목까지 올라오는 높은 신발을 신었다.

01 미국 소설가 허먼 멜빌의 소설 『선원, 빌리 버드』의 주인공.
02 인도미타는 이탈리아어로 '야생마'라는 뜻.

나는 그가 태어날 때부터 그랬으려니 생각해 왔다. 그래서 걸을 때 언제나 절룩이는 거라고. 하지만 그것은 종양 때문이었다. 나는 그 사실을 아이가 태어나면 으레 선물하는 사진첩에서 읽었다. 그는 아이가 태어나고 처음 몇 달, 몇 년 동안 거의 하루도 빠짐없이 사진첩에 매일매일 기록했다. 18개월 된 딸이 병원으로 요하네스를 찾아왔다고도 기록했다. 그 딸은 자신이 태어난 후 처음 몇 년 동안 자기 존재에 관한 정보를 알고자 한다면, 사진첩을 들춰 보는 것밖에 달리 할 수 있는 일이 없다. 그것은 일종의 노력이다. 또한 존재의 확인이다. 말수가 적은 요하네스는 딸이 했던 행동, 딸을 데려갔던 곳, 건강 상태 등을 기록했다. 간결한 문장에다 설명은 없었다. 질문에 대한 답변 같았다. 감정도, 느낌도 없었다. 인생은 증발했다. 마치 처음부터 없었던 것처럼. 요하네스는 기록했다. "딸아이는 한 번도 울지 않았다. 떼를 쓰지도 않고, 아주 기특하다." 기특한 유아기. 모든 것이 피상적이다. 요하네스, 그에 관해서는 개인적 기록이 두 가지 있다. 가벼운 경색과 종양. 요하네스는 딸이 두 살이 되었을 때 할아버지(할아버지의 이름과 성을 적었다.)가 운명했다고 기록했다. 화장터에는 많은 친구들이 왔다. 딸은 아주 얌전했고, 모든 것을 "받아들였다". 요하네스는 "이해했다."라고 적는 대신 "받아들였다."라고 적었다. 어쨌든 그는 딸을 주의 깊게 관찰했다. 요하네스에 따르면, 딸은 두 살 때 죽음이라는 것이 무엇인지를 받아들였다고 했다. 할아버지의 죽음을 맞으면서, 그 어린아이는 정말로 사랑스럽고 얌전하게 처신해야만 했다. 어쩌면 그때 요하네스는 이미 자신의 죽음까지 미리 생각하면서 아이가 모든 사람들에게 호의적이기를 바랐는지도 모른다. 그리고 세상에 대해서도, 고통에 대해서도. 딸은 아주 어릴 때부터 요하네스와 떨어져 지내야만 했다. 아이들은 부모와 떨어지고 나면 부모에게 무관심해지게 마련이다. 그들은 결코 감정적이지 않다. 열정적이면서도 차갑다. 때로 어떤 아이들은 애정이나 감정을 마치 물건처럼 내다 버리기도 한다. 과감히, 일말의 슬픔도 없이. 그들은 모두 이방인이 된다. 때로 적이 되기도 한다. 그들은 더 이상 버려진 자가 아니라, 정신적으로 후퇴하면서 공격하는 자가 된다. 그러고는 어느 순간 홀연히 떠나 버리는 것이다. 어둠과 환상이 가득한 가없은 세상으로. 때로 그들은 행복에 집착하기도 한다. 마치 줄타기를 하는 것처럼. 부모는 더 이상 필요 없다. 전혀 필요 없다. 어떤 아이들은 스스로를 다스린다. 그들의 마음은 더러워지거나 타락할 수 없는 크리스털이다. 그들은 그런 척하는 법을 배울 뿐이다. 그런 연극은 훨씬 적극적이고, 보다 사실적이며, 꿈처럼 매혹적이다. 그들은 우리가 진실이라고 여기는 모든 것들의 자리를 차지한다. 어쩌면 그것만이 진실일 것이며, 어떤 아이들은 오히려 초연함의 미학을 즐긴다.

아버지와 딸은 배 앞에 있다. 배는 마치 군함 같다. 배의 굴뚝 위로 붉은 별이 반짝인다. 나는 곧장 "프롤레테르카호"라고 쓰인 글씨를 본다. 글씨는 검게 그을리고, 녹슬고, 희미하다. 그러나 위풍당당한 글씨체. 해 질 녘이다. 거대한 배가 수면 아래로 막 잠기려는 해를 가린다. 배는 어둡고, 검고, 신비롭다. 악천후, 난파, 군함을 개조한 해적선 등의 위험으로부터 피신해 있다. 우리는 사다리를 오른다. 선원들이 우리를 기다린다. 우리가 제일 마지막이다. 요하네스가 힘겹게 오르자, 한 선원이 도와주었다. 우리는 선실을 안내받았다. 선실은 작았다. 그곳에서 나는 요하네스와 같이 지낼 것이다. 이층 침대가 있었다. 내가 위 칸에서 자야 할 것이다. 프롤레테르카호는 오후 6시에 출항한다. 부드럽게 물 위를 미끄러져 간다. "뿌우" 소리가 출발을 예고한다. 이별의 소리. 다시 뒤로 돌아갈 수는 없다. 나는 레테강 너머를 본다. 마틴 에덴[03]처럼 떠나 버리고 싶은 양, 어떻게 하면 뛰쳐나가 바다에 뛰어들 수 있을까 생각해 본다.

나는 옷을 갈아입는다. 한 시간 뒤에 식당 홀로 간다. 갑판에서는 승객들이 노을을 바라본다. 그 장관을 놓칠 수는 없다. 요하네스도 노을을 바라본다. 이제 더 이상 아무것도 빛나지 않는다. 어둠뿐이고, 이제 여행은 시작되었다. 첫 번째 노을이 아니어도 앞으로도 노을은 계속 있을 것이다. 열나흘 동안. 협회 사람들은 모든 준비가 최상이라고 만족스러워했다. 기상 조건 또한 그러하다. 한 선원이 식당 홀로 승객들을 불러들인다. 사람들은 한 명씩, 말없이, 줄지어 간다. 아버지와 나는 이번에도 맨 마지막이다. 우리는 구석 탁자에 앉는다. 요하네스는 메뉴판을 보고 포도주를 고른다. 그가 친구들에게 인사하고, 나도 미소를 살짝 띠며 그들에게 인사한다. 덥고 습하다. 항해는 순조롭다. 크리스털 샹들리에가 가볍게 흔들린다. 잔잔하게 흔들리는 추처럼, 나른하게 움직인다. 요하네스는 짙은 색 옷을 입었다. 흠잡을 데가 없다. 우리는 서로 거의 말하지 않는다. 부인들은 목둘레선이 단정한 연회복 차림

03　미국 소설가 잭 런던의 자전적 소설 『마틴 에덴』의 주인공.

이다. 홀이 끊임없이, 지속적으로, 천천히 흔들린다. 고요하고도 음흉한 리듬은 파도가 승객들을 실신시키기 전에 장송곡을 불러 주는 듯하다. 샹들리에가 점점 더 세게 흔들린다. 그 불빛이 승객들을 비추다가 어두워지다가 다시 밝아지는 속도가 점점 빨라졌다. 홀이 올라갔다 내려갔다 한다. 탁자 위의 꽃들은 불규칙적으로 이리저리 쏠린다. 미끄러져 갔다가는 다시 제자리로 돌아온다. 요하네스는 무심히, 넋을 놓고 앉아 있다. 후식은 영국식 수플레다. 후식이 나오자 바다는 더욱 거세진다. 나는 요하네스에게 먼저 일어나겠다고 말한다. 밖에는 바람이 세차게 몰아친다. 그림자가 미친 듯이 움직인다. 선원들의 그림자다. 나는 고귀한 밤의 고독을 마신다. 악천후. 그리고 고조되는 위기. 나는 요하네스를 생각하지 않는다. 그를 부축하고 도와줄 생각을 하지 않는다. 그 순간만큼은 아무것도 중요하지 않다.

제대로 서 있기가 힘들다. 몇 분 뒤 한 선원이 나를 붙잡아 선실로 데려다준다. 승무원들은 모든 승객들을 입실시키라는 명령을 받았다. 승객들은 영국식 수플레를 마저 먹을 수 있었다.

프롤레테르카호는 항로를 바꾸어 자다르[04] 쪽으로 향한다. 한 선원이 밤사이 심각한 부상을 입었다. 아마도 나를 붙잡아 주었던 선원인지도 모르겠다. 다음 날 아침 그는 들것에 누워 있었다. 나는 그의 얼굴을 쓰다듬고 그의 손을 잡는다. 들것은 모터보트로 내려갔다. 나도 이 배에서 내리고 싶다. 선장이 경례를 했다.

---

04 아드리아해에 있는 크로아티아 항구 도시.

승객들은 모두 무사하다. 우리는 아침 식사를 하기 위해 식당에 모였다. 그리스에 도착하기 이틀 전이다. 오늘 아침은 승객들 모두가 조용하다. 요하네스가 보이지 않는다. 사라져 버린 것 같다. 폭풍우처럼. 승객들 몇몇은 긴 안락의자에 누워 있다. 나 역시. 나는 아무것도 생각하지 않는다. 생각하지 않는 것 자체도 생각의 재료다. 존재들, 산발적인 목소리들, 파헤친 기억들이 물의 일렁임을 따라다닌다. 무(無)란 빈 것이 아니다. 우리가 생각하지 않는다고 확신하는 순간, 생각은 비행하는 독수리의 발톱처럼 우리들 머리 위로 내리꽂힌다. 요하네스가 나타난다. 잔잔하지만 안타까운 미소. 그는 내가 괜찮은가, 정말로 괜찮은가 묻는다. 마치 부녀지간으로 맺어진 우리의 강박적인 관계를 묻는 것 같다. 슬퍼하지 않아야 한다는 강박 관념, 그리고 아무런 이유 없이 우리를 찾아오는 슬픔을 숨겨야 한다는 강박증. 그에게 이번 여행은 중요하다. 출발하기 전부터 나는 목적지에 대해 관심이 없었다. 그리스 여행은 내가 받을 교육 중 일부였다. 우리에겐 처음이자 마지막이 될지도 모르는 여행이다. 요하네스는 내게 당찮게도 전혀 낯선 사람이다. 나의 아버지. 일말의 친근함도 없다. 우리는 원래 선천적 인연으로 맺어진 관계가 아니다. 총체적인 낯섦에 대한 각인.

우리는 정해진 시간에 식당으로 간다. 나는 옷을 갈아입으러 선실로 올라간다. 옷도 별로 없는 데다 다 비슷비슷하다. 요하네스는 원래 잠자리에 들기 전에 옷을 벗던가? 나는 그가 잠옷을 입은 모습을 본 적이 없다. 그의 벗은 다리도 한 번도 본 적이 없다. 하룻밤이 지났지만 그의 존재감을 느끼지 못했다. 몸뚱이 자체가 가진 존재감에 대한 거부. 둘째 날에도 모든 것이 반복된다. 요하네스는 그의 친구들에게 인사한다. 나도 인사한다. 내가 어릴 적부터 요하네스는 친구들 모임에서 나를 소개해 왔다. 그들은 나를 자기들 친구의 외동딸로 인식했다. 때로 아이들은 사회 환경에 대한 기초 지식을 습득한다. 액면 그대로. 자신을 우호적으로 받아들이는지, 그렇지 않은지를. 그들은 나를 우호적으로 받아들이지 않았다. 그래도 그들은 내 아버지의 친구였다. 요하네스는 어떤 면에서는 외톨이였지만 그들 세계의 일부분을 차지한다. 하지만 그의 딸은 그렇지 않다. 나의 아버지, 요하네스는 출생과 사회적 조건에서 그들과 공감대를 이룬다. 내 아버지의 친구와 친구의 가족들은 내 유아기의 판결자였다. 그리고 그들의 집. 그 집 창문. 물건들. 물건들도 판결했다. 그들의 집은 부유했다. 자신들 집으로 내 아버지와 나를 초대했던 그 부자들에 대해 나는 어떤 호의도 느끼지 않았나 보다. 내 아버지도 그들과 마찬가지로 부자였다는 것을 그들은 안다. 나 역시 요하네스가 부자였다는 것을 알았다. 그들처럼. 지금은 아니지만. 그들은 단순했고, 손을 뻗기만 하면 모든 것을 얻을 수 있는 자들이나 할 수 있는 방식으로 행동했다. 그들은 관대하다면 관대했다. 신랄하고 가혹한 관대함. 어렸을 적부터 내가 그들을 관찰하면서 했던 생각은 이런 것이다. 무조건 조용히 관찰하고 침묵하기. 요하네스의 딸은 단순하지 않았고, 관대하지도, 그들 손이 닿는 거리에 있지도 않았다. 그녀는 아버지의 그 대단한 친구들의 단순함과 거만한 관대함을 따르지도 않았다. "자네는 여기 모든 선원들을 동원해서라도 딸을 잘 지켜야 할 걸세." 아버지의 친구는 반달 모양 금테 안경 너머로 나를 넘겨다본다. 그는 친구의 딸을 과대평가한다. 그의 머리는 숱 많고 윤기

나는 백발이다. 자본가다운 모습. 들어 줄 의사는 있으나 양보할
의사는 없다. 그는 얼굴이 붉다. 그 부인은 모든 것을 견제한다. 자
기 자신조차. 그녀는 자신의 육체까지 갉아먹으면서 긴 이를 드
러내 보인다. 감정이 없는 엄격한 고문관이다. 그녀는 요하네스의
딸을 처음으로 멸시에 찬 시선으로 바라보았던 위인이다. 그녀는
철저하게 예의 바르다. 머리를 틀어 올리고, 시뇽05을 뒷덜미에 덧
대었다. 눈빛은 가진 자의 연민에 절어 있다. 그녀는 언제나 친절
하다. 우리를 판결하는 자들은 다중적이다. 그녀처럼. 그들은 죄
지은 자들을 이해한다. 죄인에 대한 거친 분노를 억제하여, 폭발
하지는 않지만 그렇다고 결코 용서하지도 않는다. 이해란 커다란
고통을 수반한다. 그녀는 인간의 본성을 사악하게 이용한다. 그들
은 허영으로 가득한 점잖음 속에 무례함을 감춘다. 목소리에는 걱
정하고 안타까워하며 염려하는 어감이 배어 있다. 요하네스, 그토
록 외롭고 늙은 남자에게, 딸아이 하나가 있다는 기쁨을 자랑하는
그에게, 그 기쁨은 단지 착각이라고 암시한다. 그런 기쁨은 위험
천만하며 근절해야 마땅하다고. 그 기쁨은 곧 고통으로 반드시 되
돌아올 것이라고. 딸아이는 요하네스에게 연민을 느낀다. 그런데
그 딸은 그들 집에 있을 때면 늘 이렇게 말한다. "가요."

아버지의 귀족 친구들은 수집가이기도 하다. 우리를 식사에
초대하면, 안주인은 그림이 걸린 벽을 배경으로 한 상석에 앉는
다. 손을 가지런히 모으고 눈썹을 내리깔고 중얼거린다. 요하네스
의 딸은 기도하지 않는다. 나는 그들 부부가 우리에게 마련해 준

05 뒷머리에 땋아 붙이는 쪽.

음식에 대해 신에게 감사하지 않는다. 향기로운 음식을 먹기 전부터 부인은 무안할 정도로 접시에 집중한다. 그것이 그녀의 기도다. 부인은 무겁게 굳은 표정으로 신께 감사 기도를 올린다. 신에게 가까이 갈수록 그녀의 피는 얼어붙고, 얼굴은 창백해진다. 마치 감사 기도가 용서를 구하는 기도인 양, 먹을 것이 있기라도 하면 "내 탓이오." 한다.

　나는 매번 그녀가 기도하기 위해 손을 모으며 감사하는 순간을 기다렸다. 그리고 그녀의 모든 몸짓을 음미했다. 후식을 먹고 난 후에도 그녀가 다시 한번 신에게 감사 기도를 하기를 기다리곤 했다. 그러고는 거실로 간다. 다른 그림들이 있다. 수집가는 사방에 그림을 건다. 그들은 벽이 숨 쉴 틈을 주지 않는다. 호수 풍경, 초원 풍경. 두 친구가 대화를 나누는 모습. 한 사람은 웃고, 다른 한 사람은 덜 웃는다. 스페인인 하녀가 지나갈 때면, 요하네스는 그녀에게 봉사료를 준다. 원래 그렇게 하는 것이다. 부인에게는 프랄린[06]을 준다. "저 여자한테 아무것도 주지 마." 내가 요하네스에게 말한다. 친구는 내 아버지를 부를 때 헝가리식인 듯한 이름으로 부른다. 내가 아버지를 그 이름으로 부르고 싶어 하자, 그는 나에게 그러지 말라고 부탁했다. 아마도 그 친구에게만 그렇게 부를 수 있는 권리가 있나 보다. 그들이 학생이었을 때부터 말이다. 처음부터 그래 왔던 것들. 그 친구 역시 그만의 이름이 있었는데, 그의 공장 상품과 관련이 있었다. 요하네스한테는 더 이상 공장이 없기 때문에 별명만 남았다. 더는 가진 게 없는 자의 별명. 이제 남

06　아몬드, 호두를 넣은 사탕.

은 건 딸 하나뿐이지만, 그 딸은 혈육이 아니다. 요하네스와 나에게는 더 이상 아무것도 없다. 가장 친한 그 친구는 그 사실을 안다. 그의 부인은 "신께서 주셨고, 신께서 거두셨다."라고 말한다. 그들 자신의 것은 거두시지 않고. 나를 키우기로 한 부인에게 맡겨졌을 때, 나는 그 사실을 분명히 알았다.

정원이 있는 집과 호수의 풍경. 정원에서는 아이들이 뛰어논다. 아이들은 말하곤 했다. "너는 모든 것을 잃었어." 그들은 행진곡을 부르듯 합창했다. 그들은 행복했고, 모두가 흥분한 채 홀려 있었다. 기쁨의 순수한 잔인함은 발설할 때 더욱 명백해진다. 경제적인 몰락을 발설할 때. 파산, 파산, 파산, 운율에 맞추어. 요하네스의 부모는 그들의 유산을 날려 버렸고, 그 결과 요하네스와 딸 또한 마찬가지 처지가 되었다. 아이들은 학교 동급생들의 경제 사정을 잘 알았고, 요하네스의 딸에 대해서는 특히 그랬다. 파산, 파산, 파산, 마치 개구리가 개굴개굴 우는 것처럼 그 소리는 점점 더 커져만 갔다. 그들은 친척의 자식들, 즉 사촌뻘인 아이들로, 모두가 일가붙이였다. 그러니까 그들 모두가 모든 것을 아는 것이다. 그들의 엄마들 또한 부엌에서 케이크를 구우며 파산, 파산, 파산, 즐겁게 흥얼거렸을 것이다. 모두가 만족스러운 합창을 불렀다. 전쟁이 얼마 전에 끝났지만, 저 멀리서 벌어졌기 때문에 그들은 재난을 겪지는 않았다. 그래도 그들은 지하실에 비상식량을 채워 넣었더랬다.

뾰족하게 갈고 다듬은 철책 대문을 통해 정원으로 들어간다. 그곳에는 장미, 동백, 유실수, 목련, 가지 친 울타리, 레몬 나무, 그리고 야자수가 있다. 집주인은 동백꽃을 따서, 아직은 따뜻한 봄 햇살 아래에서 종이 상자에 조심스레 담았다. 집주인은 "조심조심."이라고 말하곤 했다. 나는 얇은 종이로 그것들을 포장했다. 살아 있는 것처럼, 막 상처를 입은 붉은색 꽃들, 혹은 하얀색이나 붉은색 줄무늬가 있는 꽃들은 이제 막 떠날 채비를 하는 것 같았다. 상자를 닫고 상표와 주소를 찍는다. 아마도 꽃들은 고통에 겨워 소리 지를 테지만, 아무도 그 소리를 듣지 못한다. 집주인은 꽃들을 친구들에게 보낸다. 몇 년이 흐른 뒤, 그녀의 집에는 더 이상 꽃이 피지 않았다. 그녀만이 오래오래 살아남았다. 그녀는 장미와 동백을 들고 묘지로 가곤 했다. 나는 낯선 이름들이 새겨진 비석을 바라보곤 했다. 그 이름들을 보면서, 집의 방과 복도에 걸린 초상화들을 떠올렸다. 가끔씩 나는 금테를 두른 커다란 거울이 있는 방에 앉아 있었다. 창문을 활짝 열고, 집에 있는 것 중에 가장 아름다운 그림을 오래도록 바라보았다. 거울에 비친 정원을. 나무들이 거울 속에서 가까이 다가앉고, 초록색 이파리들은 산들바람에 살랑거린다. 반짝이는 빛은 태초의 풍경, 자연의 고유한 본질을 그대로 구현했다. 마치 진실이 거울을 통해 걸러져 나오는 것 같았다. 반사되어. 겨울이면 동백은 피라미드처럼 쌓인 낙엽과 마른 가지들 밑에서 푹 쉬었다. 날이 풀리기 시작하면 곧 집주인은 동백꽃들이 깨어났는지 살피러 왔다. 나는 그녀의 정원사 조수 역할이었다. 그녀의 이름은 오르솔라다. 그녀가 나의 보호자다. 또한 요하네스의 부인, 그러니까 내 어머니였던 여자의 어머니다. 요하네스는 나를 만나고 싶으면 그녀에게 허락을 구해야 했다. 우리는 그의 방문을 원치 않았다. 가끔 오르솔라는 이렇게 말했다. "요하네스가 딸을 방문하는 것을 허락한다." 결정하는 사람은 그녀다. 그리고 방문 기간은 연장될 수 없다.

몇 달 후, 요하네스의 딸은 유치원에 다닌다. 노래를 배운다. 한 아이의 아버지가 저세상으로 떠났다. 합창단에서 가장 과격했던 그 아이는 일곱 살이다. "너는 아버지를 잃었구나." 요하네스의 딸은 또박또박 말한다. 그 아이는 침울한 눈빛으로 바라본다. 아버지 생각에 아이의 붓꽃 같은 눈동자가 어두워진다. 말들이 아이의 눈앞에서 마치 화면에 비치듯 지나간다. 아이를 비껴간다. "그래그래." 아이는 비몽사몽 중에 무심하게 말한다. "너는 아버지를 잃었구나." 자장가처럼. 아이의 굳은 시선에는 먼 나라의 무언가가 담겨 있다. 그것이 요하네스의 딸을 자극한다. 아이는 반응하지 않는다. 그러다 침착하고도 단조롭고, 서글프게 대꾸한다. "그래그래." 마치 고통이란 인내이자 지혜이며, 이미 돌이킬 수 없는 일이라고 말하는 듯했다. "너는 아버지를 잃었구나." "그래그래." 아이는 로봇처럼 반복할 뿐이다. 무방비하고 무심한 긍정. 아이는 시선을 먼 곳으로 돌린다. 더는 말들을 보지 않기 위해서. 아이는 더 이상 대답하지 않는다. 그 순간 나는 어떤 상처, 고통스러운 경련을 느꼈다. 나쁜 짓을 한다는 게 어떤 것인지를 깨달은 것이다. 못된 짓에 대한 호된 형벌. 사악함에 대한 단죄. 아이의 말없는 고통이 나를 일깨웠다. 나는 아이의 손을 잡았다. 아이는 힘없는 손으로 내 손을 잡았다. 나는 용서를 구하려 했지만 말이 되어 나오지는 않았다. 상대방의 마음을 헤아려 주는 것이 내가 유일하게 용서를 구할 수 있는 방법이다. 그런 생각이 들었다.

오르솔라는 과부다. 처음부터 그랬던 것 같다. 집에서건, 정원에서건, 지금이건, 옛날이건. 방의 과거, 사물들의 과거 속에서도. 방들은 어둠 속으로 걸어 들어가듯 내부로 향해 있다. 호수 한가운데 있는 작은 탑이 호수를 재운다. 매일 저녁 나는 오르솔라의 말을 듣는다. 나는 덧창들을 모두 닫는다. 집의 눈꺼풀을 덮는 것이다. 탑에는 덧창이 없다. 그것이 탑의 실루엣을 이루는 핵심이다. 이승에는 요하네스 부모의 초상화도 있다. 그들은 민속 의상 차림이다. 그 옷차림 때문에 나는 그들을 알아본다. 여자는 두건을 썼다. 풀 먹인 조끼는 꼭 끼고, 울룩불룩하게 주름져 있다. 흰자위처럼 하얀 주름. 얼굴에는 흑탄 검댕이 묻었다. 앞으로 더 많이 칙칙해질 것이라고 나는 생각했다. 아직 완성하지 못한 작품 같다고. 눈빛도 점점 더 짙어졌다. 북부 여자다. 조심성이 많은 눈빛. 그녀는 자신이 죽고 난 후에도 아들이 자신을 볼 수 있게 자세를 취한다. 미소는 사색에 잠겨 있다. 이별의 미소. 사람들 말로는, 노을이 지는 무렵이면 얼음 눈물 때문에 강이 빨갛게 물들던 그 작은 도시를 그녀가 떠나고 싶어 했다고 한다. 그들은 공장을 팔았다. 병든 아들을 위해서. 온화하고 좋은 기후에다, 환자가 정원에 오래도록 머물 수 있는 남쪽 지방에다, 집과 숲을 아들에게 마련해 주기 위해서. 그리고 아들은 살기 위해 애를 썼다. 그곳에서 죽음의 공간이 아니라, 야자수, 목련, 유칼립투스 들 사이를 거니는 그를 볼 수 있었다.

얼마 지나지 않아 그들은 모든 것을 잃었다. 거래자들 모두가 등을 돌렸다. 은행 사람들도. 요하네스의 부모는 자신들의 초상화만을 마지막까지 지키면서 모든 것이 끝나기를 기다렸다. 여자는 트레치를 입었다. 남자는 검은색 정장에, 앞가슴에 빳빳하게 풀을 먹인 와이셔츠를 입고, 공허하고도 심각한 시선으로 바라본다. 엷은 파란색 눈동자. 그들은 고대로 회귀하는 듯했다. 몇 세기가 흐른 뒤 한 어린 소녀의 눈에는. 그들은 최후를 기다린다. 파국. 남쪽 지방, 병든 아들의 생을 구하는 곳이었어야 할 그곳은 멸망지가 되었다. 조용한 멸망. 그 조용함은 폭력에서 기인한 듯했다. 요하네스의 쌍둥이 형이 타는 휠체어는 집 앞에 놓여 있고, 그의 시선은 부모를 향했으며, 부모는 가구, 그림, 양탄자 등 내다 팔 물건들의 목록을 작성한다. 눈을 부릅뜬다. 이제 그는 생각한다. 부모는 그가 원하는 대로 해 줄 것이라고. 거실에서 가구들을 치우고 나면 정말로 아무것도 남지 않을 것이다. 소파도 치운다. 내가 앉아 본 적이 없는 소파. 초상화에서처럼 옷을 차려입은 채, 그들 두 사람은 낮게, 천천히 말한다. 그들은 가슴 아파한다. 그들에게는 더 이상 위안거리가 없다. 아들은 단지 추울 뿐이다. 그들은 가슴 아파하고, 그는 추워한다. 달리 무엇을 더 원할 수 있겠는가. 침체와 신의 처분.

이제 남은 것은 없다. 거의 모든 것을 포장했다. 커다랗고 검은 기둥 시계는 여전히 시간을 가리킨다. 언뜻 보기에는 움직이지 않는다. 쌍둥이들이 좋아했던 것은, 과거도 미래도 사랑하지 않았던 시곗바늘이다. 시곗바늘은 언제나 변덕을 부리듯 숫자들을 바꾸어 가며 가리켰다. 결국 시계마저 침묵했다. 미라와 같은 그 시계마저 가져가 버렸다. 사람들은 그 검은 기둥 시계를 바라보면 종소리가 들리는 것 같다고 했고, 쌍둥이에게는 울림통이 동양의 소리처럼, 마치 미지의 누군가가 말하는 것처럼 들렸다.

간호사는 쌍둥이를 왕자님처럼 총애했다. 그것은 좋은 게 아니다. 말하자면 또 다른 유형의 공격이다. "왕자는 점잖아야 해요." 그녀는 말했다. "별것 아니에요. 금세 처음처럼 웃고 말할 수 있을 거예요." 쌍둥이는 점점 더 말을 잃었다. 마치 잊혀 가는 물건처럼. 휠체어에서 일어나려고 애를 쓴다. 남쪽 집은 곡괭이질 한 번으로 곧 무너져 내릴 것이다.

탑 바닥에 놓인 작은 그림 하나. 한 흑인이 오늬무늬 앞에 서 있다. 담뱃대를 물고 있다. 자신의 모습을 정면으로 바라본다. 그는 백인 주인의 병든 아들이 자라나는 것을 지켜봐 왔다. 그는 가족의 한 사람이었다. 저주 같은 무정한 우울함이 요하네스 쌍둥이 형의 초상화에 붙어 있다. 경매에서 겨우 건진 그림 세 점을 오르솔라는 심술궂은 마음으로 보존한다. 혈통은 내게 늘 말해 준다. 나는 내게 남아 있을지도 모를, 아버지와 닮은 생김새를 찾곤 했다. 쌍둥이 형은 그에게 무엇을 남겼을까? 어쩌면 쌍둥이 형은 요하네스의 몸속에서 살아가는지도 모른다. 그리고 어쩌면 그 때문에 그가 절뚝거리는지도 모른다. 요하네스의 건강한 신체에 결함을 남기기 위해서 말이다. 하늘의 정의대로 조율하기 위해서.

나는 오르솔라가 나를 보살피면서 키워 온, 얼음만큼이나 차가운 애정을 해독할 수 있었다. 내가 그녀에게 언제부터 애정을 느껴 왔는지는 잘 모르겠다. 분명한 사실은 지금까지 한 번도 느껴 보지 못했지만 끈끈한 애정이었다는 것이다. 나는 서늘한 부엌 식탁에서 그녀의 오른편에 앉곤 했다. 창문 너머로 미국산 포도나무 덩굴시렁이 보인다. 그녀의 정면에는 자식들과 함께 그녀를 그린 초상화가 걸려 있다. 옛날에 나는 식탁에서 누구와 마주 앉았을까? 그것은 또 다른 공백이었다. 글씨 쓰는 법을 배우기 전까지의 나에 대해서는 아무런 기억이 없었다. 가끔씩 다른 인물의 존재가 뒤늦게 나타나기도 했다. 부재하는 인생, 혹은 존재감이 없는 인생은 오래 지속할 수 있다. 그것은 과연 비정상일까? 어쩌면 느낌이 결핍되었을 수도 있다. 나는 오르솔라의 부엌에 있던 식탁이나 방들을 그릴 수도 있다. 이름 몇 개와 어떤 사물들, 나무들, 방의 장식들을 만지던 느낌도 생생하게 남아 있다. 오르솔라는 느낌의 전령사다. 초상화들, 나의 대화 상대들. 그녀는 내게 할 일을 일러 준다. 그러면 나는 따른다. 그녀는 복도에서 잘 자라고 인사한다. 그녀는 계단을 따라 마지막 층까지 올라간다. 나의 방은 아래층에 있다.

내게는 나무 침대, 서랍장, 옷장, 거울, 그리고 숙제를 하던 작은 책상이 있었는데, 거울은 적어도 다섯 사람을 한꺼번에 비출 수 있을 정도로 컸다. 가끔 나는 잠을 자다 깨어서, 내 방에서 자고 있다는 것을 확인했다. 오르솔라를 떠올려 보기도 했다. 내 마음은 그녀로 가득 찼다. 그녀의 하루살이는 곧 나의 하루살이였다. 언제쯤 그녀가 나를 내보낼까 가늠해 보곤 했다. 그녀는 하루를 허비하는 법이 없었다. 나는 그녀가 서먹했고, 그녀는 내가 서

먹했다. 어떤 의미에서는 완벽한 결합이었다. 창고에는 그녀의 공구들과 나의 공구들이 나란히 놓였다. 정원용 공구. 현재. 매일 꽃들을 보살펴 주어야 한다. 탑에는 과거가 흐른다. 옷장과 다락방들에는 맹꽁이자물쇠를 채웠다. 그곳은 죽은 자들이 자신의 물건을 놓아두는 곳이다. 그리고 그들은 그것을 가지러 올 것이다. 서랍들은 어디서 온 거예요? 부에노스아이레스에서. 오르솔라가 말했다. 그녀는 그 물건들이 제노바에서 배편으로 도착한 이래 한 번도 열어 보려 하지 않았다. 오르솔라는 젊은 시절부터 부에노스아이레스에서 살았다. 그곳에서 그녀의 자식들이 태어났다. 나의 어머니와 어머니의 두 자매가. 우리는 그들에 대해 아는 것이 거의 없었다. 그들은 탐욕스럽고, 신뢰가 가지 않았다. 우편물이 도착하면 내가 관리했다. 그 두 자매에게서 편지가 오면 내가 찢어 버렸다. 난 그 사실을 오르솔라가 알았다고 생각한다. 게다가 그녀 역시 요하네스가 보내는 편지들을 몰래 버리곤 했다. 유벤투스 축구팀 우표가 붙은 편지를. 또 선물 꾸러미도. 우편물들은 복도에 있는 높은 서랍장 위에 놓았다. 벽에는 검은색 전화기가 걸려 있었다. 구식의 직사각형 덩어리. 거의 사용하지 않았다. 아무도 전화하지 않았다. 요하네스는 일주일에 한 번씩, 늘 똑같은 시각인 7시 40분에 전화했다. 오르솔라는 그에게 꼭 필요한 일이 아니면 전화하지 말아 달라고 했다. 이제 그녀는 나의 동지다. 그녀는 나에게 말할 때는 오래 생각한다. 나의 미래에 대해 심사숙고한다. 나는 아무것도 원하지 않는다. 아무것도 알고 싶지 않다. 요하네스가 찾아온다. 우리는 호텔에서 만나기로 약속한다. 요하네스는 다시 떠난다. 오르솔라와 나만 단둘이 남는다. 그녀는 나에게 아버지를 만나는 것이 기쁘냐고 묻는다. 네, 고마워요.

오르솔라에게는 다보스 요양소에서 편지를 보내오는 아들이 하나 있다. 그의 숨통을 조이는 것은 아마도 결핵일 것이다. 그는 요양소 쪽마루에서 몇 시간이고 공상을 한다. 그 앞에는 산들이 펼쳐졌다. 침묵의 그림자가 백년설 위로 지나간다. 그리고 까마귀 한 마리가 유리창 아주 가까이로 날아온다. 눈이 마주친다. 그 까마귀는 약속한다. 내일 다시 찾아오마 하고. 의사들은 그 소년이 꿈꾸는 것을 방해하지 말라는 처방을 내렸다. 그는 서서히 죽어 갔고, 그의 소원은 스무 살 생일을 맞이하는 것이었다.

날씨는 계속 좋았다. 청명한 겨울날들. 가끔 나는 오르솔라 의 방으로 올라갈 수 있었다. 한 여자가 희고 긴 머리를 빗어 묶는 다. 부에노스아이레스에서는 유모가 옷을 입혀 주었다. 유모가 그 녀의 가슴팍을 죄어 주었다. 그녀의 남편이 한창 행운을 좇을 무 렵이었다. 그녀는 아르헨티나 출신으로 내 보호자다. 그녀는 아 주 멀리서 온 것만 같다. 아무도 모르는 곳에서, 어쩌면 그녀가 다 시 돌아가기를 원하는 그곳에서. 그녀 마음 한쪽은 불의 땅에 남 아 있다. 그녀가 거두어들인 여자아이가 지금 있는 그곳에 영원히 머무르고 싶어 한다는 것을 그녀는 도저히 알 길이 없다. 정원이 있는 집에서 그녀와 함께 살고 싶어 한다는 것을. 여자아이는 아 직 다 자라지 않았다. 하지만 오르솔라는 나를 성인으로 대한다. 나도 마찬가지다. 복종이 굴복을 의미하지는 않는다. 나는 덧창을 모두 닫는다. 아침에 그 창들을 여는 것은 내가 아니다. 나는 줄곧

닫기만 한다. 매일 하루를 닫는다. 닫는 것은 규칙이다. 그것은 이별을 위한 한 형식이다. 하루살이의 죽음에 대한 준비. 훈련. 그 여자와 정원이 행복한 지상의 꿈 그 자체라는 것은 정말이지 너무나도 자연스러웠다. 얼마 동안 더 있을 수 있을까? 창문 커튼은 너무 얇았다. 먼지처럼 사라질 것만 같다. 그리고 그녀, 보호자는 마치 하얀 석고상 같다.

요하네스 부모가 소유했던 집의 정원은 얼음처럼 변함이 없었다. 어떤 장소가 새 주인을 괴롭히는 일은 분명히 있을 수 있다. 새로 온 사람들은 가라앉아 있던 고통 속으로 빠져든다. 때로는 사물들이 반란을 일으킨다. 사물들도 방과 마찬가지로 생각을 한다. 어쩌면 그 어떤 것도 완전히 파괴할 수는 없을 것이다. 영원한 승리 또한 있을 수 없듯이.

가끔씩 나는 범죄에 대한 이야기를 들었다. 오르솔라는 며느리를 살해한 은행원에 관한 이야기를 아주 자세하게 들려주었다. 그녀는 그 사실을 알았다. 대개 저택 주인들끼리는 서로를 잘 안다. 그 여자 은행원은 요하네스 부모의 집을 산 사람이었다. 그리고 오르솔라의 집에서 멀지 않은 곳에는 어머니를 살해한 남자가 살았다. 그는 얼마 전에 이사를 왔다. 온화하고 상냥한 남자였다. 그도 자신이 왜 그런 일을 저질렀는지 몰랐다. 그에게는 입을 살짝 실룩이는 버릇이 있었다. 그는 7년형을 구형받았지만 모범수로 일찍 출소했다. 나는 그가 형을 다 살고 난 뒤에 만났다.

요하네스는 그 남자를 변호했다. 오히려 요하네스가 그에게 더 고마워하는 것 같았다. 그에게는 협회 친구들한테 쓰는 것과는 전혀 다른 어투를 썼다. 공범자처럼, 긴밀하고도 친근했다. 왜? 나는 생각해 보았다. 그 남자는 예순 살 정도였던 요하네스보다 나이가 적었다. 적어도 10년은 넘게 차이가 났다. 그는 아주 평온했고, 고뇌의 흔적은 조금도 비치지 않았다. 모친을 살해하면서 더 젊어진 게 분명하다. 그는 모친을 교살했다. 아주 신속했다. 그가 정신을 차렸을 때 어머니는 이미 숨이 멎은 상태였고, 그는 요하네스를 불렀다. 요하네스는 당장 달려갔다. 그는 반호프거리에서 전차를 탔다. 무심하게 창밖을 바라보았다. 겨울이었다. 그는 짙은 회색 모자를 그대로 쓰고 있었다. 겨울에는 그의 눈동자 빛이 더욱 바랬다. 지팡이를 꼭 짚는다. 정거장 몇 곳을 지나쳐 내린다. 왜 그랬는지는 알 수 없지만 어쨌든 가벼워지는 것을 느낀다. 훨씬 기력이 난다. 그는 호숫가 도시를 더욱 아름답게 여겼고, 미술관 근처의 길들이라면 익히 알았다. 그의 인생에서 가장 불행했던 세월을 보낸 그 지역에 대해 아련함을 느낀다. 그때는 아내가 있었다. 아내는 떠나갈 때만큼은 정말로 착했다. 그를 떠나 주었으니까. 요하네스는 집들을 살펴본다. 자신이 살았던 집 앞을 지나간다. 조금씩 가슴이 벅차오르다가 고독한 인생이 시작되었던 방들이 숨어 있는 창문들을 바라보자, 그러한 마음이 곧 사라진다. 그곳에서는 더 이상 딸아이의 목소리가 들리지 않는다. 저 위, 맨 꼭대기의 테라스를 올려다본다. 어린 딸은 손에 토끼 인형을 들고 앉아 있곤 했다. 딸은 토끼 인형과 같이 테라스에서 뛰어내리고 싶다고 말하곤 했고, 테라스 끄트머리에서 토끼 인형을 꼭 쥐고 있는 모습이 사진으로 남았다. 딸은 절대 균형을 잃지 않았다. 균

형을 잃는 법이 없었다. 아버지처럼. 그들은 언제나 절망 속에서
도 균형을 잃지 않도록 1밀리미터 오차까지 감지할 줄 알았다. 요
하네스는 그냥 지나쳐 버릴 수가 없었다. 살인자가 기다릴 텐데.
그는 생각한다. 그는 서성이면서 적대감이 감돌았던 그곳을 바라
본다. 이제는 다른 사람들이 사는 집의, 흠잡을 데 없는 문지방에
얽혀 남아 있을지도 모를 적대감. 아내는 모든 것을 가져갔다. 아
이도. 그때부터 그는 아이를 잠깐씩밖에 볼 수 없었다. 얼마 후, 요
하네스는 집안의 유산마저 잃었다. 아이 엄마가 그전에 훌쩍 떠나
버렸기 때문이다. 재산이 불가피하게 넘어가기 직전이었다. 이제
요하네스는 딸을 며칠 더 보고 싶으면 허락을 구해야만 했고, 그
들은 그의 청을 거절했다. 딸이 크면, 어쩌면 함께 지낼 수 있을지
도 모른다. 하지만 딸이 다 크면, 그는 이 세상에 없을 것이다. 그
는 이 사실을 분명하게 안다. 이 생각을 끝으로 그는 살인자의 집
으로 향한다.

　　그는 요하네스가 자기 친구들 무리가 아닌 이들 중에 나를 소
개해 준 유일한 사람이다. 살인자. 오르솔라가 요하네스에게 나를
만나러 와도 된다고 허락한 때였다. 우리는 함께 작은 정원이 있
는 모친 살해범의 새집으로 갔다. 그를 호기심 가득한 눈으로 보
지 않으려고 애썼지만 그럴 수가 없었다. 그의 모습 속에 감춰져
있을지 모를 무언가를 포착하고 싶었다. 나는 특별한 점을 아무것
도 찾지 못했다. 그는 약한 사람이었고, 강박적일 정도로 온순했
다. 방 전체가 순했다. 꽃다발도 순했고, 벽에 걸린 그림들은 순하
고도 지리멸렬했다. 의자는 편안했고, 탁자 가운데에는 레이스 깔

개가 깔려 있었다. 남자는 불편해했다. 요하네스 때문이 아니었다. 요하네스는 그의 변호인이었다. 무엇보다 여자아이가 있었기 때문이다. 그는 나의 시선을 피했다. 나는 사람들이 왜 살인이라는 것을 하는지 알고 싶었다. 끔찍하리만치 부드러운 남자가 어머니를 죽였다면, 그 불같은 열망을 폭발시킬 정도로 감미로운 격정이 있었음이 분명하다. 오르솔라는 절대 부드럽지 않다. 그러니까 그녀는 살인자는 될 수 없다.

요하네스가 나를 살인자의 집으로 데려가는 것을 오르솔라는 못마땅해했다. 나는 정말 흥미로운 만남이었다고 그녀에게 이야기해 주고 싶었다. 그녀는 말했다. 그가 그렇게 빨리 감옥을 나올 수 있었던 것은 네 아버지 덕분이니까 그에게 감사해야지. 요하네스는 살인자를 호의적으로 대했다. 그는 가슴 깊이 그렇게 여기는 듯했다. 그렇게 믿었다. 나는 요하네스에게 말한다. "있잖아, 그 아저씨는 도망치고 싶어 해. 자유가 무서워서 도망치려는 거야." 요하네스는 웃는다. 슬프다. 오르솔라는 요하네스가 나를 찾아오는 것을 금지했다. 그래서 나는 요하네스에게 묻는다. 일곱 살인 내가 오르솔라를 죽이면 어떻게 될까 하고. 아무 일도. 내가 감옥에 갈까요? 아니.

오르솔라와 나는 커다란 집에 단둘이 있다. 그녀는 내가 길에서 만난 아이들과 노는 것을 싫어했다. 낯선 사람과 이야기해서는 안 된다고 내게 말한다. 그들은 위험할 수 있기 때문이다. 성당 옆에 울타리가 있고, 그 울타리 너머에는 덤불들과 어둠이 있다. 집에서 그리 멀지 않은 그곳에서 아이가 살해된 채로 발견된 적이 있었다. 오르솔라는 사람들이 죽은 여자아이를 찾았다고 몇 번이고 반복해서 이야기했다. 내 또래의 아이였다. 어느 날 아침 누군가가 초인종을 눌렀다. 복도로 빛이 들어왔다. 문 유리 너머로 키가 큰 남자의 그림자가 어른거렸다. 남자는 종교 책자를 팔고자 했다. 나는 비명을 질렀다. 오르솔라가 나를 나무랐다. "모르는 사람 아닌가요?" 내가 묻는다. 그러니까 나를 붙잡아 울타리 너머로 데려갈 수도 있는 것 아니냐고. 오르솔라는 나를 부끄러워했다. 그녀 생각에는 내가 사방 천지에 살인자들이 있다고 여긴다는 것이다. 그것은 나를 살인자의 집으로 데려갔던 요하네스에게 영향을 받기 때문이다. 나는 형벌을 다 마치고 나서도 여전히 살인자인지 용기를 내어 물었다. 그녀는 대답하지 않았다. 그런 이야기를 귀찮아하는 것 같았다. 아니면 때가 좋지 않았던 것일 수도 있다. 생각을 하거나 질문을 할 수 있는 순간이 따로 있게 마련이고, 그때가 아니면 아닌 것이다. 나머지 순간은, 말하자면 잘못된 순간이다. 잘못된 순간은 그 시간을 다시 모면하기 위해 더 이상은 묻지 않는 것으로 끝이 난다. 내가 잘못을 하면, 그녀는 절대 용서하지 않았다. 그 용서하지 않음이란 곧 관용과 인내이자 정당성이다.

행복한 집에서 요하네스의 딸은 시름시름 앓기 시작한다. 요하네스는 딸을 보고 싶어 한다. 오르솔라는 아이가 안정을 찾아야 한다고 말한다. 학교에서는 아이의 상태가 더욱 좋지 않았다. 나는 탑에 있는 초상화들을 애써 피한다. 오르솔라는 요하네스가 나에게 선물을 주는 것을 원치 않는다. 나는 안정을 취해야 한다.

나는 침대에 누워 있다. 오르솔라의 자색 눈동자가 위에서 나를 굽어본다. 난 괜찮아요. 오르솔라에게 말한다. 불을 꺼 달라고 그녀에게 말한다. 나는 모든 덧창을 닫아야 한다. 창문들과 방들 모두 자야 한다. 요하네스의 사진첩에는 딸의 병력이 기록되어 있다. 무슨 병이었는지는 적혀 있지 않았다. "또다시 위기." 말고는 더는 설명이 없다. 아픈 아이들의 전형적인 증상인 구토, 아마도 그는 그렇게 생각했을 것이다. 딸을 찾아가는 것은 금지. 학교 동기들도 마찬가지. 결국 아무도 찾아오지 않았다. 나는 흰죽을 먹었다. 구토가 습관적으로 치밀었다. 가히 나의 상상 이상이었다. 나는 결정적 순간을 미루는 중이었다. 그전에 이미 나는 확신했다. 오르솔라가 나를 떠나보내리라는 것을. 그녀가 방으로 들어오면 절로 권위가 느껴졌다. 나의 위상은, 학교에서 한 인기투표 결과처럼, 아주 낮았다. 나는 약한 아이였다. 나는 벌어질 만한 일들보다 몇 발 앞서서 살아가야 했다. 정원은 집을 숨 막히게 한다. 식물들은 무심하도록 울창하다. 몇 개월 동안 방과 나는 아직 찾아오지도 않은 고통의 독한 냄새를 서로 풍겨 댔다. 오르솔라는 비단실로 수놓은 우아한 옷을 입고서 말한다. "창문들을 열어야겠다." 맞아, 나는 생각한다. 내가 다림질을 했을지도 모르는, 수놓은 부드러운 침대 덮개 속에서도, 고통은 결코 좋은 냄새를 풍기지 않는다.

모든 방들은 안다. 초상화들도 마찬가지다. 조상들이 후손에게 가장 좋은 운명만을 점지해 주지는 않는다는 것을. 아이들에게도. 아마도 요하네스의 쌍둥이 형도 휠체어에 앉아 요하네스 딸의 운명을 짓밟으면서 정원 구석구석을 돌아다녔을 것이다. 사물들, 선조들, 더 이상 불리지 않는 잊힌 이름들, 인상들의 족보 내력은 나에게 적대적이었다. 나는 선 채로 소식을 듣는다. 나를 떠나보내기로 한 결정을. 오르솔라의 목소리가 책상 너머 의자에서 들려왔다. "다 너를 위해서란다." "요하네스는요?" "네 아버지는 우리가 결정한 대로 따를 거야." 모든 게 나를 위해서다. 독이 담긴 한마디. 하지만 듣기에는 좋다. 그 말이 좋은 징조인 적은 한 번도 없다는 것을 나는 잘 안다. 그때부터 미성년자인 나의 상황은 점점 나빠져만 갔다. 최후통첩과도 같은 명령을 들을 때에는 축 처진 뒷모습을 보여 줄 필요가 있다. 선의의 인질이라면 말이다. 선의의 구속자. 민중적 선의. 체제가 구축한 문장들. 나는 가방 하나와 학교 파일 하나를 들고 나온다. 그것들은 어른들이 대신 들어준다.

　　모든 게 다 나를 위해서다.

항해 중. 이틀 동안 여전히 항해 중이다. 배는 몰타에 정박하지 않을 것이다. 자연의 힘 때문에 무언가를 보지 못한다 해도 그리 나쁠 것은 없다. 하루가 더 걸렸다. 원래는 아침 7시에 몰타에 정박했어야 했다. 7시 반에 우리는 선 채로 도시를 바라보았다. 그 풍경은 12시까지 계속될 터였다. 오후 1시경, 우리는 모두 배의 식당에 모인다. 식당에 모인 협회 사람들은 몰타를 구경조차 하지 않았다. 그들은 조용했다. 초조해했다. 고집불통들이 메뉴를 본다. 요하네스가 메뉴를 본다. 프랑스어로 쓰여 있다. "랑고스트 앙 벨위(닭새우와 양고기)". 추가 경비는 유고 화폐인 디나르로 지불한다. 한구석에 있는 식탁에서 나는 협회 사람들이 먹는 닭새우 접시를 살펴본다. 그들은 얼굴이 붉다. 요하네스가 친구들에게 인사를 한다. 누군가 전보를 받고 싶다면 배의 주소를 알려 주어야 한다. 프롤레테르카호. 이제는 아니지만 한때 요하네스의 아내였던 그녀가 프롤레테르카호의 선장에게 전보를 보낸다. 전문, "그의 딸을 잘 보살펴 주세요. 부탁해요." 그 문장은 메뉴판처럼 프랑스어로 쓰여 있다. 모두가 그녀의 말을 잘 듣는다. 어쩌면 그들이 함께 있을 때에는 독일어로 말했을지도 모른다. 그녀 역시 이번 여행을 허락해 주었다. 그것도 여러 번 거절하고 난 뒤에. 나는 그녀에게 감사한다. 요하네스는 모든 것을 거절당했다. 그는 오로지 법이 정한 범위 안에서만 원하는 것을 허락받을 수 있었다. 이번 그리스 여행은 그가 부탁한 것 중에 유일하게 허락받은 것이었다. 아주 특별히 이번 여행을 허락받을 수 있었던 것은 요하네스의 딸이 가장 가까운 친족인 아버지와 열나흘간 함께 있을 수 있다는 조건이 있어서였다. 전혀 예상치 못한 허락 덕택에 그녀는 사람들 한 무리 틈에 섞인 것이다. 그동안은 요하네스를 알 시간이 거의 없었다. 게다가 모든 것은 끝이 나야만 했다. 열나흘 안에 말이다. 그의 아내가 어찌하여 갑자기 이번 여행에 동의했는지는 모를 일이다. 어쩌면 그녀는 무언가 행복한 일을 딱 한 번, 마지막으로 딱 한 번 그에게 해 주고 싶었을지도 모른다. 사람들은 그녀에게 요하네스가 오래 살지 못할 거라고 귀띔해 주었다. 오르솔라는 그녀와 달랐다. 오래 살지 못한다는 것은 오르솔라에게 중요하지 않았다.

협회 친구들에게 요하네스의 아내는 "이탈리아 여자"였다. 둘은 요하네스의 어머니 덕분에 서로 알게 되었다. 하루는 그녀가 우연히 정원이 있는 저택 앞을 지나다가 초인종을 눌렀다. 그녀는 아르고비아라는 그 마을의, 민속 의상인 트레치를 입고 있었다. 넓게 퍼지는 치마는 짙은 빨강에 얼룩덜룩한 비단으로, 조끼는 검은색 다마스쿠스 천으로 만든 것이었다. 그녀는 낮게, 쉬다시피 한 목소리로 이름을 말하며 자기소개를 하고는, 도대체 누가 피아노를 치고 있는지 물었다. 그녀는 문 앞에 서서 쇼팽의 야상곡을 들었다. 마치 흐른 소리를 듣는 듯했다. 그녀는 피아니스트를 소개받았다. 낯선 여자는 젊은 처녀인 피아니스트를 세심하게 살펴보았다. 그녀는 집으로 돌아와 남편에게 말했다. "우리 아들 요하네스에게 딱 어울리는 여자를 찾았어요." 몇 달 뒤 그 만남은 결혼으로 끝을 맺었다.

그때의 방문에 대해 요하네스 약혼녀의 언니는 회한을 품었는데, 여동생의 운명을 바꾸어 놓은 행운 탓이었다. 미래의 남편 집안은 부자인 데다 그가 약혼녀의 소원이라면 다 들어주었기 때문이다. 그녀는 더 이상 남편감을 찾아다닐 필요가 없었고, 사람들은 그녀를 찾아와 청혼을 받아들이라고 부추겼다. 하늘에 계신 신의 뜻이라면서. 바로 그날 피아노를 연주했다는 그 이유 하나로. 하늘에 계신 신의 의지가 아니라면 아르고비아에서 닿은 인연이 집 안으로 결코 그렇게 쉽게 들어올 리가 없다고, 언니는 자신을 위로하며 그렇게 생각했다. 하지만 하늘에 계신 신이 고통이 아닌 선물을 아끼지 않으셨다는 그 뜻을 도저히 받아들일 수가 없었다. 그녀는 마냥 창밖만 바라보았다. 호수는 잔잔했다. 장밋빛이 영롱했다. 그녀는 생각에 잠겼다. 마치 작은 두개골이라도 되는 양 자기 찻잔을 두 손으로 꽉 움켜쥐었다. 그녀가 손수 그림을 그려 넣은 찻잔이었다. 흰색 바탕에 오밀조밀한 푸른색 장미들. 그녀는 홍차 찻잔 열두 개와 커피 찻잔 열두 개에 그림을 그렸다.

여동생을 위한 결혼 선물이었다. 하지만 원래는 여섯 개씩만 선물할 생각이었다. 그녀는 여동생을 싫어했고, 그 마음을 다스리기 위해 이파리들까지 열심히 몰두해서 그렸다. 심지어 금을 칠하기까지 했다. 금으로 여동생의 이름을 새겼다.

요하네스의 부인, 그러니까 나의 어머니는 피아노를 쳤다. 배 속에 있을 때 나는 몇 시간이고 그 소리를 들었다. 어쩌면 그래서 피아노 소리에 끌리는지도 모른다. 트렌치를 입은 낯선 여자처럼, 피아노 소리를 들으면 나는 그 소리를 따라간다. 피아노 소리는 내가 가져 보지 못했던 모든 것을 의미한다. 나는 피아노 소리를 아주 어렸을 때까지만 들었다. 그때는 어머니가 아직 요하네스와 결혼하기 전이었다. 그리고 그 소리는 곧 멈추었다. 방은 침묵에 잠겼다. 나는 그 침묵을 증오했다. 뭔지도 모른 채 말이다. 한 남자와 한 여자는 침묵을 지속했고, 그들은 딸의 인생을 결정적으로 확정 지어 버렸다. 지금까지도 나는 피아노 소리를 들으면 야생의 감정에 사로잡히고, 그것이 뭔지는 모르겠지만 상상 속에서 아름답고 멀고도 아련한 환상에 사로잡힌다. 그것은 요하네스의 부인, 나의 어머니가 나를 속인 결과다. 그녀는 피아노를 치면서 음악에 대한 나의 감성을 완전히 망쳐 버렸다.

그녀가 피아노를 치던 곳, 이제는 그녀가 묻힌 곳이지만 그곳으로 돌아가면 나는 여전히 졸리다. 이제는 떠나고 없는 그녀에게 존재감을 부여한다. 땡땡땡땡 정확한 피아노 소리, 정신적이고도 시각적인 소리는 죽음의 언어이자 처벌의 언어로 발화된다. 이제 '스타인웨이'는 방에 갇혀 있다. 유배되었다. 오로지 나만이 풀어 줄 수 있다. 적어도 다른 누군가가 그것을 연주하게 허락해 줄 수도 있다. 요하네스 어머니의 초상화는 스타인웨이와 같은 방에 있다. 피아노 덮개의 정면 가운데가 세로로 찢어져 있었다. 요하네스의 어머니는 어쩌다 한 번씩 어린 나의 어머니가 피아노 치는 소리를 들었다. 사물들이란 때로 원래 자리로 돌아가는 법이다.

나는 그녀, 그러니까 요하네스의 아내가 방문을 걸어 잠그고 피아노를 연주하리라고 믿어 의심치 않는다. 그리고 언젠가는 그녀가 나를 찾아올 것이며, 죽은 자들은 분명히 살아 있는 동안에 했던 일을 죽어서도 똑같이 하리라는 것을 믿는다. 그렇게 요하네스는 나를 볼 수 있을 날을, 딸을 만나도 된다고 허락받기를 기다렸다. 그리고 오늘도 요하네스는 나를 기다린다. 언젠가 한 번(죽은 지 오랜 후에) 그를 우연히 한 오두막에서 본 적이 있다. 한쪽 창문 너머로는 눈이 내리는데 정면으로 난 창문 밖에는 눈이 오지 않았다. 요하네스는 서 있다. 방 한쪽으로는 눈이 오고 다른 한쪽으로는 눈이 오지 않는 곳에서 몇 시간이고 기다렸다. 나는 그에게 물었다. "왜 날 부르지 않았어요?" 그는 굳이 나를 불러야 한다고 생각하지 않는다고 대답했다. 그는 그저 기다리기만 했다. 그렇게 기다리다가 사라지곤 하는 것이다. 그와 나는 대기실에 있다. 우리는 요하네스의 아내와는 다르다. 그녀에게는 격정과 부드러움, 조급함이 있었다. 요하네스는 아내의 활력과 쾌활함을 좋아했다. 가끔 그늘이 질 때도 있긴 했지만. 그 차갑고 깍듯한 남자와 함께 그 기질을 발휘하며 산다는 것. 아내는 그를 웃게 할 수 있었고, 그를 웃게 했다는 것을 유감스럽게 생각했다. 남자들을 정죄하려는 성향, 그것을 소명처럼 여기는 여자들이 더러 있다. 그들은 그 방면에서 집단적인 능력을 가졌다. 그것은 단죄인 동시에 또 다른 범죄이다. 그것은 이성적인 것이 아니라, 결함에 대해 완전히 충동적인 것이다. 이제 이야기는 요하네스 아내의 집안 계보로 거슬러 올라간다.

집안일과 사람들을 다스리는 여자들이 있다. 그들은 장수한다. 자식들과 꽃들과 돈을 다 키우고 가꾸고 난 뒤에 최고 자리에 앉는다. 꽃들은 이제 신경증적으로 변한다. 질병과 기생충 때문이다. 그것들이 꽃잎과 이파리를 갉아먹는다. 하지만 다른 집 정원에서 병들어 가는 꽃들과는 반대로, 그들의 꽃과 이파리 들은 언제나 건강했다.

다른 어딘가에선 전쟁이 벌어질 수도 있었고, 실제로도 그랬다. 하지만 그들은 오로지 꽃만 걱정했다. 요하네스 아내의 집안 여자들이 그랬던 것처럼, 그들은 하나같이 꽃이 재배되는 곳이라면 어디서라도 근심했다. 꽃에 전투적으로 심혈을 기울이지 않았던 여자는 요하네스의 아내뿐이었다. 그녀는 악보에 더 많은 관심을 두었다. 그것도 아주 많이. 왜냐하면 그것만이 피아노를 향한 진정한 열정, 대단한 열정 그 자체였기 때문이다. 나는 그녀가 왜 세상과 거리를 두었는지 생각해 본다. 그녀는 하루에 일곱 시간을 연주했다. 그러고는 침묵. 그 집안 여자들은 동백과 장미에 대해서만 자폐적인 열정을 쏟았을 뿐 그 외에는 아무것도 없었다. 인간 존재에 대한 관심의 결여. '우리'는 그녀들을 비난할 만한 거리를 찾았다. 왜 내가 '우리'라고 말하는지 모르겠다. 어쩌면 단순히 요하네스의 쌍둥이 형을 생각하기 때문일지도 모른다. 꽃들만 죽어라고 생각하는 여자들을 옆에서 겪어 보거나 지켜보기만이라도 할 이가 내 곁에는 아무도 없다. 그 여자들은 끝까지 꽃들을 보살피다가 쓰러질 것이다. 이러한 열정이란 게걸스럽고 맹렬하고 은밀하다. 언뜻 봐서는 착하고 친절한 것처럼 보인다. 자연에 대한 열광. 오히려 그들은 뿌리 깊은 원한, 세상과 존재 자체에 대해 본능적인 원한을 품고 있다. 남성에 대한 원한. 남성이라는 종자에 대한. 요하네스에 대한. 그녀는 요하네스의 딸에게도 그러한 성향을 전수할 방법을 모두 시도했다. 그녀, 그러니까 요하네스 아내의 집안 여자들은 이제 아무도 남아 있지 않다. 그들 역시 인생을 사는 순리를 답습할 뿐이다. 그들이 어떤 씨앗이든 잘 자라는, 가장 좋은 조건을 갖춘 땅덩어리를 나에게 찾아 주리라고 나는 생각한다. 남성이라는 종족에 대한 모든 증오의 감정을 키우게 하리라고. 요하네스에 맞서서.

가끔 나는 피아노 앞에 앉는다. "쳐 봐." 나는 건반을 내려다본다. 어떤 건반은 색이 바랬다. "쳐 봐, 제발." 나는 창문을 닫는다. 소리가 바깥으로 새어 나가는 것을 원치 않는다. 몇 년 전, 몇 번인가, 갑자기 누군가가 피아노를 쳤다. 그런데 방에서만 소리가 난 것이 아니었다. 밖에서도 들려왔다. 그렇게, 이유도 없이, 풍경 속에서, 소리가 휘감겨 돌았다. 그러다가 뚝 멈췄다. 마치 건반이 부서져 버린 듯했다. 피아노가 있는 방에 있으면 훨씬 더 난감했다. '스타인웨이앤드선스'와 나. 그녀는 그 피아노를 뉴욕에서 샀다. 그녀는 대서양 횡단 열차로 여행을 했다. 또 피아노와 함께 '안드레아도리아호'를 타고 여행했다. 나는 육지에 남아 있었다. 바다를 항해한다고, 식

물이 하나도 보이지 않는 곳을 항해한다고 상상하면서. 내 어머니를
뺀 모든 것을 바라보면서. 나를 떠나 버렸던, 혹은 떠나보냈던 나의
어머니, 피아니스트. 옷 한 벌. 또 다른 한 벌. 그리고 또 한 벌. 어디
를 가려고 했던가? 그녀는 아이에게 옷들을 계속 보냈지만 아이는
입지 않았다. 왜냐하면 교복을 입었으니까.

많은 해가 흘렀다. 이제 스타인웨이는 내 것이다. 나는 원하는
것은 뭐든지 할 수 있다. 나는 그 피아노 앞에 앉아서 이렇게 말한
다. "널 태워 버릴 수도 있어." 피아노를 바라본다. 아무도 나의 스
타인웨이 위에 앉은 먼지를 닦아 낼 수 없다. 페달은 여전히 반짝
인다. 피아노는 작고 서늘한 방에서 산다. 그 방에서, 뉴욕에서 온
피아노가 언제까지가 될지 알 수 없는 날들 동안 나를 기다린다.
나는 그 피아노를 열어 두고 싶다. 만약 피아노를 쳐 달라고 그녀
를 불렀을 때 피아노가 열려 있으면 그녀는 더 반가워할 것이다.
뉴욕에서 스타인웨이앤드선스 상점에 가 본 적이 있다. 그 상
점은 어둠 속에서 조는 것 같았다. 친절한 키다리 아저씨가 검은
색 옷을 입고 낮은 목소리로 말한다. 그 상점은 피아노들의 장례
식장 같은 인상을 주었다. 내게는 큰 충격이었다. 버림받은 사람
들, 이상한 변종 사람들은 들어갈 수 없는 곳 같았다. 그곳은 사회
적으로 지위가 매우 높은 사람들만 들어갈 수 있다. 격이 있는 사
람들. 음악적인 교양이 있는 사람들. 그녀, 나의 어머니가 스타인
웨이앤드선스를 샀을 때는 무척 고고했으리라고 나는 생각한다.
'장 파투'나 '지방시' 같은 프랑스 상표의 옷을 입고서. 자신에 대
해 어느 정도 확신이 있으면서 겸양한 사람들. 그녀는 그곳에 들

어갈 만한 수준이었다. 그곳에 갔을 때, 나는 스타인웨이앤드선스에 관심이 많은 척하면서도 다소 어색했다. 나는 가격을 물었다. 그래서는 안 되었다. 그녀는 틀림없이 그녀의 피아노, 지금은 나의 피아노가 된 스타인웨이앤드선스의 가격을 묻지 않았다. 그녀가 피아노를 샀을 때는 봄이 끝나 갈 무렵이었을 것이다. 그녀는 바람에 하늘거리는 아름다운 실크 옷을 입었을 것이다. 때로 옷은 그 사람의 정신적 인상을 뚜렷이 보여 주기도 한다. 스타인웨이 상점은 무척 크면서도 그리 환하지 않았다. 손님이었던 내 어머니의 옷은 신비롭고도 차가운 은빛 기운을 발산했다. 점원 혹은 주인은 분명 손님의 아름다움에 매료되었을 것이다. 처음 그 상점에 갔을 때 나는 마치 박물관에 간 듯한 인상을 받았다. 소수의 사람들을 위한 박물관. 사람들 둘 이상이 그 화려하고 멋진 장면을 보겠다고 들어갈 수는 없는 곳이다. 작은 방에 있는 나의 피아노를 비롯해 그 피아노들은 순간에서 순간으로 이동하며 연주할 줄 아는 것 같다.

　그 손님은 자신의 뉴욕 주소를 남겼을 것이다. 내가 한 번도 가 보지 못했던 집의 주소를. 그러고 나서 그녀는 해양 운송에 대한 정보를 물어보았다. 당시까지만 해도 그 피아노는 아직 그렇게 예민하지는 않았다. 피아노는 피아니스트와 같이 살면서 점점 예민해졌다. 이제 피아니스트는 없다. 만약 그녀가 온다면 다른 쪽에서 올 것이다. 연주실이 따로 있는 집에서 살 줄은 몰랐을 것이다. 그것은 우연의 일치였다. 또 지금 있는 곳으로 오고 싶어 하던 스타인웨이의 소망이기도 했다. 음악적인 효과를 살리는 데에도 알맞게 서늘한 그 작은 방으로 말이다. 아주 오래전에. 내가 태어나기도 훨씬 전에. 세월이란 냉소적이야. 그렇지, 스타인웨이? 하지만 네가 피아니스트와 맺은 인연은 냉소적이지 않아. 피아니스트의 피가 흐르는 누군가와 함께 있고 싶은 너의 소망도. 그래서 그녀는 너를 위해 이 방을 마련해 둔 거야.

　넌 아직도 내가 네 건반을 치는 것을 원하지 않지. 내 손가락이 너에게는 여전히 낯설 거야. 가볍게 가닿는 내 손길이 말이야. 난 그저 네 앞에 앉아 있어. 너를 마냥 보고만 있어. 처음 몇 년 동안은 방문을 잠가 두었지. 아무도 방 안에 들어오지 않았으면 했어. 오로지 너만 혼자 가두어 둔 채로 말이야. 이제는 아니야. 이제는 너를 자유롭게 해 줄게. 또 나도 자유롭게 해 주고. 난 이제 훨씬 똑똑해졌어. 예전에는 한(恨) 같은 것이 내 핏줄과 눈과 생각에 맺혀 있었어. 불면 덩어리. 너는 불면이 어떤 것인지 알지. 불쾌한 거야. 끔찍해. 모든 것이 현재형이니까. 밤의 현재형. 침묵의 시간 동안 불면이 방 안을 감돌 때, 너는 꽁꽁 얼어붙지. 그러면 나는 네 앞에 앉아. 너의 건반은 그렇게나 차갑지. 그러다 보면 곧 창문으로 새벽이 오겠지. 피아니스트가 깨어났을지 스스로에게 물어봐. 너는 금박 굽을 박은 말이야. 새벽 여명은 너에게 그리고 나에게 무엇을 가져다줄까? 너는 시간이 있다고, 내게 서두르지 말라고 말하지. 나는 서두르지 않아, 스타인웨이. 나는 그저 이렇게만 지내고 싶어, 너랑 나랑, 폼페이 색[07] 천장이 있는 작은 방에서 말이야. 그 색은 작은 불꽃, 작은 화염, 그리고 천상의 불빛과 같아.

07　다홍색 혹은 벽돌색.

절대적인 오후, 정지한 시간. 요하네스의 딸은 허름한 방으로 찾아온다. 초록빛이 문을 비춘다. 눈 하나가 잠든 것처럼. 언제나 주의 깊은 시선. 밤이고 낮이고. 밤이면 더욱 환하다. 침대 위로 그 연민의 빛을 가히 폭력적으로 비춘다. 그곳은 격리된 방이다. 집과 정원의 주인이자 나의 보호자의 방이다. 그림자도 초록빛이고, 그녀 오르솔라도, 침대 덮개도 초록빛이다. 그 방은 곰팡이가 핀 천으로 둘러싸여 있다. 백 년도 넘었다. 그곳은 죽지 못해 지쳐 버렸다. 격리에 지쳐 버렸다. 사람들은 그 안에다 딸들을 집어넣고, 끝없이 기다리는 공간으로 만들어 버렸다. 끝은 언제나 더디기만 했다. 이제 요하네스의 딸이 침대 곁에 앉아 있다. 한 여인, 요하네스의 딸이 사랑했던 여인의 손이 덮개 위에서 움직인다. 그녀는 매듭을 짓고 싶어 한다. 홀연히 사라지기 위해서. 또 그녀의 정원으로 돌아가기 위해서. 영원히 그녀의 집으로 돌아가기 위해서. 요하네스의 딸은 말이 없다. 몇십 년 전에 사랑받았던 주인이 그랬듯이, 그녀는 결코 평정심을 주지 못하는 초록빛을 바라본다. 요하네스의 딸은 그저 죽고만 싶어 하는 여자에게, 무슨 말이든 위로가 되는 말 한마디를 했어야 했는지도 모른다.

오르솔라는 오로지 초록빛만 바라본다. 그녀가 볼 수 있는 것 중에 가장 반짝이는 빛이다. 기억보다 더 찬란하다. 잠들어 있는 눈 하나가 그녀에게 시선을 고정한다. 그녀는 기억에서 색을 지운다. 가끔씩 하나뿐인 아들, 다보스 요양소에 있는 아들을 생각한다. 처음 요양소에 들어갔을 때, 그는 그다지 아프지 않았다. 하지만 매일, 조금씩 조금씩, 지쳐 갔다. 그는 딱 한 번 담배를 피우고 싶어 했다. 그는 어머니 오르솔라에게 담배를 피우고 싶다고 썼다. 그는 요양소로 재단사를 부르고 싶어 했다. 무도회에 초대받았기 때문이다. 영국 여자아이에게. 그 아이는 편지에 쓰여 있기로는 그다지 예쁘지 않고 사내아이 같다고 했다. 요양소에서 아들은 담배 말고는 아무것도 생각하지 않았다. 오르솔라는 아들의 얼굴을 기억하려고 애썼다. 그녀의 기억은 더 이상 색도 없고, 일관성도 잃어버렸다. 담배 연기의 검은색과 셔츠의 흰색조차 볼 수 없다. 빛이 그녀의 모든 기억을 획 갈라놓았다. 담배 연기는 유물처럼 남았다. 아들이 죽자 담배는 그녀에게 되돌려보내졌다. 이제 그녀에게는 아들이 그랬던 것처럼 유일한 간청이 생겼다. 그에게 담배가 있었다면, 그녀에게는 소화(消火)가 있다. 아무도 그 간청을 들어주지 못한다. 쓸모없는 간청. 아들은 결국 무도회에 가지 못했다. 그는 재단사가 자신의 치수를 쟀다는 사실에 만족했다. 그는 옷을 마지막으로 몸에 대보고 행복해했다. 살아 있음에 대한 마지막 성장(盛裝). 그는 마지막 순간까지 자포자기하지 않고 꿋꿋이 버텨 냈다.

운구차가 정원 앞을 지나가다 3분간 머무른다. 오르솔라는 비단 정장과 자보[08]가 달린 블라우스를 입었다. 그녀는 절대 정원을 바라보지 않는다. 자신과 딸들을 비롯해 지상의 것에 대해서는 더이상 아무것도 알고 싶어 하지 않았다. 상냥하면서도 사악한 딸들. 그녀가 몇 년 전부터 예감해 왔던 죽음을 딸들이 감히 재촉할 수는 없는 일이다. 그녀는, 한때 요하네스의 아내였고 또 다른 남자의 아내였던, 항상 멀리 있던 딸만큼은 다시 보고 싶었을 것이다. 하지만 오히려 다른 두 딸과 너무 가까이 있었다. 그녀의 임종이 다가왔다. 한 딸은 붉은 머리였다. 다른 딸은 머리에 터번을 둘렀다. 그들은 어머니가 그리 쉽게 죽지 않을 것이며 사투를 벌이고 있을 거라고 말했다. 그들은 죽음이 마치 침대에서 벌어지는 경기라도 되는 양 그런 이야기들로 열변을 토했다. 오르솔라는 악마라도 된 것처럼 치명적인 마지막 숨을 거두어 내려고 애썼다. 딸들이 말한 대로 죽음과의 사투에서 이기기 위해 죽을힘을 끌어냈다. 그녀는 옴팡 졸아들었고 평온을 찾을 수가 없었다. 그녀는 점점 더 약해졌다. 하지만 몸이 쇠약해진다고 휴전할 수는 없는 노릇이다. 그녀는 극한의 싸움으로 지쳤지만 여전히 초조하고 고달픈 몸짓으로 버둥거렸다. 그녀 특유의 자색 눈동자가 간절히 꿈꾸고 즐기고 싶어 하는 최상의 무언가가 바로 죽음인 듯했다. 내가 보았던 세상에서 가장 아름다운 자색 눈동자가 그렇게 말했다.

08 앞가슴 주름 장식.

결국 그녀는 그 두 눈을 감기를 원했다.

밤이다. 오르솔라의 딸 하나가 카드놀이를 한다. "이렇게까지 기다리게 하는 게 마음에 안 들어." 어머니가 늦게 죽는다고 불평하는 것은 있을 수도 없는 일이다. 붉은 머리 딸은 그렇게 못된 생각을 하지는 않았다. 비록 그날을 손꼽아 기다리기는 했지만. 완전한 주인이 되고 싶어서. "내가 책임져야 할 일은 더 이상 없어." 아무도 그 딸의 말을 들어 주지 않았고, 집은 방치되었다. 그녀만이, 새로운 주인이 된 그녀만이 살아남았다. 그녀는 대화를 좋아했다. 그것이 비록 독백에 그치더라도 말이다. 매일 그녀는 신성하고도 황량한 그곳으로 어머니를 찾아왔다. 이제 그녀는 말할 수 있다. 그곳을 택한 사람은 바로 그녀 자신이며 그곳은 정말로 쓸쓸하다고. 그녀는 최악의 위험에 빠지지 않도록, 새로운 주인인 자신을 경계할 줄 안다. 부엌에는 커다란 종이에 위험 목록이 적혀 있다. 그녀는 카드놀이를 하면서 위험을 비켜 간다. 카드놀이를 하면서, 넘어져 대퇴골이 부러지는 위험을 피한다. 이제 그녀는 모든 것의 주인이 되었다. 전부는 아니다. 상속자가 또 있다. 한때 요하네스의 아내였던 여자. 그녀는 오로지 이 생각뿐이다. 돌아오지 않는다고, 여동생은 절대 돌아오지 않는다고 말이다. 장롱과 방 들은 열쇠로 잠겨 있다. 그녀, 새 집주인은 간수처럼 열쇠 꾸러미를 쥐고 있다. 그녀는 자신의 재산을 순찰한다. 여동생을 저주한다. 여동생은 그녀보다 훨씬 젊다. 그녀보다 시간이 더 많아, 언제든 돌아올 수 있고, 언제든 그녀가 소유한 것들에 대한 권리를 주장할 수 있다. 여동생 또한 상속인이다. 어느 날 집에 홀연히 나타날 수도 있다. 여동생의 집이기도 하니까. 막냇동생은 세상을 등지고 알프스의 한 묘지에 잠들어 있다. 지금 반쪽짜리 상속인은 카드놀이를 한다. 혼자서 하는 카드놀이를.

11월, '죽은 자들의 날'에 행복해하는 여자가 있다. 기다리고 기다리던 날이다. "내가 사랑했던 사람들을 찾아갈 거야." 그녀가 말했다. 그녀는 결연하면서도 우울하게 호숫가로 걸어간다. 국화를 들고서. 죽은 자들은 가면을 쓰지. 그녀는 생각한다. 황토색과 보라색, 새빨간 색과 검은색, 각자의 머리카락 색과 검은색. 머리 타래를 잘라서 묘지로 가져오는 것도 큰 의미가 있었다. 그녀는 기분이 좋았다. 그녀는 요하네스의 어머니가 주로 입었던 트레치를 국화에 비유했다. 죽은 자들을 기념하는 날, 묘지는 트레치를 입듯 국화를 입는다.

그녀에겐 이제 남편이 없다. 그는 한창 테니스를 치던 중이었다. 그녀는 남편에게 놀아서도, 달려서도, 또 얼굴이 벌겋게 달아올라서도 안 된다고 말하곤 했다. 왜 그는 그녀처럼 카드놀이를 하지 않았을까? 그래서 그는 벌을 받았다. 쇠약해졌다. 몸이 따뜻해지지 않았다. 그녀의 기억이 맞는다면, 그날은 봄날의 산들바람이 불었다. 아침에 눈을 뜨면, 첫 번째 관심사는 날씨였다. 기상 정보는 그녀가 집안에서 차근차근 배워 온 것이었다. 그녀는 테니스 시합이 있던 날을 기억한다. 그날도 예의 그 봄바람이 살랑살랑 불어왔다. 그녀는 남편이 자신을 잊지 않게 하기 위해 그녀를 찾아온다고 생각한다. 도대체 어떻게 남편을 잊을 수 있단 말인가? 그럴 만큼 그녀가 기억할 것이 많지는 않았다. 그녀는 자신과 한 침대에서 잠을 자던 그 남자를 기억한다. 그녀를 거스르지 않기 위해 움직임을 삼가던 남자. 마지막 몇 개월을 흔들의자에 앉아서 보냈던 남자. 치명적이었던 그 문제의 테니스 시합 이후에 말이다. 그는 흔들의자를 고정했다. 손으로 등나무 가지를 꽉 부여잡았다. 그는 그 행동에 힘을 온전히 집중했다. 흔들리지 않기 위해서. 손가락 하나도 펴지 못했다. 그는 종종 머리를 오른쪽에서 왼쪽으로, 왼쪽에서 오른쪽으로 움직였다. 테니스 시합이 아직도 끝나지 않은 것이다.

항해 사흘째. 여행은 열하루가 남았다. 키가 크고 몸이 다부진, 프파레라는 사제가 아내와 함께 배에 탔다. 그는 삼위일체 수도회의 관습에 따라 집에서 내게 세례를 주었다. 그 또한 가장행렬에 동참했던 협회 회원이다. 사제는 요하네스를 신임했는데, 요하네스를 신과 따로 떼어 생각하기 어려운 사람이라고 여겼기 때문이다. 신은 자신을 믿는 인간들에게 완고하다. 자신의 소명에 대해 완고하다. 많은 사람들이 그렇게 믿는다. 사제는 자신이 지고한 인내심으로 신의 완고함을 지킨다고 여겼다. 그리고 그 완고함이란 적절치 못한 순간에 드러나게 마련이다. 프롤레테르카호에서도 그러하다. 선실에서, 키 작은 아내와도 그러하다. 그와 아내는 어렸을 때부터 잘 아는 사이였다. 이제 그녀는 그를 무서워한다. 사제를 겁내는 신자. 그녀는 선실에서 무릎을 꿇고 앉아 있곤 했다. 그러면 그는 가볍기 그지없는 그녀를 일으켰다. 하지만 그녀는 계속 침대 머리맡에 무릎 꿇고 있기를 원했다. 그녀는 죄를 짓고 싶어 하지 않았다. 우리는 신의 뜻에 따라 결혼했습니다. 사제는 늘 이렇게 말했다. 신은 그들의 결혼을 축복하고 경건하게 지켜 준다고 했다. 키 작은 아내는 무작정 그렇게 믿을 수가 없었다. 그녀는 땅바닥에 무릎을 꿇는 즐거움을 그도 함께 느끼길 원했다. 자신과 침대에서 느끼는 즐거움이 아니라.

나는 요하네스를 바라보았다. 그의 생각은 어디에서 나오는 걸까? 머릿속에 그가 숨을 만한 비밀의 장소가 있을지도 모른다. 프롤레테르카호의 식당, 바로 내 옆에 앉아 있지만, 그는 없다. 그의 초점 없는 눈은 무엇을 보고 있을까? 나는 곰곰 생각해 본다. 그에게 인생에서 중요한 것은 무엇일까? 나는 그에게 미안하지만 먼저 일어나겠다고 말한다. 일순간 조용해진다. 나는 문 쪽으로 다가간다. 여행 동료들의 따가운 시선을 받으면서. 요하네스는 내가 하고 싶은 대로 해도 괜찮다고 말한다. 밖으로 나오자, 고독이 밀려온다. 나는 파도를 바라본다. 프롤레테르카호는 목적지가 없는 듯했다. 어둠 속 허공을 항해한다. 승무원 하나가 다가온다. 그가 내 옆에 선다. 나는 돌아보지 않는다. 그가 있다는 것을 짐짓 모른 척한다. 내게는 한참처럼 여겨진 순간이 얼마나 흘렀을까. 그가 슬라브족 억양으로 무슨 말인가 했다. 태풍과 부상당한 승무원에 대한 이야기였다. 승무원에게 상냥하게 응대했어야 했겠지만, 내 시선은 파도에서 떨어질 줄을 몰랐다. 호기심은 컸다. 그의 얼굴이 어땠는지 나는 모르겠다. 하지만 그의 존재를 느꼈다. 첫날, 배에 오르면서부터 나는 적어도 열 명 남짓한 사람들에게 관심을 두었다. 승무원들 때문에 요하네스는 나를 잘 감시해야 했다. 시간을 번다. 물이 일렁인다. 나는 세상의 또 다른 부분인 남성의 영역에 대해서는 경험이 없다. 나는 생각한다. 영악하게 굴 필요가 있어. 그는 니콜라스 P.라고 한다. 이등 항해사다. 그리고 두브로브니크 출신이다. 스물여덟 살이라는 나이, 그리고 이름과 직위가 내가 그에 대해 아는 전부일 것이다. 얼마 후, 유혹하려는 의도를 분명히 느끼기 시작했다. 그의 이목구비를 꼼꼼히 볼 수는 없었지만, 어둠 속에 보이는 그의 실루엣만으로도 충분했다. 그의 '작업'은 끝났다. 굳이 말할 필요가 없었다. 더 이상 그의 모습을 유심히 탐색할 필요도 없었다.

올겨울이면 나는 꽉 찬 열여섯 살이 된다. 요하네스와 호텔에 묵을 것이다. 내 생일이 그가 허락받은 겨울 휴가와 맞물렸다. 그가 약혼했을 때 약혼녀의 가족들은 말했다. "재미있게들 놀아, 행복해라. 운명이 너희를 보며 웃고 있단다." 이런 말에 요하네스는 피곤해졌다. 참기가 힘들었다. 약혼녀의 가족을 찾아갈 때면 으레 그랬다. 그러면 요하네스는 혼자 밖으로 나와 강변을 걸었다. 그의 집으로 이어지는 오솔길을 거슬러 올라갔다. 그의 집을 밖에서 바라보곤 했다. 담 너머로 정원을 넘겨다보았다. 쌍둥이 형은 야코프와 이다 곁에서 휠체어를 탔다. 날은 어둑어둑해지기 시작했고, 투명하던 대기는 점점 불투명해졌다. 그러고 나서는 곧 아무것도 보이지 않았다. 어둠은 꼼짝도 하지 않았다. 짙은 초록빛 측백나무도.

승무원은 내게 잘 자라는 인사를 건네고는 급히 가 버린다. 어둠이 프롤레테르카호를 훑는다. 잊힌 배 같다. 선원도, 목적지도 없이, 오로지 어둠만이 손에 잡힐 듯하다. 프롤레테르카호의 진정하고도 유일한 상징. 나는 선실로 내려간다. 요하네스는 잠들었다. 어둠 속에 나타나 서로 얼굴도 보지 못한 한 남자를 원하는, 체육 학교 학생인 딸의 숨겨진 욕망을 그가 알 리 없다.

아침 7시, 프롤레테르카호는 크레타섬에 도착한다. 나는 어둠 속에 서 있던 승무원 생각뿐이다. 요하네스는 벌써 갑판으로 올라갔다. 그는 선실을 완벽하게 정리해 두었다. 이불을 개어 놓았다. 개켜진 잠자리의 흔적이 기하학적으로 보인다. 비누는 말라 있다. 버스가 승객들을 크노소스 언덕까지 데려다준다. 빛이 요하네스의 눈을 쏜다. 나는 그의 옆에 앉아 있다. 우리 뒤에는 요하네스의 친구가 앉아 있다. 그의 숨소리. 그는 검게 그을렸고 얼굴에 윤기가 돈다. 그는 계속 말한다. "정말 멋있군." 만족스러워하면서. 육지에 내리기 전에 나는 그 승무원을 보지 못했다. 다시 배로 돌아가고 싶어 안달이 났다. 프롤레테르카호는 사람들이 내리자마자 곧바로 신기루가 되어 버린 듯했다. 굳이 뒤를 돌아볼 필요가 없다. 육지에서 보면 프롤레테르카호는 시간 여행을 하는 패배한 전함 같다.

요하네스에게는 사진기가 필요 없다고 나는 생각한다. 기억도. 그에게는 여행 일정만으로도 족하다. 배의 이름과. "4월 18일, 그리스 여행. 돌아오는 날, 5월 2일." 그의 기록 속에서 삶은 침묵과 부재다. 이름과 날짜뿐이다. 그것 말고는 아무것도 없다. 이름과 날짜보다 훨씬 존재감이 없는 남자가 기록한 내용이 그의 부재를 명확히 밝혀 준다. 요하네스에게 그 여행은 딸과 함께하는 마지막 여행이겠지만, 한마디 설명조차 할애하지 않았다. 또한 우리 둘이 함께 보낸 가장 긴 시간이었다. 우리는 그 이후로 한 번도 그 여행에 대해 말한 적이 없다. 그 배에는 키가 없는 것 같았다. 마치 한낱 공상에 사로잡힌 것처럼.

크노소스 궁 앞. 요하네스는 회색 옷에 검은색 띠가 달린 회색 모자를 썼다. 지팡이와 검은색 안경. 윗주머니에는 흰 손수건이 꽂혀 있다. 구김살 하나 없이 잘 다려진 셔츠의 빳빳하고 하얀 깃. 그는 지쳐 있다. 협회 승객들 무리 속에서 홀로 우울한 분위기를 자아낸다. 나는 그를 멀리서 바라본다. 요하네스에게는 여름옷이 없다. 승객들은 모두 여름옷 차림새다. 요하네스 혼자 우울하다. 그렇다는 사실 또한 거의 느끼지 못한다. 마치 북쪽의 고집스러운 천성을 그대로 보여 주는 것 같다. 부활절의 무자비한 태양빛에 적응하지 못하는 천성. 그는 꼼짝 않고 선 채, 자신의 시선이 어디로 가는지도 알지 못한다. 협회 회원들은 그리스 여자의 설명을 듣는다. 여자는 줄무늬 스타킹을 신고 팔에 작은 검은색 핸드백을 끼고 있다. 흰 장갑도 꼈다. 요하네스의 친구는 역사 이야기에 고개를 끄덕인다. 그의 모습을 사진으로 찍는다. 메트로놈에 맞춰 시간이 똑딱똑딱 흐르는 것 같다.

여자의 설명을 잘 들어야 한다고 요하네스가 말한다. 그는 계속 그녀의 하얀 장갑과 줄무늬 스타킹을 바라본다. 종아리도. "잘 들어, 잘 들어 봐." 요하네스가 말한다. "잘 들어 봐." 나는 단어들을 붙잡을 수가 없다. 내가 보는 것을 머릿속에 집어넣을 수 있을 따름이다. 붙잡기에는 말이 너무 많다. 게다가 빛도 너무 눈부시다. 요하네스에게 여행은 아주 중요하다. 부녀지간의 그리스 여행. 함께 있을 수 있는 처음이자 마지막 기회. 하지만 우리는 마지막일 줄은 정말 몰랐다. 어쩌면 그는 알았을지도 모른다. 수풀들은 더욱 안달 난 듯이 무성하다. 환상적이고도 음흉하다. 봄은 보드랍게 감싸면서, 부지불식간에 제정신을 잃게 한다. "잘 들어봐." 그는 또 말한다. "부탁해, 제발." 그는 마치 자신에게 말하듯이 말한다. 우리는 크노소스 궁전을 뒤로하고 배로 돌아온다. 요하네스가 창백해졌다. 괜찮으세요? "고맙다."라고 그가 말한다. 그는 괜찮다. 마치 그 창백함조차 고맙게 여기는 듯한 말투다. 그는 옷을 갈아입기 위해 선실로 내려갔다. 내가 그를 도와주어야 했을 것이다. 하지만 내 눈은 승무원을 찾는다. 지난밤 이후로, 나를 매혹했던 그 낯선 남자에 대한 증오로 수없이 들썩이는 감정의 굴곡에서 헤어 나올 수가 없었다.

항해 나흘째다. 요하네스와 나는 식당에서 우리가 늘 앉는 구석 자리에 앉았다. 우리가 맨 마지막으로 들어왔다. 요하네스는 가장 먼저 들어오길 원했다. 나는 그에게 기다려 달라고 했다. 나는 그 승무원을 찾는다. 없다. 내 아버지의 친구는 이미 부인과 같이 자리에 앉아 있다. 그 사제와 아내는 몇 년 전부터 그랬던 것 같다. 그는 협회 서열에서 가장 중요한 위치에 있었다. 그는 진지하고도 감성적이다. 식탁에 놓인 오종종한 꽃다발은 연약하다. 배의 흔들림이 그들에게는 전혀 달갑지 않다. 꽃들, 이미 꺾인 꽃들이라도 역시 육지에 있는 꽃병에 꽂히기를 원할지도 모른다.

나는 요하네스를 본다. 그의 눈에 어린 차가움은 도대체 어디서 온 것일까? 나 혼자 생각하는데, 한 여자가 홀을 가로지른다. 그녀는 더없이 매력적이다. 프롤레테르카호에 오른 몇 안 되는 여자 승객 중 하나다. 그녀가 누구인지 나는 전혀 몰랐다. 그녀는 혼자였다. 나는 그녀를 "30대 여자"라고 불렀다. 미학적 외관으로 봤을 때, 협회 사람 같지는 않았다. 그녀의 모습은 좀 달랐다. 그녀의 행동 방식에는 상식을 따르지 않는 무언가가 있었다. 그녀는 자신에 대한 확신으로 가득 차 있다. 그녀라면 실망 따위는 신경 쓰지 않을 것이라고, 나는 생각했다. 그녀가 선장의 식탁으로 간다. 매일 저녁 그의 식탁에 합석하는 영광을 누리는 손님들이 있다. 그 신비한 여자가 자리에 앉는다. 홀에 그녀가 왔다는 정보가 좍 퍼졌다. 그녀는 좌중을 압도한다. 나는 그녀의 정체가 알고 싶었다. 우리는 경쟁자다. 프롤레테르카호에 탑승한 단 두 명의 여자. 그녀는 나를 경계하지 않는다. 나를 경쟁자로 여기지 않는다. 나를 전혀 괘념치 않는다. 또 어떤 작은 오점도 그녀의 아름다움을 흐뜨릴 수 없다. 무기력한 절망. 그녀의 과거는 내 관심 밖이었다. 게다가 프롤레테르카호에서는 현재만이 유일하고도 중요했다. 그녀의 과거도, 나의 과거도 중요하지 않다. 두 여자와 선원. 각자의 삶에 대한 이야기는 하지 않는다. 시간이 없다. 삶은 우리가 배에 오른 순간 시작했다. 그 시작은 프롤레테르카호다.

우리는 구석진 탁자에 앉아서 그들을 살펴본다. 선장의 눈은 짙은 파란색에, 모순된 기운이 느껴졌다. 그는 여러 나라 말을 잘한다. 나는 집요하고도 점잖은 그의 시선에서 복잡한 의도를 느꼈다. 그가 부인들 쪽으로 멋스럽게 고개를 기울이는 것을 본다. 부인들은 그저

럼 멋진 모습은 한 번도 본 적이 없다. 그는 최고의 영주 같다. 그는 애써 짜증을 감추고 아낌없이 호의를 베푼다. 나는 곧 생각한다. 저 남자는 우리 모두를 경멸한다고. 우리는 그의 배에 타면서 뱃삯을 지불한다. 우리가 그의 마음에 들어야 할 필요는 없다. 원래 누구나 그러하다. 협회 사람들은 그를 "멋쟁이 선장님"이라고 불렀다. 슬라 브족들은 모두가 멋쟁이고, 그들에게 그 단어는 사기꾼을 의미한다. t가 들리게 독일식으로 발음하면 말이다. 선장은 배의 임시 주인들 의 말을 경청하며 이렇게 생각하는 것 같았다. '그들 역시 뻔해.' 그 들 또한 그의 식탁에 앉는다. 두 민족, 두 군사 진영의 배치다. 협회 측은 프롤레테르카호의 뱃삯을 지불했고, 항해가 끝날 때까지 이용 할 권리를 주장한다. 계약이다. 유고슬라비아인들은 2주 동안 그 민 족을 잘 보살펴 주어야 하는 것이다. 배의 선원들은 우리에 대해 알 고 싶지 않을 수도 있다. 통치권이 누구한테 있는지는 모두에게 분 명하다. 기이한 무언가가 승무원들 사이에 떠다녔다. 표류에 익숙한 사람들 같았다. 항해 도중에 때로 프롤레테르카호는 유령이 키를 잡 은 듯했다. 지극히 단순하고도 끔찍한 무력감이.

노을이 지는 시간이다. 니콜라스가 보초를 설 차례. 요하네스는 선실에 있다. 그는 점점 더 창백해진다. 뭐든 내가 하고 싶은 대로 할 수 있다는 것을 나는 안다. 나는 그의 목숨을 거둘 수도 있다. 혹은 나의 목숨을 끊을 수도 있다. 우리 집안은 자살하는 집안이다. 자살의 그림자가 짙게 드리운 집안. 더러 아주 짧게라도, 친족들 간에 어떤 주제를 논하면서 시간을 보내는 경우가 드물게 있었는데, 우리들 각자가 일말의 관심이라도 보이는 주제는 자살뿐이었다. 혹은 성공하지 못한 자살 미수. 거기에 철저하게 교육받은 무관심이 보태졌다. 친족들에게 타인에 관한 이야기 따위는 관심거리가 되지 못했다. '스스로 목숨을 끊는다.'라는 주제는 돈과 유산, 질병이라는 주제보다 훨씬 더 강력하기 마련이다. 장례식도 관심거리 축에 들지 못했다. 비록 우리가 서로 만날 수 있는 기회이기는 하지만 말이다. 우리는 친족 장례식에 빠진 적이 거의 없다. 장례식은 주로 관광 명소에서 한다. 유쾌한 장소에서. 호숫가에서. 장례식의 식사 때 누군가가 성공하지 못한 자살 미수에 대해 이야기하는 것은 드문 일이다. 그들 중 대부분이 장수했다.

우리 중 한 명은 자살에 성공했다. 여러 해 동안 우리 가족 중에서 자살에 성공한 사람이 없었다. 친척 하나가 다시 시골로 내려가 살았다. 유년기를 보냈던 곳으로. 우리는 그 전원이 그때의 어린아이는 좋아했을지언정 돌아온 노인을 좋아하지는 않을 것이라고 생각했다. 그가 유년기를 보냈던 그곳은 그에게 적대적이었다. 집 주변 풍경은 탁했다. 논밭 끝, 오솔길 끝, 줄지어 선 마른 나무들 끝에 맞닿은 무한한 공간 속에 진창과 먼지 같은 것이 퍼져 있었다. 풍경이 한 남자의 시선과 교차했고, 그는 신중을 기해 연속으로 자살 시도를 감행했다. 그의 집은 적막하고 외진 동네에 있었다. 그는 유년기의 장소인 그곳의 적막함 속에서 인생의 마지막 시간을 보내고 싶어 했다. 요하네스는 한 번도 해 보지 않았던 생각이었다. 그는 마지막 시간에 대해서는 생각하지 않았다. 홀로 남은 그 순간부터, 요하네스는 호수와 협회와 호텔이 있는 그 도시를 떠나 본 적이 거의 없었다. 그는 다른 곳으로 되돌아간다는 것은 한 번도 생각해 보지 않았다.

우리는 자살에 집착하면서, 어쩌면 자살에 비균형적인 관심을 두었고, 무엇보다 초미의 관심을 불러일으키는 자살 사건들이 어떻게 벌어졌는지 알고 싶어 했다. 우리 친족들 모두 그에게 기꺼이 마지막 인사를 했다. 그의 얼굴을 보는 것을. 사람들 말로는, 그 남자가 열두 번 종이 치기를 기다렸고, 종소리가 다른 모든 소리를 덮어 버렸다고 했다. 그는 거울을 쳐다보며 관자놀이를 겨누었다. 그리고 방아쇠를 당겼다. 창문 너머로 그가 태어난 성당이 보였다. 타종 소리와 그의 총소리는 동시에 일어났다. 그래서 아무도 총성을 듣지 못했다.

여름이었다. 무섭게 더운 여름이었다. 나무들과 정적이 열기에 달아올랐다. 우리는 친척 집으로 갔다. 그들은 창문 앞 탁자 위에 그를 모셔 두었다. 창문으로 바람 한 점 불어오지 않았다. 우리는 그의 주변에 모였다. 연약하고, 호리호리하고, 진주 목걸이를 한, 한때 요하네스의 부인이었던 그녀는 망연자실한 표정이었고, 그녀의 손이 죽은 친척의 손을 스쳤다. 자살할 정도로 사랑했던 것이 무엇이었을까? "점점 더 고통스러워 보이네요." 그녀가 그렇게까지 감동한 모습은 일찍이 본 적이 없었다. 나는 그녀가 친척의 얼굴에서, 너무 늦기 전에 우리 모두가 구하기를 원하는 무언가를 찾는 거라고 생각했다. "너무 늦었어요." 나는 그녀에게 이렇게 말해 주고 싶었다.

그는 신자였기 때문에 신부를 원했다. 신부는 성당에서는 장례 미사를 하지 않겠다고 즉각 응답해 왔다. 그의 주교는 종교적인 이유에서 성당 안으로 그의 관을 들여오는 것을 허락하지 않았다. 대신 신부가 집으로 찾아가는 것은 가능했다. 그는 죽은 자에게 축복을 내렸다. 신부의 법의는 더러웠다. 법의에 기름얼룩이 묻어 있었다. 아마도 신부의 몸을 감쌌던 것은 더위, 그 가공할 무더위였을 것이다. 얼굴이 땀으로 범벅이 되었다. 신부는 그 집에서 나가고 싶은 생각뿐이었다. 우리 모두와 마찬가지로. 요하네스의 전 부인만 제외하고.

가족들은 더위를 힘들어했지만, 그것은 잘못이 아니다. 우리는 시골의 여름날에 대비해 한겨울에 이미 준비를 해 둔 터였다. 모두들 눈물이 말랐다. 죽은 친척 앞에서 무안할 지경이었다. 그 친척의 관은 되도록 빨리 덮어야 했다. 파리들이 들끓었다. 하늘은 점점 더 탁해졌다. 다과를 제공했다. 우리는 죽은 친척을 둘러싼 채 차를 마셨고, 그는 천주교 성당에서 자신을 내쳤다는 사실을 알 길이 없었다. 자살에 대해서는 자비를 베풀지 않는 종교가 그에게 벌을 준 것이다. 판결을 내린 자를 판결한 것이다. 죄인이라는 말로 판결을 내렸다. 복수를 부르는 말. 성당은 종교 제의에 우리를 못 오게 함으로써 우리마저 처벌했다. 우리 친척의 자살에 대한 벌이었다. 우리는 자살과 자살 미수 사건 모두를 들었다. 우리 집안의 자살 내력은 세대를 거듭해 끊임없이 이어졌다.

　자살로 보이지 않기도 했다. 총구멍이 아주 작았고, 머리카락에 덮여 있었다. 그 집안에서는 모든 것이 무의미했다. 요하네스의 전 부인은 신부에게 감사의 뜻을 전했다. 갑자기 성당에서 장례 미사를 거절한 것이 선물로 둔갑한 것이다. 장례 미사를 거절한 것은 성당의 선물이었다. 사실 후다닥 성호 긋기, 향 피우기, 라틴어, 웅얼거리는 기도면 충분했다. 그러면 되는 것이다. 우리는 감사했다. 감사의 말을 지나칠 정도로, 미친 듯이 했다. 이제 신부는 영예로운 주객이자 주관자였고, 우리를 구해 주는 사람이 되었다. 우리는 다른 예식이었다면 참아 내지 못했을 것이다. 모든 것이 허무해지는 길고 긴 순간, 그런 순간이 있다. 모든 것이 일관성을 잃는다. 시시하고 쓸데없는 것이 된다. 이제 정화된 신부의 법의는 행렬을 이끌었다. 무더위 속을 떠다니는 것 같았다. 사람들

한 무리가 먼지와 무더위 속에서 허위허위 걸었다. 식물들은 부식되었다. 이파리 하나 남아 있지 않았다. 식초를 뿌려 놓은 것처럼.

　사람들이 말하기를, 죽은 친척이 새들을 쏘았다고 했다. 연습을 해 왔던 것이다. 그는 그전까지는 그런 적이 전혀 없었다. 그에게는 사냥용 조끼가 많았다. 그는 사냥용 조끼를 걸치고 산책을 다니기는 했지만 총을 쏘지는 않았다. 그의 개는 총소리를 좋아하지 않았다. 하늘의 허공을 향해 총을 겨누는 것과 거울 앞에서 겨누는 것은 틀림없이 전혀 다를 것이다. 게다가 왼쪽 관자놀이를 겨누는 것이라면 말이다.

　그는 새들 몇 마리를 죽이며 연습했다. 지금도 그의 창턱에 새들 몇 마리가 있다. 그의 시신을 거두어 갈 때도 새들이 제법 많았다.

요하네스에게 양해를 구했다. 나는 식당에서 나가야 한다. 사제는 부인을 안심시키려는 듯 그녀의 손을 쓰다듬는다. 강인하고 길고 마디진 손과, 여자아이 같은 손. 나는 무언가 동물적이고 폭력적인 것을 떠올린다. 사제는 여행 중에 나에게 한마디도 건넨 적이 없다. 부인은 의자에 앉아 있었는데 발이 바닥에 닿지 않았다. 사제는 협회의 승객들 모두를 위해, 각자의 때가 되면 죽은 자를 위한 설교를 늘어놓을 것이다.

한 선원이 내게 점심 식사를 가져다주었다. 그 식사를 마련해 준 사람은 니콜라스다. 매일 저녁 나는 갑판 위에서 식사를 한다. 나는 요하네스에게 양해를 구한다. 애피타이저를 먹고 난 후에. 어쨌든 그는 원래 호텔에서 언제나 혼자 식사를 해 왔다. 가장 친한 친구에게 초대받았을 때를 제외하고는 말이다. 아니면 협회 사람에게 초대받았을 때나. 호텔에서는 그에게 식기나 잔 없이 음식만 가져다주었다. 그는 자신의 바카라 잔과 은식기를 사용한다.

과일은 반호프거리에 있는 상점에서 사 왔다. 사과 두 알. 배 하나. 종이 상자에 담아서. 그의 식사는 소박하다. 그는 알약 여러 개를 삼킨다. 식탁은 둥글고 작다. 일인용 탁자. 호텔방은 무미건조하게 정리되어 있다. 개인적인 것이나 그 방만의 특별한 것이라곤 아무것도 없다. 호실만 다를 뿐.

몇 년 뒤, 그가 소유한 것들을 사진으로 보았다. 공장 사진도. 몇백 년보다 훨씬 전, 그의 조상 요한 야코프가 "붉은 슬픔"이라고 불리는 장소에 직물 공장을 세웠다. 노을이 지는 무렵이면 그곳에는 강줄기가 불타는 빛을 띠면서 마을을 가로질렀다. 그즈음에 종소리도 울려 퍼졌다. 어떤 신자도 성당에 들어가지 않았다. 다리를 건너는 것이 두려웠기 때문이다. 그래도 종은 계속 울리며 사람들을 자꾸만 불렀다. 마치 마을 사람들의 이름을 하나하나 부르는 것 같았다. 요한 야코프의 이름도. 성당에 그 종을 선물한 사람이 바로 그였다. 종소리는 집요하고도 설득력이 있었다. 정적을 회초리로 후려치며 닦달하는 다그침 같았고, 영혼을 사냥하는 소리 같았다. 요한 야코프의 후손들 이름을 소리쳐 부르는 것 같기도 했다. 요하네스의 어머니가 말하기를, 그곳은 "붉은 슬픔" 말고는 다른 이름으로 부를 수가 없었다고 했다. 그곳은 그들에게 부를 가져다주었다. 그리고 다시 빼앗아 갔다. 종에 매달린 끈은 사악한 영혼이 쥐고 있었다. 요하네스 쌍둥이 형의 발병은 집안의 유산을 잃은 시점과 맞물렸다. 그래서 요하네스는 그를 언제나 차가운 시선으로 바라보았다. 쌍둥이 형은 꼼짝없이 휠체어에 앉아 있었다. 하늘을 올려다보는 것조차 힘겨워했다. 눈꺼풀을 뜨는 것

만도 다행이었다. 그는 무언가를 응시했다. 최종의 목표점이라도
있다는 듯이. 그는 계절이 바뀌는 것을 더 이상 느끼지 못했고, 그
럴수록 점점 더 쇠약해져 갔다. 그의 고개는 자꾸만 수그러들었
다. 이제 그는 우리와 함께 바다 여행을 한다. 긴 여정이 끝나면,
요하네스의 딸은 그들과는 반대로 살고 싶다는 것을 깨달으리라.
우리가 항해를 하는 것처럼, 죽은 쌍둥이 형도 같이 항해를 한다.
풍속계가 지하 세계의 바람개비처럼 무심하게 돌아간다.

요하네스의 딸과 승무원이 두 번째로 만난다. 대화에는 전혀
진전이 없었다. 여자는 그를 따라 그의 선실로 간다. 선실은 작았
다. 침대 하나, 탁자 하나, 의자 두 개. 그들은 낮은 침대에 걸터앉
는다. 여자의 옷이 바닥에 떨어져 한 움큼으로 남았다. 그녀는 잔
잔하게 웃는다. 승무원은 여전히 제복을 입고 있다. 요하네스의
딸은 영화에서 똑같은 장면을 본 적이 있다. 그다음 장면은 어떻
게 되었더라? 그녀는 부드러움을 원치 않는다. 승무원은 그녀의
욕망을 꿰뚫어 보는 것 같다. 과격하게 그녀를 덮친다. 그녀는 한
순간 힘이 풀려 버리는 것을 느낀다. 모든 몸짓이 과격하다. 모든
애무가. 그녀는 더 이상 원치 않는다. 현창 가운데로 동이 터 오기
시작한다. 그녀는 힘을 추스르고 일어나, 자신의 옷을 챙겨 들고
그곳을 빠져나온다. 요하네스의 선실로 돌아온다. 짧은 밤이 지나
간다. 짧은 악몽이. 다음 날 그녀는 피곤해 보인다. 그녀는 육지에
내린다.

달력의 날짜마다 방문할 장소가 적혀 있다. 육지 방문은 시

간별로 적혀 있다. 오늘의 일정은 산토리니다. 원래 이 화산섬은 일정에 포함되지 않았다. 배와 선장은 마지막 순간에 정박지를 정했다. 선원들은 짐짓 좋아하면서 우리를 '예고하지 않은' 장소에 내려놓았다. 우리는 노새를 탔다. 천천히. 줄을 서서. '30대 여자'가 내 앞에 선다. 누군가가 프롤레테르카호에서 인사를 한다. 그가 누군지 볼 수가 없다. 그녀는 콜로니얼룩[09] 셔츠, 실크 남방을 입고, 파란색 끈이 달린 커다란 모자를 썼다. 그녀는 다리를 노새 등 위에 우아하게 걸쳤는데, 마치 절벽 꼭대기에 앉아 있는 듯한 분위기였다. 절벽이란 그녀를 추앙하기 위한 것이다. 두 단어가 후렴처럼 내 주위를 맴돌았다. '삶'과 '경험'. 사람들은 이 두 단어를 세상에 대해 말할 때나 세상이라는 말을 대신할 때 쓰는 것이라고 생각한다. 두 단어는 완결되어야 한다. 노새의 잔등이는 생각에 잠기기에 안성맞춤이었다. 우리는 수도원을 지나쳐 간다. 프롤레테르카호는 경험할 시간을 내게 얼마만큼이나 주었던 걸까? 군림하는 쪽은 프롤레테르카호다.

요하네스는 노새에 올라타는 걸 어려워했다. 나는 한 번도 그가 뛰는 것을 본 적이 없다. 뛸 수 있는 아버지는 내게 어색하고 낯설게 여겨졌다. 그는 내 스키 강습이 끝나기를 기다릴 때에도 지팡이를 짚고 있었다. 내가 스케이트를 탈 때도 빙판 위에서 기다렸다. 그는 스키를 탈 줄도, 스케이트를 탈 줄도, 뛸 줄도 몰랐다. 그는 나에게 부동의 동반자였다. 나는 여름 방학과 겨울 방학 중 얼마 동안만 그에게 맡겨졌다. 학기 중에는 다른 사람한테 맡겨졌

09　사파리 코트, 버뮤다 쇼츠 등 식민지풍의 복장에서 영향받은 옷차림.

다. 나는 딱 한 번, 여섯 살 때 스키 대회에서 상을 받았다. 일곱 살 때부터는 스키를 점점 더 못 타게 되었다. 그는 자기가 할 수 없는 모든 것을 딸에게 해 주었다. 테니스도 그랬다. 그는 테니스 경기가 끝날 때까지 나를 기다렸다. 지팡이를 짚고서. 교육이 모두 끝났을 때, 나는 스키도, 스케이트도, 테니스도 다 그만두었다.

산토리니 화산섬의 꼭대기에서 전경을 바라본다. 꼭대기에서 시작하는 급경사가 바다까지 쭉 이어져 있다. 저 멀리, 프롤레테르카호가 좌초한 듯이 서 있다. 화산의 꺼져 버린 꿈속에 가라앉은 채로. 헤매다 멈추어 선 채로. 오후가 되면 우리는 다시 배에 오를 것이다.

엄중한 목소리가 한 승무원을 부른다. 명령이 메아리친다. 해가 넘어가기 싫은 듯 미적거린다. 하늘이 어두워진다고 구시렁대고 싶은 모양이다. 하루가 저물기를 거부한다. 선장이 다시 부른다. "선실에 있어요." 내가 말한다. 그리고 덧붙인다. "혼자가 아니던데요." 선장은 못 들은 척한다. 농담인 듯 친절하게 그가 말한다. "질투가 많구나." 그러고는 획 돌아선다. 나는 용서받을 수 없는 실수를 저질렀음을 곧 깨닫는다. 입을 다물고 있어야 했다. 나는 오로지 한 여자만 경계했던 것이다. 선장에게 말하지 않고는 도저히 배길 수가 없었다. 나의 배, 프롤레테르카호에서 벌어지는 모든 일에 대해 내가 아는 것들을 말이다. 그 여자가 선장을 선택하지 않았다는 사실을 그에게 알려 준 셈이었다. 그것이 문제였다. 그녀는 일등 항해사의 선실에 있었다.

Z 교수의 아들이 잔을 들고 서 있는데, 파도와 이야기를 나누는 듯하다. 그는 툭 튀어나온 동그란 눈으로 바다를 뚫어지게 바라본다. 아버지들은 자식을 순항 여행에 데려오지 않는다. 내 아버지와 Z 교수를 빼고는 말이다. Z 교수는 프롤레테르카호에 있는 모든 승객들의 주치의다. 요하네스와 나의 주치의이기도 하다. 그는 내게 천연두 백신 주사를 놔 주었다. 그의 아들은 붉은색 셔츠로 갈아입었다. 금빛 솜털이 난 매끈한 가슴팍이 드러난다. 그에게서 향기가 났다. 소독제라는 걸 금방 알 수 있다. 그가 내 손에 입을 맞춘다. 그는 한숨을 깊이 내쉰다. 쉰 목소리로 여행에 실망했다고 말한다. 왜 그런지 말하기 전에 골똘히 생각한다. 그렇다, 침대칸이 너무 좁아서 더 이상 참을 수가 없다는 것이다. 그는 의대 3학년생이지만 의사가 되고 싶지 않았다. 신체적 건강 따윈 그에게 전혀 중요하지 않았다. 질병도 마찬가지다. 그의 아버지가 누군가를 낫게 해 줄 때마다 그는 불안감에서 놓여난다. 배에 있는 모든 사람들이 그의 아버지의 환자다. 세상은 영원한 질병 덩어리다. 성적인 본능 또한 그렇고 그런 것이라고, 그는 말하고 싶어 했다. "어떤 거?" 내가 되묻자 그는 곤란해했다. 그는 내 팔에도 작은 주사 자국이 있다고 장담했다. "모두가 건강하다고 믿지." 작은 주사 자국 덕분에 말이다. 그의 목소리는 느리고 콧소리가 섞인 데다 단조로웠다.

주사 자국 말이야, 주사 자국. 그는 반복했다. "넌 몰라." 그가 말한다. 그런데 왜 그는 의학을 공부하는 걸까? 그에게는 결정적으로 의지가 없기 때문이다. 의지가 없기 때문에 사는 것이다. 적수인 아버지에게 완전히 종속된 것이다. 그는 외아들이다. 그에게는 결혼한 부모에게서 태어나지 못한 형제가 있다. 그들은 많은 자식을 원했다. 적어도 셋을. 그러한 부모의 욕망이 그에게서 의지를 빼앗아 갔다. 태어나지 않은 자식들이, 어떤 의미에서는 그에게서 삶의 의지를 빼앗아 가 버렸다. 그는 이렇게 말한 적이 있다. "아니, 됐습니다." 여행을 두고 한 말이었다. 하지만 결국에는 여행에 끌려왔다. 그에게 동의와 거부는 아무런 의미가 없었다. 그의 어머니, 그러니까 의사의 부인은 두 아이를 잃었다고 믿는다. 태어나지 못한 아이들이 그로 하여금 의학을 공부하도록 부추겼다. 그 아이들은 아버지에게 찬성하는 쪽이다. 지금 그의 어머니는 울타리가 있는, 잘 가꾼 집에 머물러 있다. 그녀는 나가고 싶어 한다. 밖에는 아름답기 그지없는 초원이 펼쳐져 있다. 그녀는 아이들이 아주 조그만 공을 가지고 뛰어노는 모습을 본다. 아이들은 놀라운 시력이 있어 보이지 않는 것까지 볼 수 있다. 이런 면은 어머니를 빼닮았다. 어머니는 카드놀이를 한다. 그들이 속임수를 쓰자 어머니는 화를 낸다. 지는 것이 싫다. 그들을 나무란다. 그들이 와서 어머니의 지갑을 뒤진다. 검은색 지갑에서 돈을 뒤적인다. 작은 지갑은 텅 비어 있다. 그녀는 애원한다. 돈을 빼앗지 말아 달라고. 그들은 결국 돈을 얻을 것이다. 카드놀이가 아닌 실제 세계에서, 유언장을 통해 돈을 물려받을 것이다. 그들은 속임수를 쓸 필요가 없다. 그도 그럴 것이 몇 달 전부터 유언장이 완성되어 간다. 아이들은 만족스러워한다. 그들은 작성된 문서를 집어 들고 초원으로 간다. 그녀는 울타리 너머로 그들을 바라다본다. 그들은 흥분한 채, 그들 뜻대로 작성된 유언장을 읽는다.

그런데 과연 아버지는 아무것도 눈치채지 못한 걸까? 요하네스는 딸아이의 낯 뜨거운 행동을 전혀 모르는 걸까? 우리는 식당으로 올라간다. 요하네스의 가장 절친한 친구가 구석진 탁자를 동정 어린 눈빛으로 바라본다. 대수롭지 않게 여겨지는 탁자. 요하네스는 생각에 잠겨 있고, 무심하다. 그가 내게 무슨 말인가 하려 한다. 탁자에서 일어나면 안 된다는 말을. 하지만 곧 그의 목소리가 잠겨 든다. 확신이 없다. 너 하고 싶은 대로 하렴. 그가 맑고도 상처 입은 눈으로 말한다. 홀이 흔들린다. 급사들이 애피타이저를 내온다. 그들 역시 협회에서 온 승객들에 대해 많은 것을 알려고 하지 않는다. 나는 조심스럽게 일어나 양해를 구한다. 식당은 그 자체로 감옥이다.

니콜라스가 선실에서 나를 거칠게 밀어붙인다. 우리가 사람들 눈에 띄어서는 안 된다. 선장은 알 수도 있겠지만 볼 수는 없다. 니콜라스가 문을 열쇠로 잠근다. 그는 침대 위에서도 과격하다. 나는 이미 결정했다. 우리는 모든 것을 하리라. 나는 언제나 더 많이 원한다. 학교에서도 내 여자 친구 제바스티안(그녀가 그렇게 부르라고 했다.)이 음담패설을 들려주곤 했다. 그녀는 낯선 사람과 섹스를 하고 싶어 했다. '원초적'으로, 아무 대화도 하지 않고 말이지. 그녀는 웃으며 말했다. 그녀는 열여섯 살이다. 경험이 있었다. 그녀는 이야기를 들려주며 나를 부추겼다. 지금, 나는 승무원과 한 침대에 누워, 그 친구를 생각한다. 그녀의 선정적이면서도 야성적인 성향을. 그녀는 말랐고, 곱슬머리였다. 긴장한 모습. 그녀의 들춰진 매끈한 목덜미. 시위가 당겨진 활. 그녀는 그 어떤 것을 무릅쓰고서라도 육체적 쾌락을 느끼고 싶다고 말하곤 했다. 다른 것은 없다. 우리들 세상에 다른 것은 없어. 그녀는 말했다. 그녀는 교육을 유해한 것으로 여겼다. 우리는 아침부터 저녁까지, 오래도록 잠자는 것처럼 하루 종일 교육받는 것 외에는 아무것도 하지 않았다. 제바스티안이 우리를 봤어야만 했다. 나는 마치 그녀가 앞에 있는 것처럼 행동했다. 그녀가 본다면 내 행동에 토를 달겠지. 이제 그녀는 선실의 보이지 않는 존재가 된다. 그녀의 눈에 살짝 웃음기가 돈다. "드디어 너도." 그녀는 말하리라. 그래, 드디어 나도.

니콜라스는 나의 생각까지도 다스릴 줄 알았다. 나는 백지 상태다. 그가 뭐라고 중얼거린다. 난 알아듣지 못한다. "널 사랑해." 나는 그가 모국어로 중얼중얼하는 소리를 헤집고 말한다. 나는 지쳤다. 사람들은 지치면 끝장을 볼 때까지 가고 싶어 한다. 완전히 널브러지기를 원한다. "이제 됐어." 그가 이탈리아어로 말한다. 그의 목소리가 회초리처럼 느껴진다. "옷 입어." 한 대 맞은 것 같다. "이제 됐다고." 그가 내게 옷을 집어던진다. 아직 시간이 있다. 그의 보초 근무까지는 한 시간이 남아 있다. 새벽 4시부터 8시까지. 그가 나를 밖으로 걸어찬다.

"로도스, 델로스, 미코노스." 일정표에 이렇게 적혀 있다. 육지에서 사흘. 우리는 도보로 로디를 방문한다. 오전 8시부터 정오까지. 일정표에 안내된 모든 곳을 방문한다. 카발리에리 병원, 카발리에리 거리, 성, 성벽……. 모든 것이 일정표에 적혀 있다. 요하네스는 피곤해했다. 오래 걸을 수가 없다. 햇빛이 그의 영혼까지, 그의 병든 마음속까지 쫓아오면서, 세대를 거듭할수록 점점 더 퇴색하고 바래는 그의 눈동자로 깊이 박혀 들어온다. 햇빛은 그의 기억 속으로도 파고든다. 과거 속으로 파고들면서 모든 것을 태워 버린다. 나는 니콜라스를 생각한다. 하지만 내 아버지에 대한 상념을 떨칠 수가 없다. 내 옆에 유령이 꼭 붙어 있다. 우리는 식사하기 위해 배로 돌아온다. 식당은 어둡다. 나는 우리 탁자 옆에 있는 커튼을 쳤다. 빛이 요하네스를 피곤하게 한다. 나도 마찬가지다. 어쩌면 우리는 같은 병을 앓는지도 모른다. 내 눈동자도 점점 바래 간다. 우리의 눈은 그의 아내, 그러니까 내 어머니처럼 짙은 색이 아니다. 그녀 쪽 집안의 여자들은 짙은 색 눈동자를 유전적으로 물려받았다. 그들의 눈은 모두 짙다. 파란색이거나 초록색일지라도 짙다.

바라보는 것밖에는 달리 할 일이 없다. 요하네스가 어디를 보는지는 알 수 없다. 그가 어디에서 왔는지 도무지 알 수가 없다. 버려진 공장에서? 어느 호텔방에서? 내 아버지와 나는 이 지상에 속하지 않는 어떤 특별한 의지에 따라, 일종의 인연의 끈으로 이어져 있다. 어렸을 때부터 나는 그에게 물었다. "당신이 내 아버지인가요?" "요하네스 씨, 나는 당신의 딸입니다." 법적으로 나는 그에게 속한다. 나는 그의 열네 살배기 동반자다. 정해진 겨울날 며칠과 여름날 며칠 동안의 동반자. 이제, 예외적으로, 규칙을 깨고, 봄의 동반자가 되었다. 봄은 그에게 유해하다. 나에게도 유해하다.

프롤레테르카호에서는 모든 시간이 죽어 있다. 정체되어 있다. 유적을 방문한 후유증이다. 육지를 방문한 후 승객들은 참기 힘든 신경증을 앓았다. 승객들은 조금 전에 다시 배로 올라왔다. 모두들 넋이 나가고 지쳤다. 육지 방문은 그들의 생명력을 감퇴시켰다. 그 사실을 선원들은 금세 눈치챈다. 그들을 선실 안으로 몰아넣는다. 음흉한 꿍꿍이. 그들이 힘을 되찾지 못하기를 바라는 마음으로. 모든 여행 일정이 협회 사람들의 기력을 빼앗아 가는 것 같다. 유적, 사원, 돌과 풀 들이 그들에게 해를 입힐지 모른다. 프롤레테르카호 역시 승객들에게 해를 입힐지도 모른다.

삼등 항해사가 다부지게 걸어간다. 태풍이 몰아치기라도 하는 것처럼, 비틀거리며 지나간다. 요하네스의 딸은 그를 따라 선실로 간다. 그가 그녀에게 옷을 벗으라고 말한다. 그는 니콜라스와 했던 대로 하라고 말한다. 많은 이야기를 하지는 않는다. 딸은 경험의 일부라고 생각한다. 그녀는 옷을 벗고 니콜라스와 했던 일을 한다. 승무원의 거친 손이 그녀를 애무한다. 비늘을 벗긴다. 니콜라스처럼, 그도 과격하다. 그녀는 제비뽑기에 뽑힌 기분이다. 선원들의 제비뽑기에. 그녀는 불쾌감 속에서 쾌감을 찾는다. 난 싫어, 정말 싫어. 그녀는 생각한다. 하지만 그녀는 계속한다. 시간이 많지 않다. 프롤레테르카호는 경험의 공간이다. 항해가 끝날 무렵이면, 그녀는 모든 것을 알게 되리라. 여행이 끝나면, 요하네스의 딸은 다시는, 다시는 안 한다고 말할지도 모른다. 더이상은 경험하지 않으리라고. "나가." 그가 말한다. 그 남자도 그녀에게 옷을 집어던진다. "어서." 그가 웃는다. 그녀에게 문 쪽을 가리킨다.

보스포루스 입구. 여행의 마지막 일정. 이제 사흘 남았다. 식당에서의 저녁 식사도 세 번 남았다. 이스탄불과 아테네. 프롤레테르카호는 여전히 내가 요하네스를 알 수 있는 시간을 남겨 주었다. 내 아버지에 대해 무언가 알 수 있는 마지막 기회다. 내 아버지가 누구인지에 대해 이해할 수 있는 마지막 기회. 나는 그를 피한다. 그는 다른 사람들과 함께 갑판에 앉아 있다. 검은색 선글라스를 끼고서. 검은색 옷을 입었다. 늘 그렇듯이. 나는 그에게 다가가 좀 더 구석진 자리로 가자고 말하고 싶었다. 그때 친구가, 가장 절친한 친구가 큰 목소리로 말한다. 웃는다. 그의 곁에는 은근한 악의를 품은 부인이 서 있다. 나는 요하네스를 보면서 그의 인생이 두려워진다. 그를 외면한다. 멀리서는 그를 바라볼 수 있다. 멀리서는 그의 존재를 생각해 볼 수 있다. 내 아버지를 알 수 있는 기회는 다시는 주어지지 않으리라. 지금만이 알 수 있는 유일한 순간이라 여겨지지만, 나는 그 기회를 거부한다. 그를 관찰한다. 협회 사람들과 함께 있는 그를. 친구와 함께 있는 그를. 친구들은 어릴 적부터, 학창 시절부터 그와 알고 지내 왔다. 그들은 예전에 범선 여행을 함께한 적이 있다. 호수 여행. 자연 여행. 활짝 웃는 친구. 겨울에도 검게 그을린 친구.

요하네스는 웃지 않는다. 가족, 그의 가족들이 아직 유산을 잃어버리기 전이었다. 그때도 그는 웃음 한 번 짓지 않았다. 그의 표정은 언제나 똑같이, 슬프고도 애매모호했다. 요하네스는 스무 살이었다. 쌍둥이 형이 아직 병들기 전이었다. "붉은 슬픔"이라고 불리는 곳에 있던 아버지의 커다란 집은 평온하면서도 아무도 살지 않는 것 같았다. 공장과 굴뚝이 가까웠다. 어머니는 여권에 쓰인 대로 눈이 노란색이었다. 몇 년 뒤 아들의 여권에는 이렇게 쓰일 것이다. "특이 사항, 불구."

불구자, 눈이 노란 어머니, 직물 공장을 하는 아버지. 나는 그들을 한 번도 본 적이 없다. 하지만 나에게는 그들의 초상화뿐 아니라 서류들까지 있다. 내가 알아야 할 것은 다 안다. 초록색 가죽으로 싼 서류들은 길고 좁은 책상 서랍 속에 잠겨 있다. 나는 언제든 서랍을 열고 확인할 수 있다. 그 서류들은 하나씩 차곡차곡 겹쳐 있다. 직물 공장장 아래 어머니, 그 아래 쌍둥이 불구 형. 어쩌다가 그 서류들이 내게로 왔는지는 모른다. 그 서류들은 새것처럼 잘 보관되어 있다. 그들에게는 정작 그 서류철을 손가락으로 넘겨 보면서 오랫동안 만질 수 있는 사용권이 없다. 그 안에는 모든 사람의 사진이 한 장씩 있다. 쌍둥이 불구 형의 사진을 나는 쳐다보지 않는다. 도저히 볼 수가 없다. 그 사진을 보고 나면 내 얼굴과 몸을 만지게 된다.

어머니의 눈이 어둠 속에서 빛난다. 그녀의 검고 작은 몸, 하얗게 풀을 먹인 주름들, 투명할 정도로 얇은 천에 잡힌 수없이 많은 주름들. 레이스가 달린 두건과 민속 의상은 이제 거의 지워졌다. 증발했다. 노란 눈만은 그렇지 않다. 그것은 일종의 경고다. 그 집안 여성들의 징표. 그 노란색은 해가 떠 있을 때 할 수 있는 일들에는 아무런 도움이 못 된다. 그것은 북구의 노란색이다. 폭풍우가 지난 뒤의 노란색. 하늘과 구름이 진정될 때 남아 있는 색이다. 하나의 흔적으로, 그들의 열정을 기억에 새겨 둔다. 초록색 결이 남아 있는 노란색. 사진 속에서, 말로 발설할 때만 떠올릴 수 있는 그 색은 바랬다. 그녀의 눈동자는 서류 속에 갇힌 채, 그 색의 이름을 부를 때에야 비로소 다시 떠오른다.

죽은 자들의 서류. 책상은 널따란 식당에 있는 식탁처럼 길다. 잉크 자국이 묻어 있다. 지문. 의자 세 개가 제자리에 놓여 있다. 눈이 노란 여자, 직물 공장 공장장, 불구 아들. 불구자. 서류는 그렇게 말한다. 그들은 "붉은 슬픔"이라고 불리는 곳의 아버지 집을 떠났다. 남쪽 집도 팔렸기 때문에 떠나야 했다. 가구들도 경매로 팔렸다. 불구자는 휠체어를 타면 더 이상 장애를 느끼지 못한다. 그는 텅 빈 방을 휠체어를 타고 돈다. 고집스럽게 벽을 치면서 휠체어를 타고 달린다. 휠체어는 비틀거리면서도 멈출 줄을 몰랐다. 더 이상 아무것도 남아 있지 않다. 태양이 아직 남쪽에 떠 있다. 빛이 정원으로 뻗어 들어온다. 누군가가 부른다. 목소리는 들리지 않는다. 그러니까 그들에게는 내 책상만이 마지막 거처로 남아 있을 뿐이다.

나는 그 가족과 아무런 연이 없다. 그들의 후손이되, 피가 섞이지는 않았다. 서류들은 요하네스 부모의 존재를 증명한다. 불구자의 존재도. 여권에는 완료한 여행의 확인 도장과 함께 자세한 사항이 적혀 있다. 검은색 봉투 안, 가운데에 마크가 그려진 종이에 공장의 역사가 적혀 있다. 공장은 1900년대 중반에 설립했다. 어떤 의미에서는 직물 공장도 내 소유다. 나는 직물에 대해 언제나 섬세한 감각을 지녔다. 거부하는 직물들이 더러 있다. 우리, 그러니까 그들 세 사람과 나는 공장 서류를 공유한다. 나는 "붉은 슬픔"이라 불리는 곳에서 많은 시간을 보냈다. 지금도 개들이 컹컹 짖는 소리가 들린다. 우리가 소유하지 않은 것들이 우리에게 속하기도 한다.

"너는 네 아버지와 함께한 이번 여행을 잊지 못할 거다." 내 아버지의 친구는 델포이에 있는 한 신전 앞에서 이렇게 말했다. 요하네스의 딸은 아버지와의 여행을 잊어서는 안 될 것이다. 나는 유적들을 보고 있고, 그의 목소리는 이 여행을 잊지 말라고 충고한다. 육지에 내려서자마자 그 목소리가 나를 쫓아온다. 설득하는 목소리. 여행지마다, 모든 돌들 앞에서, 요하네스의 친구는 내가 기억해야 한다는 것을 상기시킨다. 그의 부인의 눈이 빛난다. 어쩌면 그녀는 생각할지도 모른다. 요하네스의 딸은 지금 잃어 가는 무언가를 기억해야 한다고. 그러니까 그 딸이 죗값을 치러야 한다고. 나는 유적들 사이를 거닐면서 기억하려고 애쓴다. 하지만 생각나는 것은 지난밤뿐이다. 요하네스의 친구는 웃는다. 교활하고도 실낱같은 눈빛. 만발한 꽃들이 벌판에서 불이 붙은 듯 작열한다. 이제 건조 지대로 접어든다. 덤불 지대로 접어든다. 아테네의 아크로폴리스에서 요하네스의 친구가 사진기를 들고 다가왔다. "너는 네 아버지와 함께한 이번 여행을 잊지 못할 거다." 나는 그저 그가 사진을 찍던 아크로폴리스를 기억에 담아 두는 중이었다.

또 다른 밤, 니콜라스는 됐다고 말한다. 그만 됐다고. 그리고 요하네스의 딸은 그 말을 지금까지도 듣는다. 승무원인 그가 거절했던 그 순간을. 반쪽짜리 애인. 전부가 아니었던 애인.

아크로폴리스에서 요하네스는 지쳐 있다. 나는 잊지 않기 위해 그를 쳐다본다. 그는 무심히, 시선을 유적에 고정한다. 봄이다. 하지만 그는 곧 눈이라도 내릴 듯한 옷차림이다. 그는 지팡이를 짚고 서 있다. 짧은 겨울 휴가 동안에 사용했던 그 지팡이다. 그의 창백한 눈이 이 돌에서 저 돌로 옮겨 간다. 뭘 보나요, 요하네스? 나는 확신한다. 그는 바라보고 있지만 절대 기억하지 못하리라고.

여행이 끝나 가자, 승객들은 한 사람 한 사람에게 호감을 잃었다. 얼굴 표정들이 바뀐 것 같았다. 기이한 현기증이 사람들을 사로잡았고, 동료들 각각에 대해 이상하게도 호전적이고 과격한 충동이 일었다. 사제마저 불안해하기 시작했다. 바다 한가운데에서 그는 침울한 심경으로 애써 무겁게 가라앉은 설교를 했다. 모두가 여행이 끝날 무렵이면 무언가 무시무시한 일이 벌어질 것이라고 생각했다.

요하네스는 사람들의 그러한 격정과는 아무런 상관이 없었다. 자기 자신조차 상관하지 않았다. 그 무렵이었다. 어느 순간, 집요한 눈초리 하나가 선장에게서 요하네스에게로 옮겨 갔다. 공범자와도 같은 시선. 요하네스의 딸은 그 눈초리를 눈치챘다. 그녀는 기쁨과 비슷한 감정을 처음으로 맛보았는데, 마치 도전에서 이긴 듯한 기분이었다. 잔인함과 비슷한 감정.

승객들은 저마다 회한에 시달리며 묵묵히 배를 떠날 채비를 했다. 베네치아. 여행의 끝. 일정표에는 이렇게 적혀 있었다. "이상 끝." 그 말은 '해산'을 의미한다. 사다리 꼭대기에서 선장이 승객들에게 인사를 한다. 그의 차갑도록 푸른 눈은 의기양양하다. 드디어 모두가 떠난다. 요하네스는 사다리를 타고 천천히 내려온다. 그 뒤를 따라 딸이 내려온다. 우리가 마지막이다. 우리에겐 짐이 없다. 아무것도 가진 것이 없다는 인상을 준다. 프롤레테르카호가 마치 버려지는 것 같다. 전혀 다른 모습으로 바뀌어 버린 듯하다. 더욱 금속적이고 더욱 검다. 정박해 있으면서도 표류한다. 명령을 증오하는 한 선원이 바삐 서두르며 환영처럼 왔다 갔다 한다. 선장은 사라지고 없다. 프롤레테르카호는 다시 스스로 주인이 된다. 그리고 그 사실을 과시한다. 이제 또다시 배에 오르는 일은 불가능해 보인다. 프롤레테르카호는 베일에 가려진다. 프롤레테르카호는 전리품일 뿐이다. 마치 하나의 사당 같다. 전쟁의 트로피 같다. 그것은 이제 고대 바다에 속한다. 지옥에. 동화에.

나는 스키아보니 해변을 천천히 걷는다. 뒤를 돌아본다. 배를 찾는다. 배의 이름은 잊혀 간다. 프롤레테르카호라는 이름은 수평선 너머, 멀고 먼 빛으로 내달린다. 지난 몇십 분이 시간 속으로 사라진다. 과거가 된다. 나는 다시 한번 뒤를 돌아본다. 인사하지 않을까 하며 기다린다. 상상의 선원들이 손을 흔들지 않을까 하며. 나는 승무원이 나타나길 기다린다. 프롤레테르카호의 뱃머리에서 그의 실루엣을 다시 볼 수 있기를 바란다. 우리는 작별 인사도 없이 헤어졌다. 니콜라스는 지난밤에 사라졌다. 승객들에게 마지막 인사를 하는 승무원들 사이에 끼어 있지 않았다. 그는 처음부터 존재하지 않았다는 듯이 사라져 버렸다. 아무리 하룻밤이라지만. 나 또한 존재하지 않는 사람 같다. 하지만 나는 그곳, 부두에 서서, 육지에 발을 딛고서 무언가를 찾아 헤맨다. 내 아버지 요하네스는 왜 자꾸만 뒤를 돌아보느냐고 묻는다. 그의 어투가 신랄하다. 그것이 거슬렸나 보다. 무언가 보이지 않는 것을 찾는다는 것. 어쩌면 부적 같은 것을. 딸이 승무원의 선실을 방문하는 것이 요하네스에게 거슬리는 일인 건 분명하다. 그리고 딸아이가 다음 날 보이는 냉담함도. 또 지금까지도 밤의 흔적을 찾아 자꾸만 뒤를 돌아보는 행동도.

　　요하네스가 허락받은 열나흘이 지났다. 내 아버지는 급해졌다. 그는 절룩거림이 낫기라도 한 듯이 걸었다. 우리는 다니엘리 호텔 앞을 지난다. 요하네스와 그의 젊은 아내는 결혼하고 며칠 동안 그곳에 머물렀다. 그 이야기를 요하네스의 아내가 내게 들려주었다. 그가 아니라. 명랑함도, 화도 많은 젊은 여자와 결혼한 세월은 아주 힘들었을 것이다. 그는 이해하지 못했다. 요하네스의 말에 따르면 그녀는 쾌활했다. 반면 그는 조금도 쾌활하지 않았다. 그러자 그의 아내는 불같이 화를 냈다. 요하네스에게 상처를 주고, 성을 내고, 냉담하게 굴었다. 요하네스의 혈통에 벌을 내린 것이다. 그것은 지옥 자체였다. 그것은 쌍둥이 형에게도 꽂혔다. 그녀는 불구가 된 쌍둥이 형이 냉소를 짓는다고 생각했다. 그 냉소는 사실 마비 때문에 생긴 것이었다. 그는 언제나 냉소를 지을 수밖에 없었다. 요하네스의 아내는 그 냉소를 참지 못했다.

지옥이란 요하네스의 아내가 그 냉소를 혐오하는 것과 같은 것이다. 쌍둥이 형이 불구가 아닌 정상인처럼, 거울에 자신의 모습을 비춰 보는 것과 같은 것이다. 그 모습을 냉소적으로 바라본다. 그 자신의 모습이 자기를 보고 웃는다고 생각한다. 마치 거울이 자기 모습을 비춰 주기만 하는 것이 아니라 어떤 의도를 드러내는 것처럼 말이다. 그때 그는 휠체어를 돌렸다. 자신에게는 거울이 필요하지 않다는 것을 깨달은 것이다. 그는 병을 얻기 전 마지막 순간에 어렸던 표정이 입술에 경련으로 남아 있음을 본다. 무언가 우아한, 음울하도록 우아한 표정. 그를 웃게 한 것은 도대체 무엇이었을까?

그는 자신이 버텨 내야 하는 냉혹한 세월을 서두르지 않고 응시했다. 요하네스의 아내가 실크 옷과 모자와 목걸이를 그에게 집어던져도 가만히 있었다. 그는 그저 웃기만 했다. 아무리 세월이 흘러도. 늙지도 않고.

나는 학교, 정확히 말하면 체육 학교로 다시 돌아왔다. 몇 달 후 요하네스를 찾아갔다. 그의 호텔로. 그 호텔에는 내 방도 하나 있다. "따님은 어떻게 지내나요?" 호텔 지배인이 고개 숙여 인사한다. 그는 몇 년 동안, 너무 오랫동안 고객인 요하네스에게 고개를 숙인다. 호텔에는 어머니, 아버지, 아들 모두가 함께 사는 가족도 있었다. 지배인과 현관 안내인은 그들을 "유대인들"이라고 불렀다. 그들도 요하네스처럼 장기 투숙객이다. 그들 역시 너무 오래전부터 투숙해 왔다. 요하네스와 나는 호텔방에서 저녁을 먹는다. 예의 그 작고 동그란 탁자에서. 우리는 할 말이 거의 없다. 사환은 식탁을 차리고 바카라 컵과 은식기를 꺼내 놓는다. 어떤 때는 호텔에 있는 식당에서 저녁을 먹기도 했다. 식당에 들어서면, 첫 번째 탁자에 지배인이 아내와 딸과 함께 앉아 있곤 했다. 훨씬 더 안쪽 탁자에 요하네스와 내가 앉는다. 지배인과 딸은 우리를 쳐다보며 인사를 건네고, 우리가 먹는 동안에도 쳐다본다. 그들의 시선이 우리 접시에 꽂힌다. 그들은 우리가 지불할 금액을 계산한다. 지배인의 딸까지도. 아직 어린데도 말이다. 우리는 그 아이가 자라는 것을 지켜보아 왔다. 그 아이는 다섯 살 때에도 우리가 먹는 모습을 지켜보았다. 그 애는 지배인 아버지가 고객의 식사값을 계산하는 법을 이미 자궁 속에서부터 터득하고 태어난 것 같았다. 이제는 세금까지 계산할 줄 알았다. 우리는 식사비가 많이 들지 않았다. 특히 요하네스는 주로 방에서 식사를 했다. 방에서는 빵과 치즈, 과일이면 족했다. 하지만 식당에서 먹을 때는 더 주문을 해야만 했다. 사환이 옆에 서서 계속 주문하기를 기다린다. 또 다른 주문을 말이다. 어린 여자아이는 앉은자리에서 계속 쳐다보았다. 그 애의 눈이 반짝거리며 우리의 접시를 주시했다. 그 애는 초콜릿이 녹아내린 아이스크림을 퍼먹더니 스푼을 핥고, 먹음직스러운 길쭉한 배를 탐식한다. 그 애는 예쁘장하고도 튼튼했다. 그때 나는 그 애와 함께 놀러 나가고 싶었다. 내 나이 또래는 아는 사람이 아무도 없었다. 그 애는 누구든 욕심을 내는 아이였다. 그 애는 내가 외톨이라는 것을 순식간에 알아차렸다. 하지만 그 애가 함께 있어 준다면 그 대가로 돈을 내야 할 판이었다. 그 애는 아버지인 지배인에게 우리를 내쫓으라고 귀띔할 수도 있는 존재였다. 우리, 매달 식비를 지불하는 우리를 말이다.

가끔 요하네스는 협회 식당에 나를 데려가기도 했다. 중앙 현관 아래 출입구가 있었다. 1층은 조용했고, 고명한 사람들이 낮은 소리로 대화를 나누었다. 포크와 나이프가 접시를 거의 건드리지 않으면서 가볍게 움직였다. 밖으로 흐르는 강줄기가 내다보였

다. 백조들이 떠다녔다. 전차도 다녔다. 자동차도. 협회 회원이 사
망하면 그곳에서 장례식을 거행한다. 요하네스는 외로움을 느낀
다. 그는 가장 친한 친구를 위해 장례식 자리를 마련해 주었다. 그
곳 식당에. 그는 여행 때 찍은 사진을 결국 보여 주지 못했다. 낮
고 둥근 천장이 있는 홀에서 우리는 유일하다시피 한 손님이었다.
요하네스는 주변을 둘러본다. 어쩌면 자신의 관을 어디에 두어야
할지를 생각하는지도 모른다. 협회 식당에 협회 회원들을 초대하
는 문제, 그러니까 그가 친구 장례 때 했던 대로 협회 사람들을 초
대할지를 생각하는 중이다. 왜 그는 자신의 죽음을 미리 생각해야
만 하는 것일까? 모든 경우에 대비하기 위해 언제나 제르다 양이
있는데. 우리, 요하네스와 내가 그 문제에 대해 말한 적은 없지만,
나는 그가 죽기 전에 모든 것을 깔끔하게 정리하기를 원한다는 것
을 알았다. 적어도 형식적인 절차만큼은 말이다. 장소, 식당, 유
언, 그리고 무엇보다도 애매모호한 것은 아무것도 남기지 말 것.
나는 그가 나를 위해 그렇게 한다는 것을 잘 안다. 그의 모든 생각
은 오로지 딸을 위한 것이다. 어쩌면 그는 장례식 순서, 식기, 나이
프, 포크를 싸는 일까지 다 생각해 두었을 것이다. 그의 호텔방에
남은 모든 물건을 싸는 일까지 말이다. 우리는 마주 보고 앉아 있
다. 그의 창백한 눈이 식당의 빈 탁자들 사이를 하염없이 떠다닌
다. 그는 머릿속으로 그 탁자들을 채운다. 방문객 목록을 작성한
다. 장례 미사를 주관할 신부는 생각할 필요도 없다. 프롤레테르
카호에 있었던 사제가 맡을 것이다. 그 사제도 배의 식당을 둘러
보곤 했다. 그때의 승객들이 그가 주관하는 장례 미사의 손님들이
될 터였다. 그들은 모두 그의 복음을 경청할 것이다. 결국 장례식

에 초대할 사람들은? 프롤레테르카호에 올랐던 사람들이다.

　사제는 요하네스와 같은 해에 협회 회원으로 가입했다. 그는 협회 사람들의 결혼식을 주관해 왔다. 또 딸아이에게 세례를 주고 견진 성사를 해 주었다. 요하네스의 전 부인은 딸아이의 세례 증명서를 보내 달라고 편지를 쓴 적이 있다. 사제는 두 장을 보내 주었다. 날짜가 다른 증명서 두 장을. 어쩌면 그는 요하네스의 딸에게 세례를 줄 때 호숫가 도시의 집에서 주었는지, 협회 본사가 있는 준호이저 지방에서 주었는지 기억을 못 하는지도 몰랐다. 혹시나 그 딸 말고 또 다른 자식이 있었을지도 모를 일이지만, 그 애에 관해 나는 전혀 아는 바가 없다. 그 애에 관한 모든 흔적은 완전히 사라져 버렸다. 그 애는 나와 이름이 똑같았다. 호적에는 존재하지 않는다. 하지만 사제는 요하네스와 그의 부인 사이에서 태어난 누군가에게 나보다 먼저 세례를 주었을 것이다. 나는 가끔 내 옆에 다른 누군가의 존재감을 느껴 왔다. 야위고, 병약하고, 자살 성향이 있는 존재. 아마도 그 애는 나보다 1년 먼저 세례를 받았을 것이다. 미술관 가까이 있던 똑같은 집에서. 어쩌면 내가 그 애의 이름을 가로챘는지도 모른다. 대신 그 애는 나의 존재를 빼앗아 갔다. 나 대신 살고자 했던 한 존재. 며칠 뒤 요하네스의 부인은 세례 증명서 두 장을 받았고, 사제는 편지 한 장을 그녀에게 부쳤다. 그 편지에는 실수가 있었다고 쓰여 있었다. 절대 잊을 수 없는 실수가 있었다고.

　"그 아이를 그대로 보내 주는 것이 당신이 해 줄 수 있는 가장 큰 사랑이오." 요하네스는 부인에게 따뜻하게 말했다. 요하네스와 나는 비슷하다. 그는 병들었다. 하지만 나는 아직은 아니다.

　　요하네스와 딸은 식사에 다른 사람을 초대하는 것을 어려워했다. 게다가 아는 사람도 별로 없었다. 우리는 제르다 양의 양아버지를 안다. 강한 사람이고 개를 한 마리 키웠다. 불도그를. 그는 에너지가 넘친다. 그는 우리를 여러 번 식사에 초대했다. 요하네스는 딸에게 묻곤 했다. "그 집에 가고 싶니?" "아뇨." 그는 제르다의 양아버지에게 말한다. "우리 딸이 싫다고 하네요. 어쨌든 고맙습니다." 우리 둘 다 깊이 사귀는 것을 꺼렸다. 식사는 어느 정도 친해지는 상황을 불가피하게 연출한다. 제르다와 그녀의 양아버지는 그들 두 사람이 함께 사는 집에 다른 사람들을 초대하기도 한다. 방과 식당은 손님이라는 존재를 맞이하는 데 여념이 없었다. 한 번도 서로 이야기를 나눈 적은 없지만, 우리 둘 다 다른 사람들의 집에 가서 그들이 만든 음식을 먹는 것을 좋아하지 않았다. 게다가 나는 그 건장한 남자가 어린 제르다에게 무슨 짓이든 했을 거라고 확신한다. 그들 관계에 대한 기억은 작은 아파트에 남아 있다. 집이란 단지 벽으로 이루어지는 곳만은 아니다. 집은 썩는 곳이 되기도 한다. 식사 때 다른 사람을 초대해 무심함이나 행복감을 드러내서는 안 되는 법이다. 요하네스와 나는 가장 절친한 친구네 집에만 겨우 식사를 하러 갔다. 하지만 이제는 친구가 아무도 없다. 그러므로 우리를 초대하는 이도 더 이상 없다.

　　우리에게 한 가지만은 분명하다. 우리는 사회적 관계를 맺지 않는다는 것. 지금 요하네스의 가장 친한 친구는 협회 식당에서 영원히 잠들었으므로, 우리에게는 이제 아무도 없다. 협회 회원 몇몇을 제외하면 말이다. 프롤레테르카호의 승객 몇몇을 제외하면.

　남쪽 집을 떠날 수 있도록 도와 달라고 요하네스에게 여러 번 요청했던 사람은 살인자 친구였다. 그는 자신이 살해한 어머니가 살던 도시를 영영 떠나고 싶어 했다. 게다가 그 도시는 그가 감옥 생활을 몇 년간 했던 곳이기도 하다. 실제로 내가 요하네스에 대해 자세하고도 정확히 아는 거라곤 그것뿐이다. 그는 살인자를 도와주었다.

　요하네스가 위독하다. 나는 그를 만나러 호텔로 간다. 제르다 양이 내가 아버지와 같이 있을 수 있도록 데려다주었다. 나는 다음 날 떠난다. 요하네스는 찾아와 주어 고맙다고 말한다. 몇 달 후 제르다 양이 장례식을 도맡았다. 더할 나위 없이 완벽하게. 내가 역에 도착하자마자 그녀는 나를 미용실로 보내고 검은색 정장을 빌려 준다. 그 옷은 내가 원하면 가져도 된다. 유언을 따를 생각이 있는지 내게 묻는다. 나는 그렇다고 대답한다. 아무것도 받아들이지 않겠다면 그렇게 할 수도 있다. "네." 그녀는 유언 집행인이다. 그녀는 모든 자산의 10퍼센트를 받는다. 나는 포괄 명의의 상속인이며, 요하네스의 얼마 남지 않은 유산을 처분할 권리가 있다. 유산에 포함된 모든 채무도. 제르다 양은 내가 포괄 명의의 상속인이라고 쓰인 종이를 보여 준다. 거기에 "안녕"이라는 말은 없었다. 요하네스의 서명이 있었다. 이름과 성도. 마지막으로 그는 내게 편지 한 장을 쓰고, 이름과 성으로 사인을 했다. 제르다 양은 승낙하기 전에 잘 생각하라고 말한다. 솔직담백한 그녀의 밤색 눈동자. 들어간 턱. 너그러움과 신중함이 그녀의 몸에 배어 있다. 나는 있을지도 모르는 빚을 상상해 본다. 다른 위험도. 채권자들. 그들이 내가 가진 것보다 훨씬 더 많은 것을 요구할 수도 있다고 그녀는 말했다. 그러니까 '우리'가 얻게 될 것보다 많이. 그녀의 몫도 10퍼센트 있으니까. 누구든 요하네스와 그의 딸에게 무언가를 요구할 수도 있다. 나는 아무것도, 거의 아무것도 잃지 않을 수도 있다. 그러자 그녀는 내가 요하네스의 마지막 뜻을 저버리고 싶지 않은 것이 확실한지 물었다. 그리고 나의 눈을 뚫어지게 쳐다보았다. 그녀는 내게 종이 한 장을 건네고 서명하라고 했다. 나는 아무것도 거부하지 않는다. 아무것도 거부할 수가 없다. 정말 유감스럽지 않아요, 제르다 양? 그녀는 걱정스러워하며 내게 동전을 준다. 컵이 든 상자들과 메이슨 식기 세트, 은수저들이 도착했다. 제르다 양은 장례를 알리는 부고장을 내게 보여 준다. 검은색으로 테두리가 둘려 있다. 봉투에도 검은색 테두리가 둘려 있다. 무겁고 두꺼운 종이. 커다란 봉투. 선명한 인쇄. 독일어로 쓰인 글씨. "깊은 애도를 표하며." 그리고 딸의 이름. "고이 잠들다." 나는 가물가물 존다. 머릿속에 생각해야 할 것이 없다. 제르다 양은 더할 나위 없이 잘 해냈다. 그녀에게 가장 중요한 순간이다. 그녀가 헌신했던 남자는 아무 걱정 없이 영원한 휴식에 들어갔다. 부지불식간에. 일말의 고통도 없이. 한밤중에. 아침에 사람들이 그녀를 불렀다. 그녀는 한순간도 지체하지 않았다. 총총거리며 순식간에 모든 것을 준비했다. 그녀는 요하네스의 옷을 골랐다. 간결하고 명확하게 주문하고, 돈을 지불하고, 검은색 수화기를 들고 말한다. 남겨진 과부의 존엄과 권위를 지켰다. 열녀의 자존심을. 그리고 성실

하고 완벽하게 일을 수행하는 유언 집행자의 권위를. 그녀는 요하네스의 옷을 고른 다음 딸에게도 옷을 입힌다. 검은색 정장이 치수가 컸다. 너무 딱딱한 느낌이다. 딸의 머리를 빗긴다. 그녀의 마음도. 그녀에게 예의에 맞게 행동하라고 말한다. 제르다 양은 요하네스의 장례식에 많은 사람들을 불렀다. 그 후 식당으로도 많은 사람들을 초대했다.

성당에서 프롤레테르카호 승객 중 한 사람이었던 사제가 설교를 시작한다. "잘못된 인연"이자 "고통을 타고난 사람"인 요하네스의 딸과, 고인의 친구들을 바라본다. 그는 요하네스의 일생에 대해 말한다. 요하네스와 사제, 그 두 사람이 협회 회원으로 입회했을 때를 언급한다. 그들은 학생이었다. 당시는 1차 대전이 막 발발한 무렵이었다. 사제는 요하네스가 이탈리아 여자와 결혼한 이야기를 한다. 공장에 대해서도 말한다. 사제는 협회 동료들의 모든 생애를 안다. 그는 요하네스와 동료들을 대신하여, 심지 굳은 보필자인 제르다 양의 활약에 대해 감사의 말을 전한다……. 계속해서 사제의 목소리가 성당에 울려 퍼진다. "젊은 요하네스의 늙어 가는 증상", 젊은 청년이 조숙하게 늙어 가는 증상. 그는 요하네스가 어린 시절에 겪어야 했던 여러 수술들에 대해 이야기한다. 이 모든 사실을 딸은 전혀 몰랐다. 사제는 이야기를 하고 난 뒤 성경을 읽는다. 그사이 요하네스를 화장한다. "감사합니다." 제르다 양이 말한다. "감사합니다." 나도 감사하다고 말해야 한다는 것을 안다. 그녀는 내가 그러지 않을까 봐 걱정한다. 성경 말씀, 사제, 불에 대해 모른 척할까 봐 걱정한다. 성당 밖으로 나와서, 검은색 정장을 입은 나와 제르다 양은 수없이 악수하고 감사하다고 말한다. 하지만 무언가 탐탁지 않은 점이 있다. 요하네스의 딸이 화관을 받지 않은 것이다. 꽃으로 만든 화려한 왕관. 작은 새싹들로 장식한 화관. 머리를 작아 보이게 하는 화관. 어느 에콰도르 부족의 전통 같은 화관. 차가운 바람에 너무 이르게 핀 꽃들로 엮은 화관인데도 아무도 동정심을 품지 않았다. 싫어요. 뒤쪽에 넣어 두세요. 나는 화관이 싫었다. 제르다 양은 얼굴이 빨개졌다. 나는 화관을 내동댕이칠 수는 없었다. 요하네스의 딸은 꽃으로 만든 화관을 거절하면 안 돼요. 그녀가 말했다. 제르다 양은 그 화관을 받을지 말지는 요하네스가 결정했어야 할 문제라고 했다. 그리고 요하네스는 꽃을 받아들일지 말지에 관해서는 언급하지 않았다. 제르다 양은 보라색 리본과 금장 글씨로 아름답게 장식한 화려한 화관을, 침울하게, 마지막으로 한 번 더 쳐다보았다. 그녀는 사환에게 화관을 치우라고 했다. 무거워 보였다. 그것을 호텔 지배인에게 보냈다. 그는 그 화관을 자신의 단골손님에게 보냈다. 화관을 다시금 풀어서 호텔 식당 탁자에 꽂꽂이 장식을 할 수도 있다. 요하네스 딸이 집을 꾸밀 수도 있고 말이다. 장례식 꽃과 사향으로.

사제는 제르다 양의 이름을 불렀다. 신앙심 깊은 제르다 양. 성당에 그녀의 이름이 울려 퍼졌고, 사제는 그녀 쪽으로 바로 돌아섰다. 스테인드글라스가 그녀의 이름을 더욱 밝혀 주었다. 제르다 양은 감동했다. 비록 눈물 한 방울 흘리지 않았지만, 나는 그녀가 감동했다는 것을 알 수 있었다. 식당에는 프롤레테르카호의 승객들 모두가 왔다. 역에 있는 식당이다. 중앙 홀에는 플랫폼이 바라다보이는 커다란 반달 모양 창이 있다. 그 식당은 제르다 양이 골랐다. 승객들은 기차를 타고 와서, 곧장 승강기를 타고 그 식당으로 올라올 수 있었다. 식당 바로 아래, 플랫폼이 있었다. 제르다 양은 빛이 났다. 그녀는 긴 탁자에 앉았다. 협회의 신사들이 모두 그녀를 향해 앉았다. 사람들은 웃고 떠들었다. 제르다 양도 농담을 했지만 절제가 있었다. 그녀는 요하네스의 딸을 계속 주시한다. 그리고 생각한다. 딸이 침착하다고. 그럴 것이다. 요하네스의 딸은 프롤레테르카호의 승객들 한 사람 한 사람에게 상냥하다. 감사하다고 말한다. 사제는 그녀 오른편에 앉았다. 하지만 그녀에게 말을 걸지는 않는다. 게다가 그는 성당 밖에서는 거의 말없이 듣기만 하는 사람이다. 성당 안에서는 설교가 꽤 길지만. 그는 요하네스의 어린 시절과 사춘기 때 시작된, 너무 빨리 찾아온 조숙증에 대해 계속 말했다. 많은 수술. 많은 고통. 나는 듣고만 있었다. 나는 설교를 부탁한 적이 없었다. 끝없이 쏟아지는 말들. 그는 내 아버지에 대해, 내가 알지 못했던 사실에 대해 말했다. 나는 그가 아버지에게 치명적으로 가까운 사람이었음을 느꼈다.

독일어 몇 마디도 요하네스의 딸에게 강한 인상을 남겼다. 사제는 독일어로 말했다. "요하네스는 어렸을 때부터 이미 늙어 가는 증상을 앓았다."라고. 요하네스의 딸은 사제가 발음하는 몇몇 단어를 통해 독일어를 다시 인식했다. 그녀의 모국어인 이탈리아어에 음성학적 리듬이 있듯이 독일어에도 마찬가지였다. 그녀에게는 공식적인 연설에 등장하는 몇몇 문장이 그런 식으로 선명하게 각인되었다. 그녀는 더 이상 니콜라스를 생각하지 않는다. 생각에서 완전히 지워 버렸다. 승무원과 선실에서 있었던 이야기는 이미 끝난 것이다.

제르다 양에게서는 더는 소식이 없다. 그녀는 10퍼센트의 지분을 받았다. 결국 채무자는 없었던 것으로 판명이 났다. 어쩌면 나는 그 사실에 대해 충분히 고마워하지 않았는지도 모르겠다. 요하네스의 이마에 내가 입을 맞추려고 했을 때 그녀가 몸서리치던 모습 때문에 나는 그녀에게 고마워하지 않았다. 냉동실에서. 그녀는 내 곁에 있었다. 제르다 양은 생각한다. 죽은 사람한테는 입을 맞추는 게 아니야. 요하네스의 조끼 주머니에 작은 쇳조각인 못 하나를 넣어 두었다는 것을 그녀는 모른다. 나는 적어도 그 정도는 할 수 있었다. 그와 함께 탈 수 있는 무언가를 넣어 주는 일 말이다. 그 못은 요하네스가 화장될 때 친구가 되어 주었을 것이다. 딸이 보내는 선물. 죽은 사람에게는 선물을 하는 것이 아니다. 냉동실에서 나왔을 때, 나는 불의 증인을 그대로 남겨 두고 왔다는 것을 깨달았다.

"내가 네 아버지다." 요하네스가 죽은 뒤 많은 세월이 흘렀다. 그런데 지금 누군가가 자신이 내 아버지라고 말한다. 그는 요하네스와 내가 몇 년에 걸쳐 축제 행렬에 참가했던 바로 그 호숫가 도시에 산다. 그는 독일어로 말한다. 이제 만 아흔 살이다. 그는 내 어머니를 이름으로 부른다. 그는 그녀를 무척이나 사랑했다. 그는 날짜 몇 개를 기록한다. 그 날짜들은 서로 겹치기도 한다. 그는 딸을 다시 만날 수 있어서 무척 기뻐했다.

나는 편지 한 통을 받았다. "내가 네 아버지다." 편지 끝에는 이렇게 쓰여 있었다. "너의 아버지로부터." 편지 가운데에는 이야기하고자 했던 내용, 내 어머니를 사랑한 연유가 적혀 있었다.

딱 한 번 그가 나를 본 적이 있었다. 내 어머니를 따라 편지의 발송인인 그의 집으로 갔을 때 나는 네 살이었다. 그가 사랑하는 여자. 문상객으로 온 여자. 그에게는 다섯 살배기 아들이 있었다. 그 아들이 사고로 죽었다. 아이가 뛰어서 길을 건너가는데 자동차

한 대가 덮쳤다. 지금 그는 내가 죽은 아들과 물방울처럼 똑 닮았다고 쓴다. 눈이 똑같았다고 한다. 눈빛까지도. 그는 나를 보았을 때 무척이나 놀랐다. 나는 그에게 다시 돌아온 아들이었다.

그렇게 해서, 내 아버지라고 말하는 남자에 따르면, 내게는 다섯 살에 죽은 오빠가 하나 있는 것이다. 나는 나의 존재감을 이따금 위협했던 사람이 그였을까 자문해 본다. 혹시 나 대신 살고 싶어 했던 그 존재가 그가 아니었을까 하고. 그토록 어린 나이에 죽음을 맞이했던 그가 말이다. 나는 그 남자가 내 아버지라고는 믿지 않는다. 하지만 무엇보다도 오빠가 하나 있었고 그가 즉사했다는 사실은 믿는다. 그리고 나는 그 형제에게 깊은 애정을 느낀다. 그 말을 해 주는 사람을 위해서가 아니다.

또 다른 편지들도 받았다. 특급 우편으로 발송한 편지들. 글씨는 또박또박하지만 금방 싫증 나는 필체였다. 사진 한 장. 커다란 광대뼈가 있는 얼굴. 또 다른 모습.

내가 어떤 충동에 이끌려, 내 아버지라고 말하는 사람의 대문 앞에 와서 초인종을 누르게 되었는지 모르겠다. 차갑기 그지없는 부인이 깍듯하게 문을 연다. 나를 보았을 때 그녀는 열광하다시피 감탄했다. 남자는 쪽마루에 앉아 있었다. 정원의 빛, 그 파란빛은 영원할 것처럼 보였다. 우리는 쪽마루에서 이야기를 나누었다. 부인은 그의 곁에 앉아 있었다. 발끝을 모으고. 치마는 가느다란 발목께까지 내려올 정도로 길었다. 낮은 신발. 그녀는 조용했다. 쪽마루 너머의 정원처럼 조용했다. 구성 요소들 간의 조화. 그녀는 그보다 몇 살 젊어 보였다. 저 멀리, 책상 위에, 사진들. 누군가

의 살아생전 모습. 기념일들. 행복한 크리스마스. 기념사진들. 나
는 죽은 아이를 찾는다. 없다. 내가 보고 싶은 유일한 사람이 빠져
있다. 부부가 서로 이야기한다. 웃는다. 아내는 모든 것을 알고, 또
남편이 요하네스의 부인과 자주 왕래할 당시에도 잘 알았다. "이
이는 네 어머니를 무척이나 사랑했단다." 부인이 말한다. "진정으
로 사랑했어." 확인 사실. 독일어로 말하면 전혀 다르게, 보다 현
실적으로 들리는 연유를 그 누가 알 것인가. 그녀는 애잔해하며,
모든 것을 이해할 수 있다는 눈빛으로 나를 바라본다. 억양의 변
화가 없는 마른 목소리. 나는 마치 연극을 보듯 그들을 바라본다.
그들에 대해 알고 싶지 않다. 다만 나의 몫을 할 뿐이다. 그들은 나
를 다시 만나서 기뻐했다. 그들과 집과 정원과 가구들에서 기쁨이
묻어 나온다. 완전한 기쁨. 넘침도 없는 기쁨. 오로지 그만이, 나의
아버지라고 말하는 남자만이 감동한다. 그는 자신이 하는 말을 확
신하는 것일까? 정원의 빛이 기울어 가벼워질 무렵, 나는 확실한
가를 자문한다. 밤을 맞이하고 다음 날 두 사람이 앉아 있는 쪽마
루로 다시 돌아오기 위해서 말이다. 그는 자신의 딸을 되찾았다.

그는 내게 함께 살자고 제안한다. 그들은 내가 쪽마루와 정원
과 사진이 있는 집으로 와서 살기를 바란다. 떼를 쓰는 것이다. 부
인까지도 고집을 피운다. 그녀는 조용히, 말없이 고집을 피운다.
똑같은 억양으로. 그들은 내게 방을 보여 준다. 모든 방들을 보여
준다. 나는 내 집처럼 왔다 갔다 한다. 이미 나는 그들의 영역 안으
로 들어와 있다. 요하네스의 딸이 다른 사람의 딸 역을 맡았다. 그
들은 내게 함께 살자고 간청한다. 내가 힘든 삶을 살아왔을 것이

라고 말한다. 아뇨. 아주 평탄했어요. 실망하는 눈치다. 그래도 은근한 동정의 눈길을 거두지 않는다. 그들은 내가 어려운 일들을 겪었으리라고 믿어 의심치 않는다. 특히 부인이 그랬다. 그들은 말한다. 그는 박식한 사람이다. 그는 많은 강연을 해 왔다. 한눈에도 그가 대중 앞에서 말하는 것에 익숙하다는 것을 알 수 있다. 다시 찾은 딸아이 앞에서 말하는 데에도 곧 익숙해진다. 나는 그들의 말을 잠자코 듣는다. 그들은 서로 가까이 다가앉아 있다. 돈 많고 명줄이 긴 그들.

   그는 침묵에 대해 생각했고 침묵하기로 작정했다. 그의 부인과는 언제나 뜻이 통했다. 부인과 방들과 사진들, 사물들, 그의 작업 탁자들, 강연, 창문들은 언제나 뜻을 같이한다. 모든 것이 침묵하기로 한 결정에 따랐다. 아흔 번째 생일이 지나자 그는 더 이상은 할 수가 없었다. 그는 말해야 했다. "왜요?" 내가 물었다. 나를 대화로 끌어들이는 것은 호기심이다. 나는 그의 앞에 앉아 있다. 그가 대답한다. "진실에 대한 사랑(Wahrheitsliebe) 때문이지." 그는 진실에 대한 사랑 때문에 말을 해야만 했다. 그에게 있을 수 있는 유일한 이유. 부인이 동의한다. 그는 다시 말했다. "진실에 대한 사랑." 좀 더 결연한 목소리로. 그보다 부인 쪽이 진실에 대한 사랑에 더 많이 지배되는 것 같다. 고집 센 부인은 갑작스러운 제의에도 동의한다. 진실에는 장식이 없다. 염을 한 시체처럼. 나는 그렇게 생각한다. 남편의 딸을 찾지 못한다면 그들에게 여생은 고통뿐이라는 것을 그녀는 알고 있다. 그는 자신의 딸 이야기 말고는 할 말이 없었다. 딸을 보기 전까지는 죽고 싶지 않았다. 그것이 그의 유일한 소원이다. 그리하여 그들은 딸을 찾은 것이다.

　모든 것은 서로 이어져 있다. 하지만 시험은 그렇지 않다. 나는 시험을 원치 않았다. 나는 그들의 말을 들었다. 그 박식한 사람이 나의 어머니에 대해 말하는 것을 듣는다. 누군가가 그녀에 관해 말하는 것은 내게 즐거운 일이었다. 아무도 들려주지 않았던 그 이야기를 말이다. 내 어머니는 고백할 필요가 전혀 없었다. 나에게도, 내 아버지인 요하네스에게도, 다른 누구에게도. 죽음의 침대에 누워 있을 때에도 그녀는 말하고 싶어 하지 않았다. 나는 그녀 곁에 있었다. 그녀는 내게 말할 수도 있었지만 침묵했다. 그녀는 단호했다. 잠을 잘 때도, 죽기 직전의 몇 시간 동안에도. 힘 하나 들이지 않고. 오로지 침묵의 의지만 굳건했다. 내가 이해할 수 있는 일이 아니다. 박식한 아흔 살 남자에게도, 침묵은 어려운 일이다. 그때 나는 어머니에게 깊은 연민을 느꼈다. 우리를, 나와 요하네스를 버렸던 그녀에게 말이다. 하지만 그녀는 끝내 아무 말도 하지 않았다. 나는 그녀의 스타인웨이를 가졌다. 그녀의 보물을. 그것은 자신의 딸에게 진짜 아버지가 누구인지 말해 줄 충동을 전혀 느끼지 못했던 한 여자의 기억이다. 그녀는 몰래 병자 성사를 요청한다. 간호사에게. "내 딸한테는 말하지 마세요." 그녀는 죽어 간다는 인상을 주고 싶지 않았다. 그녀는 세심하게 나의 손을 밀어낸다. 나는 그녀를 만져서는 안 된다. 나는 바라만 보았다. 그녀는 이제 없다. 창문 너머로, 야자수가 보였다.

　지금 이 남자가 내 어머니에 대해 이야기한다. 내 어머니가 침묵하고자 했던 모든 것에 대해 이야기한다. 그에게는 더 이상 진실에 대한 사랑(Wahrheitslieb), '신의로움', 내 어머니에 대한 사랑이 없다. '신의로움'이라는 말은 합성한 독일어다. 사제 또한 설교 중에 합성어를 사용하곤 했다. 예를 들어 "잘못된 인연", "고통을 타고난 사람". 요하네스의 딸을 이렇게 불렀다. 그리고 프롤레테르카호의 사람들은 "장례식에 참석하는 훌륭한 사람들."이라고 불렀다.

아버지라고 말하는 사람이 지금의 나를 알고, 내가 어릴 적부터 나를 보았고, 알아 왔다는 것으로 부족하지 않은지 따져 본다. 아흔 살이라면 부족하다. 진실이란 탐욕스럽다. 그는 더 많은 것을 원한다. 그는 딸이 가까이 있기를 바란다. 딸과 이야기하기를 원한다. 딸을 보기를 원한다. 딸을 죽이고 싶을 거야. 나는 생각한다. 건강하고 부자인 데다 말 잘하는 그 남자의 살인 충동. 그리고 그는 합성한 단어를 아주 많이 쓴다. 부친 살해 충동. 내 부친과 네 부친에 대한 살해 충동. 소유의 충동. "너의 아버지." "나의 딸." 허무한 소유의 소용돌이.

"넌 진실을 알아야 해." 그렇게 말한 사람은 그녀다. 밀랍 같은 기다란 얼굴에 반쯤 감긴 듯 가느다란 눈이 나를 뚫어지게 바라본다. 완고한 목소리. 어조는 낮게 가라앉았다. 우위를 점한 자의 자세로. "당신이 아니잖아요." 나는 그녀에게 말하고 싶었다. "내 어머니에게 아기를 갖게 만든 사람은 말이에요." 그 여자는 자기 자신에 대해 어떤 때는 확신에 가득 차 있다. 남편을 통해서 내가 태어나도록 만드는 데 신적인 중재 역할을 한 사람이 자신이라고 확신해 마지않았다. 그녀는 두 손을 모으고, 몸을 곧추세우고, 고개를 숙인 채 땅바닥을 바라보았다. 그녀는 침묵했다. 집도 침묵했다.

나는 묘지에 갔다. 요하네스의 이름을 찾아 헤맸으나 허사였다. 묘지 양도 기간이 지나 있었다. 비록 더 이상 그를 찾을 수는 없었지만, 내게는 요하네스가 자신을 기억해 주어서 고맙다고 말하는 것 같았다.

내 오빠는 너무 어린 나이에 죽었다. 그는 뜀박질을 하며 죽음을 향해 달려 나갔다. 그때는 내가 꼼짝 않고 방에 있을 때였다. 우리는 서로 멀리 떨어져 살았다. 한 도시였지만. 하지만 지금에야 알게 되었다. 내 아버지라고 말하는 남자는, 죽은 아이가 나의 오빠였다고 애써 말할 필요가 없었다. 나는 항상 오빠가 하나 있다고 믿으면서 살아왔기 때문이다. 나는 한 번도 혼자인 적이 없었다. 우리는 뿌리 깊이 결속되어 있었다고 생각한다. 죽은 그와 살아 있는 내가 말이다. 내 아버지라고 말하는 남자가 정말 아버지인가는 중요하지 않았다. 내게 오빠가 있었다는 사실만이 중요하다. 앞으로 달려 나가던 그 어린아이에 대해 내가 얼마나 큰 애정을 품었는지 도저히 설명할 길이 없다. 환영에게 품은 사랑. 그러니까 보이지는 않지만 빛이 나는 것들에 대한 사랑. 그리고 열렬하게 죽음을 소망했던 한 어린아이에 대한 사랑.

"너희 둘은 비슷한 나이일 거야. 그 애가 한 살 더 많지, 아마." 그 어린아이는 나보다 다섯 살이 더 많을 것이다. 그 점에 그들은 놀란 것 같다. 그 아이가 만일 살았다면 다섯 살이 더 많으리라는 사실에 말이다. 반응을 보아하니, 그들은 일상적인 것을 기대하지 않았던 것 같다. 마치 그 아이는 그 나이에 죽기로 이미 예정되기라도 한 것처럼. 때 이른 죽음이었다. 그것이 전부다. 사람들은 나이에 대해 생각하지 않는다. 그렇게 익숙해지게 마련이다. 한 어린아이가 죽었다. 지금이라면 그 아이가 몇 살일까 하는 생각에 그들은 공포에 떤다. 그들은 그를 영원히 어린아이로 기억한다. 그리고 누그러진 고통이 어린아이를, 그 형상을 어루만진다. 문상을 가서 그들을 처음 만났던 날, 그들은 한순간 나를 죽은 아이로 착각했다. 그때 나는 그와 거의 같은 나이였다. "그래도 너랑 나이 차이가 나긴 하지." 매번 그들이 왜 그렇게 말하는지 모르겠다.

"너희 둘은 비슷한 나이일 거야." 그의 부인은 우리 둘이 "아주 많이 닮았다."고 몇 번이고 말한다. 이제 드디어 나 대신 누가 살아왔는지 알 것 같다. 내 오빠는 자신의 완벽한 닮은꼴인 내가, 자기 것과 비슷한 외투를 입고서 살아가는 것을 참을 수 없어 했을지도 모른다. 그날의 문상 이후, 내 아버지라고 말하는 남자는 더 이상 나를 찾지 않았다. 그에게는 법적인 아내와의 사이에서 낳은 자식이 둘 있었다. "지금 그 아이들은 아파." 그는 말한다. 그에게는 남아 있는 자식들은 전혀 상관없다는 투였다. 다른 자식 두 명은 내게도 역시 중요하지 않다. 아버지라는 사람이 계속 말하기를, 그의 자식들은 나의 배다른 형제라고 했다. 그러는 중에 부인의 침착한 목소리가 끼어든다. "하나는 죽었잖아요." 아버지라는 사람은 짜증을 냈다. "나도 안다고." 마치 이렇게 말하는 것 같았다. "나도 이제 괜찮아졌다고." 이제 한 명이 남았다. 살아남은 자식 하나. 그에 대해 알고 싶은 마음은 없다. 나는 오로지 나의 죽은 오빠에 대해서만 생각한다. 죽음을 재촉했던 그에 대해서만. 나와 그의 인연만. 그때까지는 아직 요하네스의 부인이었던 나의 어머니와 함께 문상차 그 집에 찾아가고 난 뒤부터 말이다. 요하네스에게는 뭐라고 말했을까? "산책 다녀올게요." "친구네 집에 가요."라고 하거나, 아니면 진지하고도 바쁘게 서두르면서, "장례식에 가야 돼요."라고 말했겠지. 이미 뒤늦은 이야기다. 그녀는 나를 애인의 집에서 치르는 장례식에 데리고 갔다. 그의 또 다른 자식을 그에게 보여 주기 위해서, 그러니까 나의 오빠가 막 죽음을 맞이한 순간에 말이다. 그에게, 그의 아들과 닮은 딸을 보여 주기 위해서. 그때 그는 모든 시선에 노출되었다. 내 어머니와 내가 그 집에 들어섰을 때 모든 시선이 우리에게 쏠렸고, 두 아이가 서로 닮은 것에 사람들은 깊은 인상을 받았다. 누워 있는 아들과, 그 아이를 바라보며 서 있는 여자아이. "남매 같군요." 누군가가 말했다.

내 목소리의 억양이 달라진다. 독일어로 말한다는 것을 문득 깨닫는다. 이 언어는 내게 세금처럼 찾아온다. 장례식과 설교와 협회의 언어. 나는 운명을 의미하는 독일어 단어들이 실린 소사전을 준비해 두었다. 그 독일어 단어들이 한 인생의 행로를 바꾸어 버렸다. 내 아버지라는 자는, 운명의 장난처럼 사랑, 진실에 대한 사랑(Wahrheitsliebe)이라는 말을, 그 말과 그 의미가 사라질 때까지 반복해서 발설해야 했다. 그가 이 세상을 떠나기 전까지 말이다.

나는 이해해야만 한다. 진실을 이해해야만 한다. 사악한 열정, 흑사병과도 같이 부부에게 충격을 가져다주었던, 진실에 대한 우상 숭배와도 같은 열정을. 아버지라는 자와 깍듯하고도 열정적인 그 부인. 진실이 더 이상 아무런 의미가 없을 때 진실을 말하는 것. 진실이 아무 소용이 없을 때. 나이 든 자들의 경박한 고집. 그들 두 사람은 만족한다. 서로에게 상처를 주면서도 진실을 말하는 것. 그들은 나에게 그 진실을 말할 수밖에 없었다고 한다. 그녀는 내게 상처가 되었다면 슬픈 일이라고 말한다. 나는 이해해야 한다. 그들이 진실의 언어를 더 이상 말하지 않게 하려면 말이다.

이별은 하나의 의무다. 나의 아버지라는 남자는 침묵해야 한다는 것을 이해한다. 어둠의 침묵. 그의 눈동자에 부드러우면서도 황폐한 느낌이 어린다. 자신의 딸이라고 불러야 할 아이를 향해서. 운명적으로 희미해질 수밖에 없는 것들에 대해서.

"왜 하필 이제 와서?" 그들에겐 언제나 시간이 있지 않았던가. 박식한 그가 예견했다는 듯이 대답한다. 그들은 이제 기억을 잃어 가기 시작했기 때문이라고. 그들은 기억을 잃어 가는 중이다. 그렇기 때문에 지금 이야기해야만 했다. 내일은 안 된다. 이러한 신중함 덕분에 나는 나의 아버지라고 하는 남자를 알게 된 것이다.

그는 방방마다 종이들을 남겨 두었다. 종이 몇백 장을. 내가 그의 딸이라고 적힌 종이들. 그는 무슨 일이 있어도 그 사실만큼은 알리고자 했다. 만일 누군가가 종이 한 장을 찢는다면, 또 다른 종이가 반드시 남아 있을 것이다. 그리고 또 다른 종이가 있을 것이다. 그 종이들이 마치 작은 유령처럼, 마술처럼 바닥에서 불쑥 불쑥 튀어나오는 것만 같다.

　그는 진실에 대한 사랑(Wahrheitsliebe)을 걸고 말했다. 이제 그는 모든 것을 조금씩 조금씩 잊어 가기 시작한다. 딸마저도.

옮긴이의 말

플뢰르 이애기는 아름다운 여자다. 그녀의 회상과 이야기 속에는 그 누구에게나 있을 법한 어린 시절의 햇살, 들끓어오르는 듯한 환희, 즐거움은 없다. 그렇다고 하늘이 무너지는 절망이 있는 것도 아니다. 하늘은 무너지지 않는다. 『아름다운 나날』은 기본적으로 슬픈 이야기이다. 그러나 이 소설은 비극이 아니다.

플뢰르 이애기는 1940년 스위스에서 태어났고, 1968년 결혼하면서부터 이탈리아에서 살기 시작했다. 어머니와 아버지의 부재, 너무 이르게 찾아와서 오히려 더 자연스러웠던 주변 사람들의 죽음, 그리고 스위스 산골 구석에 있는 외딴 수도원 기숙사 생활로 점철된 그녀의 어린 시절은, 절제와 거부, 고립 그 자체였다. 특히 그녀가 유년기 내내 전전했던 수도원들은, 의미를 찾거나, 무언가를 기대하거나, 미래를 꿈꾸는 것들을 무의미하게 만들었다. 그녀는 사랑이나 애정 또한 섣불리 품지 못했으며, 오로지 절제만을 훈련해야 했다. 하지만 그녀의 어린 시절은 회색 안개가 드리운 풍경

화의 이미지가 아니라 파란 물감으로 그린 수채화의 이미지다.

그녀의 시선을 따라가 보면, 그녀가 느끼는 슬픔은 따사로운 행복과 다르지 않다. 그녀는 결코 행복을 인정하지 않으며, 사람이나 사물에 진중한 의미를 두는 것도 절대적으로 경계한다. 그녀는 부정적인 단어들을 집착적으로 고집한다. 「아름다운 나날」과 「프롤레테르카호」에 등장하는 소재들은 철저한 고독, 무관심, 질병, 자살, 불구 등이다. 그러나 소설은 총체적으로 반어법을 구사한다. 죽음과 부재, 무의미와 이별을 이야기하지만, 결과적으로 우리에게는 삶과 존재, 의미와 인연으로 다가온다. 이러한 기법이 바로 그녀의 작품에만 존재하는 매력이다. 즉 양쪽 대항 가운데서 중심을 잡고, 관통하고, 아우르기. 그리하여 우리는 죽음 대 삶, 부재 대 존재, 무관심 대 사랑 같은 관념들이 모두 실체와 그림자처럼 한몸이고, 실은 다르지 않다는 것을 통찰할 수 있다. 두 이야기 모두 첫 장면에서부터 죽음을 이야기한다. 그러나 우리는 그녀가 삶을 이야기한다는 것을 알 수 있다. 죽음은 삶에서 비롯하며, 삶은 언젠가 죽음을 맞이한다는 것을. 그것도 지극히 자연스럽고도 당연하게, 그리고 지극히 분명하게 말이다.

플뢰르 이애기는 자신이 소설 속 인물에 대해 묘사한 대로, "선조의 영혼이 그녀의 이마에 내려앉은 것처럼" 천부적으로 글을 쓰는 작가이다. 그래서 그녀의 글은 우리의 심장을 어루만지듯 감정의 파장을 크게 일으킨다. 깊은 한이 담긴 고통과 슬픔을, 무심해 보일 정도로 평온하고 간결하게 표현한다. 그러나 그 투명하리만큼 담백한 묘사 속에는 사물과 인간의 내면을 정확하게 꿰뚫는 날카로운 시선이 있다. 인생의 평지풍파를 겪은, 연륜이 쌓인 노인이 사람을 진정으로 위로할 수 있듯이, 삶에 대한 이해와 철학을 담은 그녀의 시선에 우리는 위로받는다.

그녀는 감정이나 의식의 흐름을 보여 주지 않고, 오로지 물리적 사실과 사건의 핵심만을 요약해서 기술한다. 엄격하게 자제한, 차갑고 무심한 문장들은 오히려 독자를 깊은 감정에 젖어 들게 한다. 「프롤레테르카호」에서 가족이 없는 인물을 설정해 '가족'에 대해 이야기하듯이, 그녀는 모순되는 의미를 충돌시켜 작품의 묘미를 완성한다. 시간과 배경, 서술의 초점을 변화무쌍하게 이동, 교차시키고, 원근의 풍경을 자유자재로 넘나들면서, 밀물과 썰물처럼 그녀만의 리듬 혹은 흐름을 만든다. 특히 자전적 이야기를 바탕으로 한 고유하고 섬세한 이미지로 더욱 생생하고 선명하며 호소력 깊은 감동을 이끌어 낸다.

이 이야기는 회상 구도를 취한다. 그러나 기억이란 단지 과거에만 속하지 않는다. 우리는 '현재' 우리가 기억하는 것들이 미래를 넘어 평생을 관통하리라는 사실을 예감한다. 그러므로 기억은 과거의 산물만이 아니라, 미래로 열린 가능성과 짝을 이룬다. 또한 기억은 시간의 흐름을 따르지 않는다. 그것은 또 다른 기억을 낳으며, 소재나 인물, 사건에 따라 꼬리를 물며 얽혀 있다. 이따금 내 머릿속 기억의 주인공이 내가 아닐 때도 있다. 그녀의 이야기들이 바로 그러하다. 이 작품들은 일인칭 자서전적 소설이지만, 시공간을 자유로이 넘나들고, 흐르고, 허위허위 날아다니는 형식을 잘 살려서 삼인칭 혹은 전지적 시점 같은 파노라마를 펼쳐 보인다. 사실 그 풍경들은 '지금' 우리가 살아가는 세상의 모습 그대로다. 움베르토 에코가 『장미의 이름』에서 "황금의 기억과 산의 기억이 황금 산의 기억이 된다."라고 하며 기억의 천부적 조작성을 경계했지만, 설령 그렇다 해도 플뢰르 이애기의 '기억'은 '현재'이다. 기억을 지배하고 다스릴 줄 안다면, 우리는 현재와 미래의 주인이 될 것이며 힘을 얻을 것이다.

우리는 현재를 살면서 얼만큼 행복해야 "아, 나는 행복하다."라고 말할 수 있을까? 우리는 바쁜 일상 속에서 행복할 겨를이 없다고 느끼기도 하고, 언제나 행복이 부족하다고 느끼기도 한다. 이 이야기는 불행 쪽에 서서 그 반대편에 있는 행복을 바라본다. 지극히 사소한 사물이나 지긋지긋한 일상처럼 희미하고 꺼질 듯한 행복일지라도 그것은 절대적이다. 「아름다운 나날」의 주인공은, 유년기를 통째로 지배했던 가장 소중한 존재를 떠나보낸다. 한 세계가 무너지는 듯한 이별. 하지만 돌아보면 그 시절 그녀는 "절대적 행복" 안에 있었다. 「프롤레테르카호」의 주인공은 자신과 피 한 방울 섞이지 않은 낯선 아버지와 열나흘 동안 원치 않는 크루즈 여행을 한다. 그리고 떠날 때처럼 지극히 무심한 부녀 관계 그대로 되돌아온다. 행복했던 기억 하나 없었지만, 돌이켜 보면 그 여행이 그녀에게 얼마나 소중하고 커다란 행복이었는가.

그리하여 불행의 반대편에 있는, 불행 속에 잠재한, 그래서 결코 그 시절에는 느끼지 못했지만, 그때의 행복은 아름답다. 모든 고독과 부정과 단절로 점철된 나날이었으나, 돌아보면 "아름다운 나날"이다.

2010년 2월
김은정

옮긴이 김은정

한국외국어대학교에서 이탈리아어를 공부하고 비교문학 박사과정을 수료했다. 한국외국어대학교에서
10여 년간 강의를 했고 번역 문학가로 활동했다. 지금은 미국 워싱턴 근교에서 살고 있으며 여전히 좋은
책을 번역하고 있다. 옮긴 책으로는 『아름다운 나날』, 『너에겐 친구가 있잖아』, 『눈 오는 날』 등이 있다.

아름다운 나날

1판 1쇄 펴냄   2010년 2월 12일
1판 2쇄 펴냄   2013년 1월 24일
2판 1쇄 찍음   2024년 5월 30일
2판 2쇄 펴냄   2024년 6월 5일

지은이   플뢰르 이애기
옮긴이   김은정
발행인   박근섭·박상준
펴낸곳   (주)민음사

출판등록 1966. 5. 19. 제16-490호
주소   (06027) 서울시 강남구 도산대로 1길 62(신사동)
          강남출판문화센터 5층
대표전화 02-515-2000 | 팩시밀리 02-515-2007
홈페이지 www.minumsa.com

한국어 판 ⓒ (주)민음사, 2010, 2024. Printed in Seoul, Korea

ISBN   978-89-374-5660-2 (03880)